Les mondes d'Arya

Édition : JDH Éditions
77600 Bussy-Saint-Georges. France
Imprimé par BoD – Books on Demand, Norderstedt, Allemagne

Réalisation et conception couverture : Cynthia Skorupa

ISBN : 978-2-38127-235-1
Dépôt légal : janvier 2022

Cécile Ducomte

Les mondes d'Arya

JDH Éditions
F. Files

1

Vendredi 15 novembre 2019, dans la nuit. Un nouvel appel et des souvenirs

— Bonjour, Cécile. Je suis de retour. Je vous appelle tous les sept de nouveau pendant votre sommeil. C'est Mère qui me l'a demandé. Je suis très heureuse de le faire, car votre visite m'avait énormément marquée. J'espérais tant vous revoir…

Cette voix féminine suave, harmonieuse et inspirée, comment l'oublier ? Il s'agissait bien de celle de Clara !

Quinze mois précisément étaient passés depuis son invitation dans une grotte mystérieuse, invisible sur une carte, même la plus détaillée. Cette grotte sacrée était située dans une île onirique, elle-même logée à l'intérieur de l'île de Bora-Bora, au large d'un atoll de l'océan Pacifique, en Polynésie française. Nous avions été conviés dans l'antre de la Grande Déesse, appelée Mère par Clara, après avoir vécu une journée mémorable. Lors de ce précédent appel, nous nous étions réveillés dans une fusée grâce à la voix de Clara. Une fois remis de la surprise d'un tel réveil, des plus inhabituels, nous avions dû faire face à des épreuves de passage avant d'atterrir dans un Nouveau Monde. Nous pensions avoir atterri sur une autre planète. Ce Nouveau Monde sauvage, attirant et apaisant attisa immédiatement notre curiosité. Bào, notre ami vietnamien issu du peuple M'Nong, avait assez vite impulsé son exploration. Ce jeune homme de 27 ans était alors en dernière année d'études pour devenir vétérinaire. Il portait une affection profonde et émouvante à la matriarche des éléphants du sanctuaire qu'il gérait avec ses parents et des amis. Elle s'appelait Goodness, Good pour les intimes. J'avais souvent repensé à cette amitié insolite entre une géante du règne animal et un homme. Juste avant notre exploration, sans même savoir où nous allions, la voix de Clara s'était alors adressée une nouvelle fois à nous tous pour nous donner des recommandations assez étranges. Nous devions nous diriger vers une grotte. Pour mener à bien cette quête, elle nous conseilla simplement de nous montrer attentifs à tous les signes que nous allions rencontrer sur notre route. Le monde dans lequel nous évoluions était différent de celui que nous côtoyions dans nos vies réelles. Nous étions ressortis de ce périple transformés, libérés, apaisés. Le langage universel, qui nous avait permis de communiquer entre nous sept sans avoir besoin de traducteur malgré nos nationalités différentes, s'était étendu au monde végétal et animal.

En dehors d'Adèle, ma guide dans un rêve futuriste précédent, je n'en connaissais aucun. Pourtant, en quelques heures seulement, un lien très fort s'était tissé entre nous sept et Clara, médium suédoise du futur. Lors de la séance dans la grotte, elle était encore un peu secondée par son prédécesseur Emmanuel qui, par sa sagesse et son ancienneté dans cette mission, l'aidait encore un peu avant de lui passer définitivement le flambeau et pouvoir enfin se reposer, son âge avançant. Je le revis en position du lotus, méditant dans un univers qui lui appartenait, lointain et inaccessible. Cet homme âgé était particulièrement bienveillant, clairvoyant, intelligent, calme et philosophe. C'est par le biais de la méditation qu'il entendait les messages de Mère.

Mère était l'âme de la Terre, sa conscience, sa vie. Clara, elle, percevait ses messages lorsqu'elle se promenait dans la forêt qu'elle gérait, presque toujours perchée à cru sur le dos de sa jument Osiris, ne formant alors avec l'animal qu'un seul être, tellement leur symbiose était forte. Dans la grotte, les deux médiums étaient directement en connexion avec la

Déesse Mère, et ils transmettaient les images, paroles et scènes de sa vie par l'intermédiaire d'un très grand écran. Nous avions visionné un film aussi poignant qu'émouvant. Aucun réalisateur, même le plus inventif et créatif, n'aurait pu le mettre en scène avec tant de précision. Nous avions assisté à quelques éléments de l'histoire de la Terre, plus précisément depuis les débuts des premières civilisations humaines. Cela correspondait à son histoire très récente, mais bien plus lointaine pour nous. Les scènes les plus marquantes avaient été suivies de débats parfois passionnés. Les larmes avaient coulé, les rires avaient fusé, les exclamations étaient allées bon train, les accès de colère aussi. Cette séance très vivante restait gravée dans mon être depuis cette nuit mémorable. Je considérais avec davantage de respect encore toute vie, qu'elle soit humaine, animale ou végétale.

Nous étions issus de pays, de continents et, plus étonnant encore, de périodes différentes. Je m'étais retrouvée projetée dans un futur lointain pour moi, un peu moins pour les autres.

— Clara ! Quel plaisir de t'entendre de nouveau ! Tu m'as tellement manquée aussi…

— Je suis heureuse de te revoir aussi, ma si sensible Cécile. Mère m'a demandé de réunir à nouveau l'équipe complète. Elle a un projet pour nous tous. En effet, elle souhaiterait que nous soyons à ses côtés pour entreprendre un voyage. Pour être plus précise, elle voudrait que nous lui racontions ce que nous retiendrons de cette expédition, car cette fois, elle ne sera pas avec nous. Je resterai tout de même toujours en contact avec elle quoi qu'il arrive.

Mère nous envoyait donc en mission et attendait de nous le récit de nos observations. Allions-nous découvrir une autre planète ? Une sœur ou un frère de Gaïa, peut-être ? Un autre élément de l'Univers ? Voilà qui s'annonçait une nouvelle fois palpitant.

Clara reprit avec cette voix si calme et aérienne qui me transportait à chaque fois :

— Je me suis immédiatement mise au travail. J'ai commencé par toi, la plus lointaine dans le passé, comme tu le sais. J'ai pu voir un peu ta ville, et même ton pays, tes contemporains. C'est à la fois tellement exaltant et dépaysant. Visiter le passé est toujours un bouleversement pour moi, surtout quand celui-ci est si différent de ce que je peux voir ou vivre en Suède au XXIVe siècle. Peut-être que Mère nous laissera un peu de temps pour que nous puissions visiter chacun de nos lieux de vie, qui sait ?

— Je ne sais pas, Clara, lui répondis-je. Nous pourrons toujours le lui demander. Mais j'avoue être un peu troublée par ce qui nous attend. Je ne sais pas si nous pourrons décider quoi que ce soit.

— Tu as bien raison. Je m'égare. Cette fois, je vous invite chez moi. Cela sera bien plus rapide, et je suis sûre que vous n'atterrirez pas au mauvais endroit comme la dernière fois…

Un léger silence suivit. Je replongeai dans mes souvenirs de cette nuit du 15 août 2018. Je me souvins de notre longue marche et de notre périple marin qui nous avaient menés devant la grotte de repos de la Grande Déesse, autrement appelée Mère, ou Gaïa, Grande Déesse, Déesse primordiale et tant d'autres appellations dans le monde entier. Elle choisissait et accueillait en son sein des personnes sensibles à ses appels, dans un rêve hypnotique commun. Avant cela, nous avions vécu un atterrissage violent. Notre fusée n'était pas un engin spatial réel, mais une projection mentale de notre évolution spirituelle et, surtout, notre lieu de connexion initiale. Je restais un peu sur ma faim de ne pas avoir pu déchiffrer les symboles et pictogrammes qui la décoraient de toutes parts. Je me remémorai la scène où Nirvelli, sage et pétillante Amérindienne Navajo, avait réussi à traduire le message de l'arbre solitaire, alors même que nous n'entendions que des bruits sourds, nos oreilles collées à son tronc immense.

Je souris en repensant à Choco, cet oiseau marin excentrique et jovial, qui nous avait montré le chemin jusqu'à la plage. Je repensai avec affection aux loups gris qui nous avaient poussés à chercher notre grotte sur une autre île. Comment oublier l'innocence des louveteaux qui nous avaient pris pour des flamants roses ? Nirvelli s'était montrée très émue devant ces créatures sorties d'une autre dimension. Le loup était son animal totem, symbole de la liberté.

Mon cœur s'emplit de gratitude au souvenir de nos amis dauphins, nos anges gardiens, qui avaient bravé des risques insensés pour nous conduire jusqu'à la bonne île après avoir vu, dans un éclair, la route maritime. Comment oublier mon si gentil Milo qui avait découvert la *Sonate au clair de lune* de Ludwig Van Beethoven, grâce au simple tapotement de mes doigts sur sa peau ? Il avait été ému par le charme de cet instant partagé. Son esprit s'était ouvert à l'art, à la musique, en l'occurrence. J'avais depuis rejoué cette sonate dans des moments calmes en pensant à lui, avec, comme tableau intérieur, un coucher de soleil sur l'océan. Et sa mère Maya ? Elle devait avoir son nouveau bébé maintenant, venu agrandir ce groupe aussi attachant que soudé. Avait-elle perfectionné sa technique de soin enseignée par Adèle pour soulager Rosalie, une dauphine âgée dont les articulations étaient parfois nouées au point de déclencher des crises d'arthrose très douloureuses ?

La voix de Clara me fit revenir à la réalité, ou du moins à la nouvelle aventure qui se présentait à nous.

D'ici quelques secondes, tu pourras ouvrir les yeux. Je vais compter jusqu'à trois. Ne saute aucune étape : c'est très important !

— D'accord, Clara. J'ai confiance en toi. Je n'ai aucune crainte.

— Merci. Voilà qui me réjouit et facilitera ton arrivée ici. Nous sommes amies, maintenant. J'ai moi aussi confiance en toi et en les autres. Mais maintenant, centrons-nous sur toi. Il va falloir que nous nous rapprochions. Es-tu prête ?

J'étais non seulement prête, mais presque impatiente.

— Ah, ce que tu es vivante ! dit-elle. Toi et Alan, les deux musiciens, êtes assurément les plus drôles de la bande. Bientôt, nous serons de nouveau réunis.

J'allais revoir mes amis. La joie m'envahit.

— Revenons à l'instant présent, si tu le veux bien. Je commence le décompte. Un : ton esprit rejoint le mien, bien loin de ta maison.

Je n'étais déjà plus chez moi. Mon corps y était, mais mon esprit était reparti auprès de Clara. Aller chez elle ? Quel honneur !

— Deux : les êtres que tu aimes sont en sécurité, rien ne peut leur arriver pendant ton absence. Enlève toute trace d'inquiétude de ton esprit. Tout va bien.

Clara avait raison de me préciser cela. Je savais que le nouveau voyage qui s'annonçait à nous allait nous demander un lâcher-prise sur nos vies réelles. C'est le principe même du rêve, avec son langage et son univers si particuliers. Nous étions en pleine nuit, dans un espace où tout était possible. La suite m'appartenait, ou plutôt nous appartenait.

Une douce chaleur parcourut mon corps. Un léger souffle tiède aux effluves de fleurs de tilleul fit légèrement voleter mes cheveux et caressa mon visage, jusqu'à taquiner mes narines. L'esprit de Mère était aussi avec moi, et il me salua avec un parfum subtil et envoûtant. Des parfums d'ylang-ylang et autres fleurs exotiques avec lesquels elle nous avait accueillis sur l'île aux loups la dernière fois, elle me fit sentir cette fois-ci des fragrances plus locales, qui me portèrent dans mon passé. Mon esprit voyagea en effet dans le jardin de la maison qui avait vu grandir mes garçons, des années auparavant. Un tilleul majestueux y trônait, et au début de l'été, il offrait ses fleurs appétissantes aux insectes pollinisateurs qui profitaient de l'aubaine. Je me régalais toujours d'observer cette vie bourdonnante et bruyante. J'y puisais une sérénité qui m'aidait à tenir le rythme parfois soutenu de ma vie de mère célibataire.

— Bonjour, Mère ! dis-je avec mon âme.

Son souffle s'attarda sur mon corps, me procurant un léger frisson.

— Trois : bienvenue chez moi. Tu peux ouvrir les yeux !

Mes paupières s'ouvrirent, et comme pour mon réveil dans la fusée quinze mois plus tôt, je me trouvai dans la pénombre. Je devinai la main de Clara dans la mienne. Sa présence me rassura. Elle me guida ensuite dans un couloir, qui s'éclairait au fur et à mesure de notre marche.

— Voilà, nous y sommes. Suis-moi, nous sommes presque arrivées. La pièce qui nous servira de point de retrouvailles et de départ se situe au bout de ce couloir.

Au fur et à mesure de notre marche, je pus voir plus précisément Clara, la clarté s'intensifiant. Cette fois-ci, elle était vêtue d'un simple jean bleu foncé et d'une veste blanche chaudement rembourrée. Son foulard bleu pastel ajoutait un raffinement indéniable à sa tenue. Cette femme blonde aux yeux bleus possédait un regard tellement perçant et mystérieux qu'il en était presque intimidant. Contrairement à la fois précédente, ses cheveux étaient attachés en chignon, ce qui dégageait davantage son visage fin et harmonieux. Sans conteste, Clara était une très belle femme. Je découvris avec bonheur le nouveau décor planté devant moi, différent de mon environnement familier. En regardant voleter la mèche rebelle de Clara au rythme de ses pas, marchant avec des pas rapides et aériens, je compris mieux mon ancêtre Antoine qui avait cru voir un ange.

La pièce de vie dans laquelle je me trouvais était située à l'étage. Ses gigantesques baies vitrées m'offrirent un panorama digne d'un conte de fées. La vue donnait directement sur la forêt environnante. Deux écureuils sautillaient, grappillant ici et là des graines éparses. Une multitude d'oiseaux rivalisaient de trilles et de chants harmonieux. Plus étonnant encore, je vis un cerf frotter ses bois contre un arbre. Le voir de si près était impressionnant. Sa jument, Osiris, accompagnée d'un âne, broutait paisiblement dans le grand champ donnant sur la forêt. Elle se mit à boire dans un ruisseau qui traversait le champ. Mon reflet apparut dans l'eau, et Osiris, au départ étonnée, s'adressa à moi :

— Bonjour, Cécile ! Enfin, je suis sûre que tu es Cécile, car tu corresponds à ce que Clara m'a décrit de vous sept. Tu es donc une personne du passé pour nous. Elle m'a tant parlé de vous ! Elle est ressortie de votre séance transformée. Avec vous, elle a franchi la dernière étape de son initiation. Emmanuel a pris sa retraite bien méritée dès le lendemain. Depuis, elle fait des séances régulières, à raison d'une par mois environ. Je suis heureuse de te voir !

Elle parut soudain contrariée.

— Les chevaux étaient maltraités à ton époque, m'a dit Clara. Et ne parlons même pas des ânes, nos cousins, qui portaient des charges bien trop lourdes sur leur dos. J'ai même entendu des récits épouvantables de chevaux mourant d'épuisement en tirant des touristes trop exigeants et agités sous des chaleurs insoutenables. Il paraît qu'il y avait des chevaux, même jeunes, amenés froidement à l'abattoir pour une fracture d'un membre, alors que la rémission était possible, certes longue et incertaine, mais réalisable avec de la douceur et une bonne rééducation dans l'eau de mer. Les humains, qui étaient égoïstes et si pressés, préféraient donc les envoyer à la mort. Savaient-ils à ton époque que les ânes et les chevaux ne sont pas des esclaves ? Je suis soulagée de ne pas assister à cela, même si je porte encore les cicatrices de ce passé dans mes gènes. Nous sommes actuellement bien moins nombreux sur Terre, mais également mieux considérés, respectés et aimés.

Je n'étais pas étonnée qu'une jument s'adresse à moi. Les deux rêves précédents m'avaient habituée à communiquer avec les animaux, et même si dans ma vie réelle, je ne comprenais pas leurs mots, je percevais très bien leurs ressentis.

— Bonjour, Osiris ! Je vais tenter de répondre à ta question. Est-ce que mes contemporains savent que les chevaux et les ânes ne sont pas des esclaves ? Hélas, le chemin reste encore long à parcourir pour lutter contre la maltraitance animale. Elle me fait mal au ventre. Cette violence est insoutenable.

Son regard était très expressif. Je lisais dans ses yeux une grande sensibilité.

— Tu es une jument de toute beauté, tu sais ! Clara a une chance considérable de t'avoir dans sa vie. Sache que, toi aussi, tu lui apportes un équilibre et une amitié qui embellissent sa vie. Elle apprécie ta protection qui la rassure lorsqu'elle arpente toute seule les sentiers isolés. Tu es un cadeau dans sa vie.

— Merci, Cécile, je suis touchée.

Mon reflet s'éclipsa. Revenant vers Clara, je m'adressai à elle :

— Que c'est lumineux chez toi, Clara ! C'est un de mes rêves de vivre dans une habitation comme celle-ci, avec vue sur une forêt ou un bois. Ta maison est à ton image : belle, spirituelle, mystérieuse, originale et tellement proche de la nature...

— Merci pour le compliment. Nous, les Scandinaves, accordons une grande place à notre intérieur. Nous considérons qu'il doit être un havre de paix pour ses occupants. Notre porte reste toujours ouverte pour les amis ou même les voyageurs qui font parfois halte chez nous. Cela doit te paraître un peu surréaliste, car je sais que vous vivez dans la peur du vol, du pillage, dans le manque de confiance envers votre prochain. Ici, il n'y a pas de cambriolages. Ce n'est pas dans notre culture. Par contre, il règne une grande hospitalité et personne n'est laissé sur la route dans le froid.

— C'est amusant, Clara, mais j'ai toujours pensé que notre appréhension d'être cambriolé envoyait des énergies aux voleurs, comme une sorte de message émis qui serait capté. Pour ma part, je n'ai jamais eu cette peur, et ce n'est pas de la naïveté de ma part. Juste une confiance, une intuition. Même si, bien sûr, il est inenvisageable de ne pas fermer à clé la maison le soir.

— Ta réflexion est très juste. Quant au havre de paix, chez vous, dans le Sud, au XXIe siècle, de ce que je peux voir, c'est que votre maison est une sorte de cocon qui vous protège de l'extérieur. Mais vous vivez le plus possible à l'extérieur dès que les températures le permettent. Je pense qu'il en serait de même pour nous si nous avions le même climat.

Je réalisai la différence de culture, la mienne étant méditerranéenne et la sienne scandinave. Le climat influençait directement la vie des gens. Je regardai la pièce. Un pull était posé sur un fauteuil en rotin, et un chat noir était allongé sur le canapé avec, entre ses pattes, une petite boule blanche. Ce que je prenais pour une peluche était en réalité un petit lapin. Les deux compères semblaient savourer un repos bien mérité.

— Je te présente mon chat Réglisse, chat noir norvégien, et ma lapine Neige. Je les ai accueillis tous les deux à quelques jours d'intervalle, alors qu'ils étaient jeunes et très joueurs. Ils se comportent comme frère et sœur. Lorsqu'ils dorment, ils forment un amas noir et blanc, comme s'ils n'étaient qu'un seul être dans une complémentarité de tons. Le yin et le yang version chat-lapin, dit-elle en souriant.

Elle porta ensuite son regard sur ma main gauche blessée et le jersey qui cachait une vilaine cicatrice fraîche sur le dessus.

— Mais que t'est-il arrivé ?

— Une vilaine chute après mon dernier concert cet été. Le troisième métacarpe de ma main gauche n'a pas résisté à un magistral vol plané dû à un obstacle au sol que je n'avais pas vu. Ma main a tapé dans une chaise en fer forgé lors de ma chute. Lorsque j'ai repris mes esprits, j'ai tout de suite compris que l'os s'était cassé… Comme la fracture était légèrement déplacée, les deux premières semaines d'immobilisation n'ont pas suffi pour que tout rentre dans l'ordre. J'ai dû être opérée deux jours après la rentrée des classes, deux semaines pile après l'accident, car elle était cette fois trop déplacée. Ça fait un peu plus de deux mois. Des plaques et vis ont été insérées dans ma main afin de permettre enfin une bonne cicatrisation de mon os. J'ai une jolie chaîne qui l'entoure intégralement, maintenant. Je ne sais pas où en est la médecine en Suède au XXIVe siècle chez toi, Clara, mais je m'estime vraiment chanceuse d'avoir bénéficié d'un système de soins qui a permis une réparation de ma main. En tant que musicienne, mon rétablissement était vital pour poursuivre mon enseignement et ma passion. Je remercie le chirurgien qui a fait un très bon travail, ainsi que l'équipe soignante dans sa globalité qui m'accompagne avec beaucoup de compétence et de dévouement envers ma guérison, des infirmières au kiné. Si tu savais le privilège que c'est de vivre à mon époque en France et non dans un village isolé d'un pays pauvre... Il existe de telles disparités en matière de soins, de nourriture, de confort de vie sur la même planète. C'est révoltant !

— Ça, je le sais, malheureusement... Toutes les séances que je réalise me permettent de toucher du doigt ce passé qui a tant divisé les gens, répondit-elle.

— Oui, c'est sûr. Tu assistes à cela toi aussi.

— J'y assiste, mais toi, tu le vis. Cela fait une différence de taille.

Revenant vers ma main, une émotion m'étreignit. J'avais peur de ne pas retrouver son plein usage comme avant l'accident. Même si j'allais vers le mieux, c'était tout de même une épreuve dont je me serais bien passée. Le mois de septembre avait été difficile : outre les douleurs consécutives à la fracture, j'avais réalisé que nous avions besoin de nos deux mains pour tous les actes du quotidien, de la découpe du pain à la douche, en passant par la conduite de la voiture, l'habillage, l'étendage du linge ou le passage du balai. Tout était devenu plus compliqué. J'avais dû m'armer d'une grande dose de patience, de lâcher-prise et de bienveillance envers ma guérison. Heureusement, dès la fin de ce mois laborieux, la reprise du piano et de la flûte traversière m'avait remonté le moral. Ces heures quotidiennes de travail m'avaient assuré, et continuaient d'ailleurs de le faire, une bonne rééducation, tout en ne me demandant aucun effort supplémentaire. Il me suffisait de jouer de nouveaux morceaux. Dans ces moments-là, je devais souvent prendre garde à reconnaître les premières douleurs annonciatrices d'abus de ma part. Je progressais de jour en jour, et je gardais espoir de tout récupérer.

— Je suis désolée pour toi. Mais tu es une femme courageuse et tu n'es pas du genre à te lamenter sur ton sort. Je gage que d'ici le printemps, tu pourras rejouer en concert et diffuser la musique. Tu fais partie des personnes battantes. Sous tes allures douces, il existe au fond de toi une force de caractère qui fait que les aléas de la vie ne sont pas près de te freiner dans ton énergie ! Ceci dit, ton visage un peu pâle et tes traits fatigués s'expliquent aisément par cette convalescence douloureuse.

Elle posa son regard sur la table basse et déclara :

— Sers-toi donc une tasse de thé, et des biscuits à la cannelle. Je sais que tu aimes particulièrement cette épice. Sache que nous sommes au moins deux ! Chez nous, en Suède, elle accompagne certains desserts, qui nous régalent, surtout lors des premiers froids. C'est une douceur qui nous permet de garder le moral, et de nous évader un peu vers des contrées plus orientales.

— Je vous comprends plus que bien ! Tu as raison : je suis faible devant le chocolat noir et les desserts à la cannelle. J'en rajoute presque systématiquement aux biscuits que je réalise avec l'okara que je filtre lorsque je fais de la boisson d'amande.

— Je dois m'absenter quelques instants afin de canaliser les autres et les inviter à nous rejoindre. Je leur ferai part de ton accident avant leur arrivée dans ce salon : ainsi, tu n'auras pas à le répéter six fois ! dit-elle en souriant.

Aussitôt sa phrase terminée, Clara me laissa toute seule chez elle, près de la cheminée. Les effluves agréables du thé de Noël encore fumant, alliés aux crépitements chauds et rassurants du feu derrière l'insert, apportèrent à ce moment hors du temps un côté presque solennel. Pour la première fois depuis quelques semaines, je me détendis profondément. Je me servis une tasse de thé. La chaleur du mug en grès réchauffa mes mains. Je constatai que j'étais vêtue d'un pantalon noir, classique en cette saison, d'un sous-pull blanc et d'une veste chaude noire. Je plongeai ma tête dans mon foulard bleu foncé, m'imprégnant des fragrances fleuries de mon parfum. J'étais toujours étonnée, dans ces rêves, de me retrouver habillée avec des tenues de journées normales, alors que j'étais appelée en pleine nuit, en pyjama un peu informe et pas vraiment à mon avantage. Je m'imaginai une seconde arriver ici, avec un tee-shirt élimé et hors d'âge dont je ne parvenais pas à me séparer, et un de ces vieux survêtements ne tenant même plus à mes hanches, mais si confortables pour dormir. Il ne m'en fallut pas plus pour rire intérieurement. Heureusement, ma dignité était préservée ! Il me tardait de revoir mes amis. Clara se trouvait à présent dans la pièce voisine, concentrée dans la localisation des autres. Qu'était devenu Alan, musicien irlandais si talentueux et proche des siens ? Qu'en était-il de ma précieuse et brillante Adèle, qui me suivait depuis notre premier rêve commun ? Elle m'avait manqué. Et Simon, mon jeune protégé, qui me faisait tant penser à mon fils aîné ? C'est avec une grande surprise que nous avions appris qu'il était mon lointain descendant et que nous avions un ancêtre commun. Comment allait Nirvelli, qui m'impressionnait par sa sagesse et son intelligence ? Enfin, qu'était-il arrivé à Alioune et Bào depuis le temps, les plus lointains dans le futur pour moi, si ouverts et authentiques ? J'avais souvent pensé à eux, mais sans envisager un instant de les revoir un jour. Cela me paraissait tellement improbable… Je peinais à réaliser cette opportunité qui nous était présentée.

2

La vie suit son cours

Alors que mes pensées voyageaient dans notre grotte, j'entendis quelques bruits de pas légers. Alan fit une entrée discrète près du feu. Nous étions très heureux de nous retrouver ! Il me prit dans ses bras, me soulevant aisément dans son élan. Il n'avait pas changé d'un iota depuis la dernière fois. Il semblait même encore plus jovial. Sa tenue me fit sourire, car elle était totalement dépareillée : un pull gris rayé de noir et un pantalon rose à pois rouges. Je maîtrisai mon envie de rire en me disant que les modes vestimentaires étaient vraiment l'affaire de chacun. Mais il fallait admettre qu'Alan était unique en son genre.

— Hello, la musicienne ! Comment vas-tu depuis notre voyage hors du commun ? Je ne pensais pas que nous nous reverrions un jour. Je suis impatient de pouvoir tous vous serrer dans mes bras. Je suis vraiment très ému ! Papy Alan va retenir ses larmes, promis !

— Le plaisir est partagé, Alan ! Papy… Je n'arrive pas à me faire à ce surnom, tellement ton âme d'enfant rayonne dans tes traits. Nous avons tous pris une année dans nos vies, et nous aurons sûrement des tas d'histoires à nous raconter. Cela ne va pas être simple si nous n'avons pas beaucoup de temps, dis-je, aussi excitée que lui.

— Nous avons tissé un lien spécial, en effet. Quand j'y pense… C'est un truc de fou ! Jamais dans nos vies réelles nous ne pourrions nous parler ainsi !

— C'est sûr ! Je crois que Clara a établi une sorte de connexion entre nous sept qui dépasse les notions d'espace et de temps. Nous sommes, en quelque sorte, des amis de rêves. Cette idée me plaît.

— Et puis, qui sait ? enchaîna-t-il. Le temps passe tellement vite dans le monde onirique que nous aurons peut-être le temps de trinquer à notre amitié ? En effet, Clara m'a fait part de la préparation de son mari pour nous tous : un vin chaud bien épicé ! Je m'en régale d'avance !

— Eh bien, je vois qu'elle sait nous appâter ! Je n'étais pas au courant de cet apéritif promis. J'en étais restée au thé, répondis-je.

— Cécile, Alan, quelle joie de vous revoir ! J'entends parler de vin chaud ? Je crois que je n'en ai jamais goûté.

Nous n'avions pas entendu Adèle rentrer. Notre accolade fut longue, elle diffusa à nouveau en moi son fluide d'une douceur si bienfaisante. Celui-ci se focalisa assez vite sur ma main gauche.

— Même si je ne t'avais pas vue, je t'aurais reconnue immédiatement, Adèle ! Ta présence se perçoit même à distance. C'est de l'ordre de la télépathie… Même ma douleur à la main s'est évanouie ! Incontestablement, tu sais guérir avec le contact de tes mains, et même je dirais avec la puissance de ton esprit.

— Tant mieux, ma douce ! répondit-elle. Dès que Clara m'a informée de ton accident et de ses suites, j'ai tenu à te soulager un peu. J'ai bien expérimenté la douleur éprouvée après une fracture. Je me suis cassé la jambe droite, il y a dix ans. Je me souviens encore des mois qui ont suivi. J'ai bien dégusté… Je ne déplore, heureusement, aucune séquelle, mais je fuis à la vue d'une paire de béquilles ! En ce qui te concerne, je suis désolée de te l'annoncer comme ça, mais les douleurs ne disparaîtront totalement qu'une fois tout le matériel enlevé. Avant cela, chaque changement de météo, ou, plus grave pour toi, répétition un peu trop longue, te fera sentir ce corps étranger dans ta main. Mais rassure-toi, je sais que tu vas tout récupérer après cela. N'hésite pas à prendre de l'ortie pour la réparation osseuse.

Alors que nous nous attendions à voir arriver nos amis les uns après les autres, nous les vîmes débarquer tous les quatre en même temps. Ils arrivèrent main dans la main, apparemment un peu sonnés. Nirvelli arborait un joli ventre de femme enceinte de quelques mois. Nous en fûmes attendris. Devant nos regards surpris et émus, elle nous raconta :

— Cette petite fille s'est invitée dans nos vies alors que nous ne nous y attendions pas du tout ! Il s'agit d'un cadeau du destin. Dans notre culture, nous considérons que c'est l'enfant qui choisit le moment où il doit naître, ainsi que sa famille. Il est guidé par les esprits. Nous sommes tellement heureux ! Je suis actuellement enceinte de six mois et la grossesse se passe très bien, bien mieux que celle de mon grand où j'avais été malade les trois premiers mois. Là, je suis en pleine forme depuis le début. Nous avons du mal à expliquer à notre grand Nahele, 6 ans maintenant, qu'un bébé a besoin de neuf mois dans le ventre de sa maman avant de naître. Il semble déçu tous les matins de ne pas encore la voir, dit-elle en posant ses mains sur son ventre arrondi. De mon côté, je profite de ces moments où nous ne sommes que toutes les deux.

— Eh bien ! Quelle année pour toi, Nirvelli ! dit Alioune, qui ne s'était pas encore manifesté. Je suis très heureux pour toi et ta famille !

— Merci, Alioune ! répondit-elle. Parlons d'autre chose, si vous le voulez bien. J'aimerais savoir si votre vie a changé après cette mémorable nuit que nous avons vécue il y a quinze mois ? Pour ma part, j'ai mis quelques jours à réaliser ce qui m'était arrivé. Je n'ai parlé de notre rêve hypnotique commun que quelques jours plus tard. J'avais besoin de rester encore dans cette bulle. Mais après ce répit, ma vie réelle a repris ses droits et je me suis retrouvée dans un tourbillon de choses à faire. Mon mari a été mon confident le plus attentif et admiratif. Il a même rêvé, lui aussi, après mes récits. Peut-être répondait-il également à un appel ? Les mots de Mère, de mon ancêtre lointain, de Clara, d'Emmanuel et de vous tous sont restés gravés au fond de moi.

Elle retint une larme au coin de ses yeux noirs et expressifs.

— Je suis bouleversée de vous revoir ici. Qui aurait pu le croire ?

Bào, qui ne s'était pas encore exprimé, la prit dans ses bras. Il était encore un peu hébété, et semblait secoué par ce nouveau départ.

— En effet, Nirvelli… Qui aurait pu croire que nous nous retrouverions un jour, sachant que nous venons d'horizons et d'époques si différents ? Et chez Clara, en plus, quelle chance ! C'était déjà un petit miracle la première fois, mais là, cela relève du surnaturel… Cela dit, je suis sûr qu'il n'y a pas de hasard, et qu'il y a une raison à cela. Pour ma part, j'ai parlé à ma petite amie de cette sieste sous l'arbre à côté de Goodness. Elle était impressionnée, bien sûr, mais nous avons vécu cet appel de la Terre comme un encouragement à poursuivre notre œuvre. Nous sommes donc engagés plus que jamais dans la sauvegarde des éléphants, des oiseaux, et plus globalement de toute la faune et la flore sauvages. J'ai obtenu mon diplôme de vétérinaire au printemps et je passe le plus clair de mon temps au sanctuaire. Je pense même embaucher un associé prochainement, car le travail ne manque pas et je suis souvent débordé… Actuellement, il n'est plus question de faire la sieste à l'ombre d'un arbre… Je regrette de ne plus avoir le temps de méditer, de lire, ou mieux : de rêver.

Il regarda ensuite par la baie vitrée et son regard vague se posa dans le lointain :

— Le paysage n'est pas le même que celui que nous avons pu admirer à Bora-Bora la dernière fois. Clara, je suis émerveillé depuis tout à l'heure devant la forêt qui entoure ta maison. Elle est tellement différente de ce que je vois chez moi ! Mais tellement vivante aussi !

— Vivante, ça tu peux le dire ! répondit-elle en souriant. Regardez qui me rend visite tous les soirs ! Ce grand cerf est un vieux père d'une dizaine d'années, un habitué des lieux qui n'ont plus de secrets pour lui. Il vient parfois se servir dans les balles de foin d'Osiris, ma jument, et d'Anatole, l'âne de mon fils aîné, lorsque les ressources viennent à manquer dans son environnement. Cela arrive surtout en cas de grand froid, en janvier ou février. Il sait que la cantine est bonne et qu'il trouvera aussi un abri à côté de mes doudous. Il a même sympathisé avec Osiris, et nous avons décidé de lui donner un prénom.

Nous regardions ce noble animal tendre l'oreille, comme s'il avait perçu que nous parlions de lui :

— Les amis, voici donc Oscar, grand séducteur des biches du coin en période de rut où son brame est audible des kilomètres à la ronde et où il devient intenable. Son rut a pris fin il y a seulement quinze jours. Il a quelques biches et leurs faons sous sa protection, et lors de mes promenades, je peux m'assurer que la population de cerfs, autrefois menacée, connaît à nouveau une belle expansion. C'est une bonne nouvelle.

— Le cerf a-t-il été victime d'une chasse incontrôlée ? demandai-je.

— Oui, de la chasse effectivement, mais pas uniquement. La principale cause fut le changement climatique. La nourriture mais surtout l'eau ont manqué pendant quelques décennies, au début du XXIIe siècle, à cause de sécheresses dévastatrices. Malgré l'aide de personnes investies dans leur sauvegarde, qui organisaient des récoltes de foin, parfois importé d'autres pays, et qui le distribuaient ensuite dans des mangeoires aménagées dans des endroits reculés et cachés, et malgré des abreuvoirs régulièrement remplis, la population a décliné. Les cervidés n'étaient pas habitués à affronter de telles températures, surtout l'été… Les canicules, qui étaient rarissimes avant en Suède, sont devenues monnaie courante au XXIIe siècle… Les jeunes faons ne survivaient que rarement à leur première année. Heureusement, les efforts prolongés pour maintenir l'espèce en vie, et bien d'autres, ont fini par payer.

Je retrouvais bien là Clara, qui, après avoir relaté un événement terrible comme l'extinction presque totale d'une espèce à cause de l'action de l'Homme sur le climat, trouvait toujours à redonner de l'espoir et de la lumière. Ce regard sage et son contact me faisaient du bien, car, dans mon quotidien, peu de gens étaient comme elle, à diffuser de la positivité même après avoir constaté ou déploré des catastrophes, et ce, sans exprimer ni colère ni jugement. Elle interrompit mes pensées.

— Par contre, chose étrange, le cerf est devenu un animal presque familier. Il s'est rapproché de l'Homme.

— Peut-être a-t-il compris que l'être humain, par ses activités et ses vices, était capable du pire mais aussi du meilleur ? suggéra Bào.

— J'en suis persuadée, répondit-elle. Mais d'autres faits nous questionnent. En effet, je prends l'exemple du cerf : sa physiologie change aussi. Ses bois sont un peu moins imposants et larges qu'il y a cinq ou six siècles, et il est devenu plus petit… Est-ce lié au changement climatique ? Au rapprochement des humains ? Nous nous interrogeons en profondeur sur ce sujet, car, globalement, les oiseaux, et même les mammifères, sont plus petits qu'avant. Voici une évolution assez rapide dans le temps.

— Peut-être que les animaux s'adaptent plus rapidement que nous, intervint Alan.

— C'est évident, répondit Clara. Mais revenons, si vous le voulez bien, à la question de Nirvelli. Notre vie a-t-elle changé depuis la nuit que nous avons partagée il y a quinze mois ? Pour moi, elle a changé, oui ! Votre visite m'a impressionnée. Même si avant vous et après vous, j'ai côtoyé nombre de groupes intéressants et atypiques, je n'ai jamais retrouvé la diversité qu'il y a entre vous sept. En effet, dans les autres groupes, il y avait toujours une unité. Cette unité pouvait être temporelle, ils étaient alors tous issus de la même période, ou géographique, ils vivaient alors dans le même pays, voire la même région. Je me souviens de groupes dont les membres partageaient le même métier, ou avaient sensiblement le même âge. Je ne sais pas ce qui avait traversé l'esprit de Mère le jour où elle a décidé de vous réunir, mais je trouve qu'elle a bien fait. C'est aussi la première fois que je dois rappeler le même groupe une seconde fois, même si ce n'est en rien exceptionnel, car c'est arrivé à Emmanuel plusieurs fois. Du coup, je suis un peu impatiente. Et pour vous ?

Ce fut à Alioune de se manifester :

— Pour moi, elle n'a pas changé du tout au tout, mais je suis bien plus calme qu'avant. J'ai chassé la peur de ma vie, et, désormais, j'agis avec la même ferveur, mais avec en prime une grande sérénité. Comme promis par Mère, je ne subis plus autant de pression de la part des autorités. C'est même l'inverse : contre toute attente, je suis même suivi par de plus en plus de gens ! Avec ma femme et notre fils, nous avons créé une éco-ferme où nous réhabilitons les cultures traditionnelles de notre pays, tout en respectant le sol et le rythme des saisons. Nous avons de plus en plus de visiteurs, curieux, et les plus passionnés ou convaincus entreprennent de faire grandir ce projet qui vient contrer la pensée dominante de mon pays. Ma fille est partie faire ses études de droit dans la capitale, et son absence a créé un vide dans la maison, surtout pour son frère qui vit difficilement l'éloignement de sa sœur. Heureusement qu'elle revient nous voir tous les quinze jours. Et pour vous autres ?

Adèle leva le bras :

— Pour moi, ma vie a connu un changement majeur ! En effet, l'hiver dernier, j'ai connu un épuisement au travail. Mon corps m'envoyait des signaux d'alarme, et j'ai décidé de l'écouter. Je ne retenais plus mes textes, je faisais des malaises, je mélangeais mes mots, mes phrases, je n'arrivais plus à bien dormir. J'ai fait un bilan sanguin très poussé et des examens complémentaires pour détecter une éventuelle carence ou maladie plus grave. Les analyses n'ont rien révélé d'alarmant, si ce n'est un petit manque de fer. J'ai fait une cure qui m'a fait du bien. François et Lydie se sont inquiétés et je me suis arrêtée pendant un mois. J'ai donc mis mon métier d'actrice en pause, et la mémoire m'est revenue au fil des jours. J'ai fait un véritable « burn out ». Heureusement, grâce à la bienveillance de mon entourage, et à la compagnie de mon chien Prince qui ne me lâchait plus, j'ai remonté la pente. Actuellement, je suis toujours avec la troupe, bien sûr, mais je me suis tournée vers l'enseignement théâtral. J'aide les jeunes acteurs en les conseillant. Je pense d'ailleurs me diriger vers cette voie, dans laquelle je suis plus à l'aise désormais. C'est étonnant, n'est-ce pas, après avoir échangé avec mon ancêtre proche de Molière… Mais je crois que j'ai passé l'âge. La passion reviendra peut-être plus tard…

— Cela arrive à tous les artistes, dit Alan en la regardant tendrement. Nous ne sommes pas des machines. Le plus important, c'est de prendre soin de toi. Comme nous tous ici, tu es une active, une passionnée avec constamment un projet en tête. J'ai toujours pensé que les pauses comme celles-là étaient bénéfiques sur le long terme, même si nous le prenons à tort comme un obstacle. Tu as bien fait d'écouter les signaux de ton corps.

— Oui, tu as raison, reprit-elle. La crise de la cinquantaine, peut-être. Car ça y est, j'ai fêté mes 50 ans au printemps dernier. Sinon, je vis toujours au sein de notre communauté dans la forêt de Sivens, près d'Albi, dans le sud-ouest de la France. J'ai raconté à mes amis notre évasion nocturne, quelques jours après notre rêve commun, lors d'une soirée au coin du feu dehors, comme nous aimons tant en faire, été comme hiver. Jusqu'à cette soirée de début septembre, seul François était au courant. Cet appel de la Terre a passionné mes amis et mes parents, venus nous rejoindre ce soir-là. Ils étaient tous bouche bée, et ils ont attendu la fin de mon récit pour s'exprimer. Autant vous dire que nous avons passé une nuit blanche. J'ai parlé de vous tous, de votre pays et de votre période de vie. Ils avaient déjà entendu parler de Cécile grâce à notre voyage onirique commun l'hiver précédent. Mais pour les autres, ce fut la découverte. Clara, en particulier, tu as passionné ma mère par tes perceptions si fines des messages de notre Déesse. Chacun de mes amis a pu s'identifier à l'un d'entre vous. Mon père, Antoine, rêverait de rencontrer Cécile et Alan, chacun avec leurs instruments et leurs époques, pour parler musique.

— Oh là là, mais sait-il que nous sommes bavards, les musiciens ? dit Alan.

— Bavards, c'est sûr, dis-je, mais je crois que si je rencontrais le père d'Adèle, je me poserais quelque part, discrètement, pour l'écouter interpréter le concerto en Ré majeur de Tchaïkovski. L'extrait qu'il avait interprété et que nous avions eu le bonheur de canaliser lors de notre premier voyage avec Adèle était une merveille de musicalité et de finesse.

— Ah, Cécile, si tu savais combien de fois je l'ai entendu travailler et jouer ce concerto ! Il disait que cette œuvre était divine et sortie d'un autre monde. Ma mère a même appris la version piano/violon qui avait été écrite par Tchaïkovski lui-même quelque temps après sa version avec orchestre. Ils la jouent encore malgré leur âge avancé.

Je tentai de visualiser les deux parents d'Adèle en train de jouer ensemble. Quel couple incroyable !

— François, lui, aimerait parler avec Alioune et Bào, car il apprécie votre côté entier et passionné. Ma fille Lydie s'est prise de passion pour Nirvelli et la culture navajo et, plus généralement, des peuples racines. Et elle aimerait, bien sûr, voir et rencontrer Simon. Mais là, je pense que c'est par curiosité féminine. Elle a en effet été impressionnée de savoir qu'il y avait un homme plus jeune avec nous. De là à sous-entendre que nous sommes des vieux, les autres, il n'y a qu'un pas !

Un éclat de rire accompagna sa dernière phrase.

Elle prit une gorgée de thé et poursuivit :

— Elle m'a posé des tas et des tas de questions. Elle était intarissable ! Elle met tout cela en ordre dans sa tête et pense rédiger une nouvelle sur notre séance dans la grotte. Elle aimerait même proposer une pièce pour ma troupe de théâtre. Tout cela cogite dans sa tête. Grâce à elle, je suis, en quelque sorte, restée en contact avec vous tous. Il m'arrive encore d'aider des gens du passé en rêve, et de leur montrer le chemin vers une vie plus connectée à la nature. C'est parfois difficile, car je suis fréquemment choquée par ce que je vois, mais comme Mère me l'a suggéré, je continue. Je suis heureuse avec mon homme, Lydie, nos animaux, nos amis de la communauté et mes parents vieillissants. Ils ont déménagé près de chez nous, ce qui me permet de m'occuper d'eux quotidiennement, que ce soit pour leurs repas qu'ils prennent avec nous ou même les tâches courantes qui commencent à leur peser. Ils jouent toujours de la musique. Pourrait-il en être autrement ? Le vieux violon et le piano de ma mère n'ont pas dit leur dernier mot, et c'est une très bonne chose pour toute la communauté. Mais assez parlé de moi ! Qui désire poursuivre ?

Je me manifestai :

— Je veux bien. Avant de commencer, j'aimerais m'adresser à toi, Adèle. L'épuisement dont tu nous as fait part était peut-être lié à la charge qui repose sur tes épaules. Tes parents, ta fille, les animaux, les activités quotidiennes répétées… T'arrive-t-il de te reposer parfois ? Car cette charge, que nous ne percevons pas la plupart du temps, s'accumule insidieusement. Nous trouvons tellement naturel de nous activer du matin au soir que nous ne voyons pas toujours que notre corps et notre esprit réclament tout simplement du repos. Chez nous, à mon époque, ta pause d'un mois s'appelle des vacances. Je sais que votre communauté repose sur un partage des tâches entre tous les membres qui la constituent, mais là, tu as peut-être été un peu trop loin dans le soin que tu accordes aux autres. Tu sais, je pourrais adresser ces paroles à moi-même… Entre ton travail et tes occupations, trouves-tu du temps pour pratiquer le yoga ? Je te demande cela car, lors de notre premier voyage, j'avais trouvé cela très touchant que tu puises dans cette pratique quotidienne un équilibre.

— C'est une très bonne question, Cécile, répondit-elle. Tu touches un point sensible, comme souvent. Je m'étais un peu désaxée de mon corps. Pendant mon mois de repos, en décembre dernier, j'ai repris le yoga de manière assez intensive, ce qui m'a pas mal aidée, en effet.

— Nous commençons à être proches toutes les deux, dis-je en souriant.

— Plus encore que tu ne peux l'imaginer, dit Adèle en me sondant du regard.

Je fus saisie par sa remarque. Adèle faisait indéniablement partie de ma vie. Je repris la parole :

— Pour moi, pas de grands changements dans ma vie depuis cette nuit du 15 août 2018, si ce n'est une conscience encore plus affûtée de la vie de notre Terre, et presque automatiquement une tristesse associée. J'assiste avec impuissance à la souffrance de notre planète, à un rythme tel que les catastrophes s'enchaînent. Mais en dehors de ce constat prévisible et en rien original, car vous savez tout ça, il y a du mouvement dans l'air, au niveau mondial. Je sais maintenant que Mère est derrière cette évolution. Je pressens que nous allons aborder une décennie de transition, ou du moins la fin du règne du gaspillage, du capitalisme outrancier, du patriarcat associé, le règne de l'humain qui se juge tout-puissant contre la nature, qu'il cherche à dominer et à soumettre, au lieu de vivre en connexion avec elle. Je pense que la

Terre va nous envoyer des signaux. Je ne sais pas encore sous quelle forme, mais il va falloir nous montrer réceptifs.

— Je n'aimerais pas vivre à ta période, dit Bào. Surtout sur mon continent qui, comme tu le sais, était le plus responsable de la pollution de notre Terre à ton époque.

— Ne sois pas si catégorique, lui répondis-je. L'Asie n'est certes pas exemplaire, mais elle agit aussi à cause de la demande des pays occidentaux. Pour ce qui est du plastique, pour ne citer qu'un exemple qui me vient en tête, nous pourrions parler des cargos de la taille d'un immeuble, remplis à ras bord, qui partent de France, d'Allemagne et des autres pays d'Europe qui décident de faire recycler leurs déchets plastiques dans ces pays d'Asie, dits pauvres. Nous pourrions nous demander pourquoi ces pays riches ne les recyclent pas eux-mêmes ? Eh bien, la réponse est prévisible : c'est parce que c'est moins cher d'exploiter des gens à l'autre bout de la planète, de maintenir des gens qui vivent dans une pauvreté innommable dans une forme d'esclavage, que de payer décemment des ouvriers européens avec nos codes du travail. Nous pourrions dire, sans exagérer, que les Européens considèrent les pays asiatiques comme l'Indonésie, par exemple, comme des déversoirs de déchets, des poubelles. Déplacer le problème ne le résout pas, bien sûr, mais je suppose que de ne plus voir la misère sous leurs yeux rassure les gens. Comme disait Mère lors de son appel, le monde n'est pas manichéen. Nous sommes tous dépendants d'une poignée d'humains qui dirigent le monde. Les citoyens ne font qu'essayer de s'adapter. Voilà pourquoi, depuis notre plongée dans la grotte, je regarde le monde avec plus de philosophie, espérant un sursaut de lucidité…

— Ce n'est pas gagné, mais je comprends ce que tu veux dire, répondit Bào.

— En attendant, repris-je, les droits de chacun et chacune reculent dans l'indifférence la plus franche. Ce n'est pas glorieux, bien sûr, mais il faudra passer par ce recul avant un sursaut. Nous sommes aujourd'hui le 15 novembre 2019. Mes enfants grandissent bien, et même si ma reprise après ma fracture a été un peu rude, je suis très heureuse de retrouver mes élèves.

Je regardais Simon, assis en tailleur sur le tapis de Clara. La lumière tamisée du feu magnifiait ses traits. Il était incontestablement un jeune homme charmant et élégant.

— Et toi, Simon, comment vas-tu depuis la dernière fois ? lui demandai-je en lui souriant.

— Je vais bien, Cécile. Merci de me le demander. Pour ma part, la vie suit son cours. Je suis amoureux depuis six mois et je suis sur un petit nuage.

— Amoureux ! Ah mais c'est géant ! dit Alan d'un air complice. Alors, dis-nous tout. Vous êtes heureux ensemble ? Vous redescendez sur Terre de temps en temps ?

— Oui, bien sûr, répondit Simon. Nous vivons intensément l'instant présent. Nous sommes des épicuriens. Emma est paysagiste et son métier est très prenant. Nous prenons la vie comme elle vient. L'amour en fait partie. Alors, nous le vivons à fond, sans nous projeter encore.

— Comme tu as raison, dis-je en lui souriant.

Clara, qui nous écoutait attentivement, nous servit une nouvelle tasse de thé et s'adressa à nous tous :

— Nous sommes bien là. C'est très intéressant d'avoir pu partager notre évolution depuis quinze mois. Je resterais bien toute la nuit à discuter avec vous.

Les traits de son visage changèrent. La tension devint perceptible.

— Mais nous sommes ici pour une raison précise. Nous allons vivre une observation inédite pour moi… et pour nous tous. Êtes-vous prêts à écouter et accepter ce que Mère attend de nous cette fois ?

Un silence suivit ses paroles. Nous étions prêts à être de nouveau secoués, surpris, déconcertés, un peu anxieux, émerveillés, choqués. Nous étions même un peu impatients. Tout se mélangeait dans nos têtes. Pour entrer dans le vif du sujet, nous devions, pour cela, ouvrir nos esprits à la nouveauté et à l'absence de jugement.

— Clara, c'est toujours un peu stressant d'arriver à cet instant où nous savons que tout peut arriver, dit Bào, se recueillant devant le feu. Sommes-nous prêts ? Pour ma part, je le suis.

Nous l'étions tous.

— Bien ! dit Clara. Alors, vous savez ce qu'il vous reste à faire. D'abord, faire le vide dans votre esprit pour chasser toute idée négative, ou tout ancrage avec votre vie réelle. Ici, nous ne sommes pas dans le réel, la logique, le cohérent. Nous sommes dans un espace où tout peut arriver, comme l'a si bien dit Bào, et où nous devons bannir nos barrières et frontières. Sans pour autant suivre aveuglément ce qui va nous être dit ou montré, nous devons accepter de laisser parler nos ressentis sans pour autant perdre le contrôle. Car ce que nous allons vivre, d'après ce que j'ai cru comprendre de Mère, est… comment dire… dépaysant, étrange, pour ne pas dire perturbant. Nos idées reçues risquent d'en prendre un coup. Je vais donc entrer en relation avec elle, pour lui signifier notre accord. Elle nous précisera ensuite son projet.

Spontanément, nos mains se lièrent. Nous regardions Nirvelli et son ventre rebondi, qui semblait un peu inquiète. Clara le comprit :

— Nirvelli, je tenais à te rassurer. Notre intégrité physique ne sera en aucun cas menacée. Nous aurons la protection de Mère. Il ne faut pas que tu aies peur.

— Je n'ai pas peur pour moi, Clara, mais pour ma fille. Vivra-t-elle ce que nous allons vivre aussi ?

— C'est une bonne question. Je la lui poserai et je te donnerai sa réponse. Je peux lui demander de protéger ton bébé pour qu'elle ne vive pas cette expédition. En tant que mère, je te comprends, comme nous tous ici, je suis sûre. Je vais voir ce que je peux faire.

— Merci, Clara, répondit Nirvelli en caressant son ventre.

— Servez-vous une tasse de thé et des biscuits à la cannelle. Le vin chaud, ce sera pour notre retour ! Enfin, sauf pour Nirvelli, bien sûr, dit Clara, plus détendue. Je reviens dans un instant vous révéler les étapes de notre voyage.

Clara s'éloigna, nous laissant seuls. Le silence s'installa.

3

Les consignes

Clara revint vers nous assez vite. Elle était pâle et semblait un peu apeurée. Nous n'osions pas lui parler ni lui poser de questions. Elle semblait ailleurs, entre deux mondes. Son aura jaune d'or se dessina autour de sa tête, comme dans la grotte quelques mois plus tôt. Mon regard ne put se détacher de ce magnifique symbole. Elle se plaça au centre de la pièce et prit la parole :

— Je ne sais pas par où commencer. Mère a parlé tellement vite que j'ai dû m'accrocher pour tout intégrer et comprendre. Heureusement, elle reste avec nous.

Un souffle accompagna sa dernière phrase. Des effluves fleuris vinrent nous confirmer sa présence.

— Cette fois, elle va nous conduire dans un endroit inconnu pour nous tous, même de moi. Je resterai en contact avec elle tout au long de notre voyage, et je traduirai mot pour mot ce qu'elle pourra me communiquer comme informations ou remarques.

L'ambiance changea immédiatement, devenant plus solennelle. Nous étions rivés aux paroles de Clara.

— Mère, appelée Gaïa, veut nous conduire chez une de ses filles, qu'elle a nommée Bahia. Vous avez bien compris : nous allons visiter une autre planète, ou du moins une autre dimension.

Nirvelli se manifesta :

— Avant de donner mon accord pour la suite des événements, j'ai besoin d'être rassurée sur un point vital. Vu mon état et ma responsabilité sur la vie de ma fille, je voudrais savoir si nous pourrions courir un risque de transmission bactérienne ou virale ? Ou bien si nous pourrions contaminer, par notre visite, les habitants de cette autre planète, si tant est qu'elle soit peuplée ?

— Ta question est légitime et même de premier ordre. Je vais donc te répondre. L'évasion se fera par notre esprit et non notre corps. Une médium nous attend pour nous délivrer des messages. Elle seule pourra nous voir. Je rappelle que nous ne sommes pas dans notre vie « réelle » ici, et que tout ce qui va nous arriver n'est pas logique, et encore moins rationnel ou explicable scientifiquement. Les virus, les microbes et toute peur de cet ordre-là n'ont pas lieu d'être et vous devez être sereins sur ce point. Nirvelli, je t'aiderai un peu avant notre départ.

— Je te remercie pour ces précisions, répondit Nirvelli, pas pleinement rassurée pour autant.

— Il ne faudra pas chercher tout de suite à donner une explication à ce que nous allons découvrir. Mère nous demande de laisser venir les choses, en douceur, sans pour autant perdre le contrôle sur nos pensées et nos intuitions.

Nous étions suspendus à ses lèvres.

— Toutefois, je dois vous préciser une chose, reprit-elle. Nous allons arriver dans ce nouvel univers, mais seule Arya pourra nous voir, comme je vous le disais tout à l'heure. Elle est absolument prodigieuse, d'après ce que j'ai pu comprendre. Elle a été élue par Bahia pour communiquer avec les autres mondes. Nous partons à la rencontre d'un peuple issu d'une dimension parallèle. Une humanité aussi, qui ressemble à s'y méprendre à la nôtre. Peut-être la même ? Peut-être différente sur le fond ? Je me doute que vous devez être un peu perturbés, mais il va falloir lâcher vos ancrages sur Gaïa. Cette visite qui nous est proposée est une occasion exceptionnelle qui nous est donnée. J'espère juste que nous serons à la hauteur…

— Clara, je ne sais pas si nous nous montrerons à la hauteur, mais je promets de faire de mon mieux pour rester dans la vérité, dans l'authenticité et dans la discrétion, dit Bào.

— C'est une très bonne réponse. Je me doutais que je pourrais compter sur vous. Je suis heureuse de faire, cette fois, vraiment partie de ce voyage avec vous.

Elle se concentra, avec ce regard qui n'appelait aucune interférence visuelle ou auditive. Nous étions donc très attentifs et silencieux.

— Autre chose très importante, dit-elle. Vous devez faire une promesse. Mère nous a choisis pour aller sur Bahia. Nous pourrons poser des questions, partager nos perceptions et questionnements avec la messagère, mais ne nous montrons pas trop bavards sur notre monde, notre vie ou notre réalité. Nous devrons être particulièrement réceptifs. Nous aurons tout le temps, après, pour apprécier, réfléchir et nous remémorer les événements de ce monde dans lequel nous allons nous immerger. Tiens, c'est étrange… « immerger ». Ce mot m'est venu tout seul. Je ne sais pas pourquoi, mais nous aurons sûrement la réponse bientôt.

Nous étions assis par terre en tailleur tous les sept. Clara, installée à côté d'Adèle et Simon, avait installé des coussins qui nous assuraient une assise confortable.

— Mère nous demande, cette fois, de nous coucher avant de partir. Accordez-moi une petite minute, je vais chercher les couvertures que j'avais prévues au cas où nous aurions froid. Nous allons nous enrouler dedans pour entrer dans un cocon. Un cocon d'amour, de délicatesse et de douceur. Simon et Alan, pouvez-vous m'aider ?

Très vite, ils ramenèrent trois couvertures, dont chacune pouvait facilement couvrir, à elle seule, trois ou quatre personnes. Je m'enfouis avec un bonheur non dissimulé sous la chaleur de l'une d'entre elles, que je partageai avec Nirvelli et Adèle.

— Installez-vous à votre guise, dit Clara. Mère va, elle-même, nous plonger en état d'hypnose. Vous pouvez entrer dans cet état en toute confiance. Nous allons apparemment visiter un monde fantastique, surprenant et riche. Je n'en dis pas plus.

4

Le départ

Ma tête reposait sur un coussin moelleux couleur bleu nuit. Je pris naturellement ma position de sommeil, en chien de fusil sur le côté gauche. C'est dans cette position que j'ai toujours dormi et rêvé. J'aime ce moment où les paupières se font lourdes et où le sommeil arrive à pas feutrés, me surprenant parfois à la fin d'une page de roman, si passionnant soit-il. Je vérifiai qu'Adèle et Nirvelli étaient bien installées à côté de moi. J'étais attendrie devant Nirvelli, qui tentait de trouver une position confortable. Elle se trouvait entre Adèle et moi, et nous veillions avec complicité et bonheur sur elle. Sa fille s'était apparemment réveillée. Elle s'agitait vivement, donnant des coups de pied et faisant sursauter son ventre par saccades. Cela n'avait pas échappé non plus à Adèle, qui me lança un regard complice. Un regard de mère.

— On dirait que cette petite fille n'a pas trop envie de se détendre avec nous, dis-je en souriant.

— Elle profite habituellement de mon repos pour se manifester. Tous les soirs, c'est la même histoire. J'ai l'impression d'avoir une petite boxeuse en devenir ! Elle suit mes mains, et j'ai l'impression qu'elle évolue dans une piscine olympique. Dans une autre vie, elle a dû être nageuse ou nageur, impossible autrement, dit-elle en riant.

— Cela me rappelle de doux souvenirs, lui répondis-je. Pour les miens, ils ont gardé leur caractère après la naissance. L'aîné était un véritable cascadeur, et ma dernière aussi. Mon second, en revanche, était plus calme. C'est toujours le cas.

— On dirait qu'elle se calme d'un coup, dit Nirvelli, un peu surprise.

En effet, son ventre reprit une forme plus normale.

— Peut-être a-t-elle envie de partager cette expérience avec nous, elle aussi ? demanda-t-elle.

— Je crois que tu as bien deviné, dit Clara, concentrée. Ne te préoccupe pas trop d'elle. Elle va bien, et elle écoute. Laissons-la vivre cette aventure, elle aussi. Nous allons procéder au départ. Chacun d'entre nous va le vivre à sa manière. Nous nous retrouverons sur la planète Bahia. Je vais commencer à parler, puis les mots ne seront plus nécessaires. Mère prendra le relais, pour que je puisse être réellement avec vous et procéder à mon propre départ. Cette fois, je me retrouve de l'autre côté du miroir. Je ne suis plus une guide mais une exploratrice, comme vous. J'en suis très heureuse !

Un court silence suivit. Nous étions unis et conscients de vivre un moment privilégié.

— Je sens des vibrations d'amour qui montent dans la pièce, continua Clara. Je m'allonge avec vous et vous allez suivre les instructions de ma voix. Cela vous rappellera des souvenirs, n'est-ce pas ?

Des larmes perlèrent au coin de mes yeux. Je ne savais pas pourquoi je me trouvais là, lovée dans une couverture chaude et douillette qui m'enveloppait de sa douceur, au milieu de gens avec qui j'avais déjà tant partagé quelques mois plus tôt et auxquels j'avais si souvent pensé par la suite. Mais qu'importe. Je savourais cet instant précis, pur, beau, et émouvant.

— Je vois que certains d'entre vous sont très émus. Je le suis aussi, dit Clara. Laissons cet état nous traverser. Permettons à nos émotions et sensations d'entrer en nous, et ouvrons notre esprit. Nous allons plonger à l'intérieur de nous-mêmes pour trouver la clé de la libération de notre âme, et pouvoir ainsi la faire voyager.

La clé… Une clé de sol m'avait permis de franchir le seuil du Nouveau Monde quinze mois plus tôt. Quelle allait être sa forme, cette fois ?

Clara parla de manière très douce. Sa voix se fit plus légère, jusqu'à devenir quasiment imperceptible. Les mots semblaient tourbillonner dans sa tête, tellement vite qu'ils ne pouvaient pas tous être dits.

— Essayez de vous détendre au maximum, nous demanda-t-elle. Pour cela, commencez par vous focaliser sur votre respiration. Sentez vos poumons se remplir, lentement, pleinement. Prenez conscience maintenant de toutes vos alvéoles pulmonaires. Voyez comme elles se gondolent et s'élargissent en s'emplissant d'air pur et frais, puis faire le mouvement inverse pour chasser l'air qui les a traversées. Imaginez maintenant que vos poumons soient semblables à un arbre. L'air circule dans toutes les branches et feuilles, nourrissant ainsi toutes nos cellules. Cet air est le souffle de vie. Tout part de lui. Maintenez votre attention sur lui. Humez l'air fleuri de Mère qui se fraye un chemin dans votre corps.

La voix de Clara disparut cette fois-ci complètement. Je humai en effet avec délectation le parfum des fleurs de tilleul, qui emplit mes narines, de manière entêtante, voire ensorcelante. Pourquoi donc cette odeur, qui m'avait déjà accueillie quelques minutes plus tôt, était-elle revenue me hanter ?

— *Cécile, reviens devant ce tilleul, s'il te plaît.*

Qui donc s'était adressé à moi ?

— *Je suis Gaïa, âme de la Terre. Tu n'as plus besoin de Clara pour m'entendre, désormais. Maintenant, retournons devant ce tilleul, si tu le veux bien.*

— Gaïa, je ne sais pas si je veux revenir dans cette maison... C'est encore douloureux.

— *C'est bien pour cela que nous allons nous y rendre ensemble.*

Pourquoi donc Gaïa voulait-elle me ramener dans un passé difficile ? Dans une maison où j'avais été mère célibataire avec deux enfants ? Je résistai un peu, mais l'idée de refuser sa proposition m'était impensable.

Qu'était devenu ce bel arbre que j'admirais de ma cuisine, à l'étage, quand je me perdais dans mes pensées, ou bien plus pragmatiquement lorsque je faisais ma vaisselle ? Était-il toujours dans ce jardin de ville des années plus tard ? Comment avait-il réussi à trouver sa place au milieu des autres ? Il était logé entre un figuier qui avait servi de terrain d'escalade et de goûters mémorables pour mon fils aîné, un cerisier, et quelques arbustes. Ce tilleul centenaire imposait le respect. Je m'étais même demandé comment il avait atterri là, mais il semblait y avoir trouvé un emplacement idéal pour s'enraciner et vivre sa vie.

Je me le remémorai. L'été, il m'offrait bien plus que son ombre. Il m'apaisait. Sous son feuillage protecteur, il m'arrivait de boire mon thé. Parfois aussi, j'y lisais de longs moments. Des souvenirs refirent surface.

Je revis mes enfants jouer devant lui. Ils passaient du temps sur la balançoire que mon frère et moi avions installée à côté de lui. Je me vis pousser le plus jeune, qui riait aux éclats. Un souvenir plus précis se fixa dans mon esprit. Je revis précisément mon petit garçon, un soir d'été, en pyjama léger, assis sur sa balançoire. Il s'était endormi, sans bouger, sans faire de bruit, bercé par des mouvements lents. J'étais attendrie de le voir si serein. Mon grand avait envie de rire, mais mon index posé sur mes lèvres lui intima le silence. Mon petit devait avoir deux ans tout au plus. Il semblait tellement confiant, lui qui d'habitude était plutôt angoissé. Je l'avais délicatement pris dans mes bras pour le déposer dans son lit, deux étages plus haut. J'avais posé un baiser sur son front et caressé ses cheveux. Ce grand bébé si calme… Je revécus au fond de moi la tendresse qui m'avait envahie. Une larme coula sur ma joue à ce souvenir. Cette nuit-là, il avait dormi comme un ange.

— *Voilà, nous y sommes. Sens-tu son émanation parfumée lorsqu'il est en fleur ? Les abeilles, les oiseaux, les vois-tu ?*

Un chant de mésange accompagna les paroles de Gaïa. Je me retrouvai instantanément devant lui. Les abeilles bourdonnaient et travaillaient sans relâche, fières à l'idée de ramener une telle réserve de pollen grâce à cette récolte providentielle. Chaque fleur était visitée par un insecte. Un oiseau se posa sur une branche en hauteur.

— *Je sais que ta vie n'a pas toujours été facile, mais c'est devant ce tilleul que tu as commencé ton éveil spirituel. Disons que c'est en sa présence que ton esprit a pu se libérer. Tu as trouvé les bonnes personnes pour cela, qui t'ont menée vers un chemin plus lumineux. Ce tilleul a été ton gardien. Tu ne le savais pas.*

Cela expliquait sûrement mon attirance envers lui.

— *Nous allons visiter un monde très différent du tien, du mien, de notre réalité. Je propose que nous commencions ce voyage devant lui.*

J'étais maintenant debout devant mon gardien. Le souffle de Gaïa me propulsa à l'intérieur de son tronc. Je perçus la sève sucrée couler le long de mes veines, et nourrir toutes mes cellules. Une vie étrange bouillonnait à l'intérieur de moi. J'étais gelée. Une chaleur bienvenue et appréciable vint parcourir mon bras et mes jambes, du bout de mes doigts jusqu'à mes orteils. Je m'emplis de l'énergie lumineuse qui venait d'en haut. Je me sentis invulnérable.

— Bonjour, toi ! Tu as revu ton petit Clément, bébé, qui s'était endormi sous mon ombre… J'ai un doux souvenir aussi de ce petit gars. Je lui avais chanté une berceuse et il s'était endormi. Il voulait voyager. Alors je l'ai mené au pays des rêves, de beaux rêves pour un petit garçon si attachant.

C'était le tilleul qui s'adressait à moi. Sa voix grave et posée me surprit, car elle me fit penser à la voix de mon grand-père. Il reprit son récit :

— Je me souviens de cette journée terrible d'orage, au début de ton installation dans cette maison. C'était à la fin d'un été. Cet été-là n'avait pas été très chaud. J'étais donc en pleine forme, et ma sève contenait une réserve d'eau suffisante pour que je puisse tenir, sans souffrir, jusqu'à mon sommeil hivernal. Puis il y a eu cette tempête, avec une pluie diluvienne, et des grêlons anormalement grands qui m'ont fait terriblement mal. Ils ont donné des coups de fouet, de massue sur mes feuilles et mes branches.

Je repensai à ce jour. Je venais de récupérer mon grand à l'école et, sans crier gare, un orage avait éclaté, avec une violence inouïe. Nous étions sur le trajet du retour. D'un coup, le ciel était devenu noir, et le vent très violent avait fait trembler les arbres et les panneaux de signalisation. Ma voiture tremblait, elle aussi. J'avais juste eu le temps de me garer devant chez nous lorsqu'une grêle dévastatrice était venue tambouriner sur le capot de la voiture. Ne pouvant sortir, je m'étais jetée sur mes enfants pour les protéger. Le plus jeune était un bébé de quatorze mois. Nous étions terrifiés, serrés les uns contre les autres. Lorsque nous sommes entrés dans la maison, nous avons pu constater l'ampleur des dégâts. L'eau de pluie avait réussi à passer sous la porte d'entrée, car les canalisations, trop pleines, n'étaient pas parvenues à absorber la quantité d'eau qui était tombée en seulement cinq minutes. Dans la rue, les grêlons gros comme des balles de ping-pong jonchaient le sol. La scène était apocalyptique. Les voisins sont sortis, hébétés comme nous. Nous étions tellement impuissants face à cette colère du ciel… Après avoir vérifié que personne n'était blessé ou n'avait besoin d'aide, nous sommes montés à l'étage pour éponger le salon, en partie inondé, car j'avais mal fermé une fenêtre. L'arbre reprit son récit :

— Lorsque tu as su tes enfants en sécurité dans la maison et que le ciel avait repris des nuances ordinaires en cette fin d'après-midi, tu es descendue dans le jardin. Tout était si calme et surtout silencieux… Tu étais très inquiète. Nous avons beaucoup souffert, nous les arbres, mais aussi les animaux qui étaient dehors à ce moment-là : les oiseaux, les insectes, les animaux domestiques comme les chats, les chiens, les lapins, et bien d'autres. Sans parler de ceux qui, surpris, n'ont pas eu le temps de trouver un abri. Je ne parle évidemment pas des pauvres gens qui étaient également dehors à ce moment-là et se sont retrouvés criblés de bleus, blessés et apeurés. Là, dans ce silence pénétrant, tu m'as regardé… et tu as pleuré. Mes feuilles étaient déchiquetées. J'étais presque entièrement sans protection, à nu. La grêle avait ravagé la nature. Devant moi, tu as laissé couler tes larmes. Je sais que tu avais eu peur, mais tu ne voulais pas le montrer. Je t'ai soufflé des paroles rassurantes. Je ne sais pas si tu les as perçues. J'avais déjà dû affronter des tempêtes et la grêle par le passé. Nous savons puiser dans nos racines les forces pour renaître après ces traumatismes. Tu as respiré un grand coup et tu m'as serré dans tes bras. Tu as caressé mon tronc, puis tu es remontée avec tes enfants. Je me souviens de ce moment-là, tu sais. Ton empathie s'était élargie au monde végétal. Nous nous sommes connectés à cet instant, lors de ce contact. Tu étais nouvelle ici. Je ne t'avais jamais encore vue, du moins pas vraiment.

— Je suis très émue, lui répondis-je. Je me souviens en effet de cet orage terrible. Je n'étais dans cette maison que depuis deux semaines. Tu me faisais de la peine. Toutes tes feuilles étaient au sol, déchirées…

J'étais toujours dans son tronc et je conversais avec lui comme s'il était un vieil ami. J'avais un peu froid et mes membres s'engourdirent progressivement. Je levai les yeux et je vis de nouveau la lumière. Son énergie vint réchauffer lentement mes doigts, ma tête, puis mes pieds.

— Sens-tu l'énergie de la lumière ? C'est elle qui nous a permis de surmonter cette catastrophe naturelle. Elle est vitale pour nous, les arbres, ainsi que pour tout le monde végétal. Elle est comparable à votre souffle. Elle est notre vecteur de vie. Dirige-toi vers elle. Je vais t'aider. Mes branches et mes racines vont créer une sorte d'échelle. Gravis les marches. Je reste avec toi.

La lumière prit des teintes orangées. Je fus irrémédiablement happée par elle. Elle était si douce et bienfaisante… Elle se transforma en pluie et vint humidifier tout mon corps. Je frissonnai, de surprise d'abord, puis de plaisir. Mes mains se transformèrent en feuilles, mon torse et mes jambes en un tronc, et mes bras en branches. Sous la plante de mes pieds vinrent se greffer des racines qui cherchèrent immédiatement de la nourriture. Je n'étais plus un être humain mais un arbre, immobile, et celui-ci communiquait avec moi. Je goûtais au pouvoir nourricier de mes racines, la sève coulait le long de mes veines, de mon tronc, de mes branches, jusqu'à ma plus petite feuille nouvelle-née à la cime.

— *Cécile, prends donc cette clé. Elle te servira à ouvrir la porte.*

Gaïa s'adressa une nouvelle fois à moi. Je repris instantanément mon apparence humaine, toujours à l'intérieur de mon tilleul.

Une clé en or vint se loger dans ma main droite. Au contact de ma peau, elle se mit à briller de mille feux. Je n'en avais jamais vu de semblable. Je la fis tourner dans ma main, et, à chaque mouvement, une couleur différente venait se refléter sur les parois du tronc de mon arbre bien-aimé.

Mais où se trouvait donc cette porte ?

— *Elle va apparaître, regarde bien partout. Ne sois pas si pressée. Elle viendra quand ce sera le moment. Tu dois encore rester un peu dans cet arbre.*

Je m'assis quelques instants, un peu assommée par les souvenirs mêlés aux événements récents. La porte apparut juste devant moi alors que je regardais dans le vague, sans but précis. Mon esprit se vida de tout ancrage avec le réel. Je la touchai délicatement. Mes paumes de mains et mes doigts apprivoisèrent tous ses aspects rugueux, rêches. Progressivement, elle se fit plus douce, et finit par retenir mes mains. Elles trouvèrent la serrure, minuscule et gravée. Je tentai de glisser la clé. La serrure étant un peu rouillée, la clé ne parvint pas à l'ouvrir tout de suite.

— *Toujours pressée, à ce que je vois. Laisse-la s'ouvrir toute seule. La clé est dans sa serrure et elle prendra le temps qu'il lui faudra pour s'ouvrir. Patiente un peu.*

Je m'agenouillai et pris une pause de méditation. Je fermai les yeux et plaçai ma tête dans mes mains, puis dans mes coudes. J'étais prête à attendre. Pourquoi étais-je toujours aussi pressée ? D'où me venait cette idée que tout devait être réalisé vite, dans l'urgence ?

J'entendis un bruit de porte grippée s'ouvrir difficilement. Curieuse, je franchis son seuil. Un monde mystérieux se déploya devant moi. Le chant d'un oiseau, strident, criard et répétitif agressa mes oreilles. Ce n'étaient pas les pépiements familiers et harmonieux d'une mésange, d'un pinson, d'un moineau ou d'un rouge-gorge. Il s'agissait sans nul doute d'un oiseau plus gros et exotique. Je prêtai l'oreille pour déterminer d'où provenait ce cri. Je me dirigeai vers sa voix, et je le vis. Il volait face à moi. Il s'agissait d'un ara somptueux. Je pouvais détailler son bec, ses plumes, ses couleurs irisées, sa grâce. Il était chez lui. Il me fixa de ses yeux perçants, mais ne chercha pas à communiquer avec moi. À quoi ressemblais-je ? Je n'en avais aucune idée.

Je me trouvais dans un endroit enchanteur, et même féerique. J'avais devant moi la description du jardin d'Éden. Un petit paradis où tout semblait être à sa juste place. Un petit singe sautait de branche en branche et se posa sur mon bras. Il me fit penser à un doudou de ma fille qu'elle aimait tant. Je voulus le caresser, mais je n'avais pas de consistance. Mon corps se fondait dans le paysage. J'évoluais sur une île tropicale. Je pris de la hauteur. Les oiseaux, ici, étaient tellement vifs, virevoltant dans le ciel et dans les arbres, que j'avais du mal à les discerner. Ils ne semblaient pas perturbés par une présence ennemie. Des colonies de perruches et de perroquets caquetaient bruyamment. La plage apparut enfin, avec, là aussi, des oiseaux à même le sol. Je reconnus même, avec fierté, un couple de fous bruns, dont la femelle couvait.

Choco et les siens seraient heureux ici, pensais-je.

Des parents protégeaient les jeunes dans leur nid, les nourrissant ou les couvant. J'entendis des vagues, avec un ressac régulier et rassurant, puis, enfin, un son agréable arriva à mes oreilles : des rires d'enfants, qui m'attendrirent, et des chants de femmes. Je ne les voyais pas, mais je les entendais. Personne ne semblait prêter attention à moi. Sur cette planète, je découvris donc qu'il y avait des singes, une myriade d'oiseaux, des enfants qui riaient en s'éclaboussant, des femmes qui chantaient en les surveillant. Une vie existait ailleurs que sur Terre, et dans cette dimension-là, il y avait même une humanité. Mon champ de vision s'élargit encore. Mes yeux se posèrent sur l'intérieur des terres. Une vaste cascade d'eau douce était cernée d'arbres de toutes parts. Mon souffle s'arrêta quelques instants devant le calme et la beauté de cet endroit.

Où étais-je ?

— *Cécile, je te laisse là. Tu es prête. Bon voyage !*

5

Plongée dans l'inconnu

Je pris encore de la hauteur, et pus ainsi avoir une vision plus élargie de cette nouvelle planète. Elle était bien plus petite que la Terre, mùùais aussi bien plus bleue. L'océan, ici, s'étalait à perte de vue, et çà et là émergeaient quelques grandes îles. Aucun continent ne se dessinait dans cette immensité bleue et mouvante.

Je me souvins des mots de Clara avant notre départ :

« Gaïa nous amène chez une de ses filles, qu'elle a nommée Bahia. »

En m'approchant des îles, l'homogénéité des paysages, et certainement du climat, à première vue tropical, fut mon premier constat. Ici, la nature, luxuriante, offrait des fruits, des fleurs, des baies et des richesses végétales à profusion. La végétation était en effet reine, et occupait une très grande partie de l'espace des terres émergées. Seules les plages de sable fin, s'étendant sur de longues distances, nuançaient le paysage de couleurs plus chaudes. Les animaux se déplaçaient au sol ou dans les arbres. La clarté et la pureté de l'eau m'offrirent un spectacle éblouissant, qui aurait, à coup sûr, ravi un plongeur sous-marin passionné. Des poissons de toutes tailles et formes se déplaçaient, les uns en solitaires, les autres en groupes. Je souriais devant quelques poissons ou crustacés étranges, comme ceux qui ressemblaient à une lune avec des écailles arc-en-ciel. Au large, les dauphins me parurent immenses. Bien plus grands que ceux qui évoluaient dans les océans de la Terre. D'ailleurs, bien que la planète paraisse plus petite, comme j'avais pu le constater précédemment, j'avais l'impression qu'ici, tout était plus grand.

Les îles, peu espacées les unes des autres, avaient toutes, en leur centre, des cascades comparables à celle que j'avais pu voir lors de mon arrivée, si grandes qu'il était difficile d'en évaluer les dimensions et la profondeur. Je me dis que le paysage devait être accidenté et que de nombreux volcans, endormis je l'espérais, avaient dû façonner cet endroit. Je me demandai, en voyant cette végétation encombrante, où devaient loger les humains d'ici. Vu d'en haut, aucun élément ne laissait présager l'existence d'une ville ou d'un village. D'ailleurs, à quoi ressemblaient-ils ?

Lentement, j'entamai une descente. Tous mes sens étaient en éveil, ouverts et affûtés.

— Bahia, suis-je chez toi ? chuchotai-je.

Un effluve de monoï porté par le vent fut sa réponse. Elle communiquait de la même manière que sa mère, Gaïa.

— C'est tellement pur et sauvage, tout en étant sublime, chez toi. Je suis fascinée !

Des voix des femmes et d'enfants stimulèrent ma curiosité. Je les entendis de nouveau, d'abord de manière lointaine, puis plus précisément. Les femmes chantaient en tapant l'eau de manière rythmique. Je ne les voyais pas encore, mais je percevais de plus en plus finement le timbre de leurs voix. Elles se racontaient des histoires, entre leurs chants, et des éclats de rire interrompaient de temps en temps leurs échanges. Les enfants jouaient dans l'eau près d'elles. Dans quelle langue parlaient-ils ? J'étais trop loin pour identifier la sonorité d'une langue connue. Leur chant polyphonique capta tout particulièrement mon admiration.

Pour ne pas entrer dans ce monde avec imprudence ou indélicatesse, je décidai de me taire et d'observer autant que mes yeux le permettaient et d'écouter autant que mes oreilles le pouvaient. Je compris, à cet instant, ce que devaient vivre les explorateurs lorsqu'ils arrivaient sur une terre inconnue : un mélange de curiosité, d'appréhension, d'admiration et de fascination. J'avais l'impression que toutes les informations sur ce nouvel environnement me parvenaient plus rapidement que sur Terre.

Je m'approchai de la plus grande des îles, grâce à un système de zoom assez perfectionné. Au fur et à mesure de ma descente, mon cœur s'accéléra. Lorsque mes pieds se posèrent sur le sol, une bulle spacieuse et transparente se forma autour de moi.

J'eus un flash à ce moment-là. J'étais sûre d'avoir déjà visité cette île. Je m'y sentis immédiatement comme chez moi, dans un environnement connu. Même si dans ma vie réelle, le décor de mon quotidien n'était en rien comparable, et que je n'avais jamais eu l'occasion de me déplacer sur une île aussi époustouflante que celle-ci, j'étais sûre d'être déjà venue à cet endroit. C'était ici que mes rêves m'amenaient parfois, pour adoucir mes nuits.

— *Voilà, Cécile, tu es arrivée. C'est beau ici, n'est-ce pas ? Certains d'entre vous sont déjà arrivés, les autres ne devraient pas tarder. Je vous arme tous de cette bulle car vous évoluez dans un monde parallèle, et vous ne devez avoir aucun contact physique avec celui-ci. Cette armure vous rend imperceptibles. Seule Arya peut vous repérer et, peut-être, certains êtres plus sensibles que les autres. Cette protection invisible vous permettra de vous imprégner tout de même des ambiances et senteurs. J'ai prévenu Bahia de votre arrivée. Arya attend que vous soyez tous là pour vous réunir et vous faire découvrir son monde. Je vous appellerai de nouveau lorsque vous aurez fini de le découvrir. À tout à l'heure !*

— Merci, Gaïa. C'est, en effet, splendide. La définition même du paradis. C'est saisissant !

Je m'agenouillai et observai un crabe de terre. Il était amusant dans sa démarche de guingois. Son corps trapu et étonnamment ramassé ne fit que me confirmer que tout était plus grand ici.

— Cécile, tu es ici toi aussi ?

C'était Adèle. Je n'étais pas étonnée de la voir en premier dans ce nouveau périple. Nous étions liées de manière irrationnelle. Je souris :

— Adèle ! Tu es ici depuis longtemps ?

— Non, je viens juste de me poser. Ce n'était pas un atterrissage comme la dernière fois. Gaïa m'a amenée dans la salle de musique de mes parents, telle qu'elle était lorsque j'étais enfant. Un souvenir m'est alors revenu. À l'époque, j'étais une petite fille de 9 ans. C'était l'été, au début du mois de juillet précisément, ce qui signifiait pour mes parents l'effervescence liée à la grande saison des concerts estivaux. Je les écoutais jouer, tentant de comprendre leur univers. Comme souvent lorsque j'assistais à leurs répétitions, j'étais un peu étrangère à leur monde et j'en souffrais car je m'en sentais exclue. Pourtant, jamais ils ne m'ont délaissée. Ils étaient des parents très aimants et attentionnés pour moi, mais dès qu'ils répétaient, plus rien d'autre n'existait pour eux que la musique. Ils vivaient et vibraient pour et avec elle. Je me suis retrouvée dans mon corps d'enfant et j'ai vu la porte, insérée dans le piano à queue de ma mère. Le monde dévoilé derrière m'a irrémédiablement séduite. J'ai atterri ici, tout doucement. Gaïa s'est adressée à moi pour s'assurer de mon arrivée.

— Adèle, c'est très intéressant, cette arrivée. Cette porte est venue te libérer de ta solitude et a attisé ta curiosité. Pour ma part, je me suis retrouvée dans mon tilleul bien-aimé, remontant à un souvenir assez troublant d'un orage, survenu il y a douze ans. Ce n'était pas la période la plus heureuse de ma vie. Je me suis fondue dans mon arbre gardien, puis la porte est apparue et s'est ouverte, quand elle a décidé que j'étais prête. Je suis partie d'un arbre pour me retrouver dans un autre arbre sur cette planète. J'ai aussi fait une ascension pour redescendre sur cette île, apparemment la plus grande.

— C'est un plaisir de te retrouver, dit-elle en s'approchant de moi.

— C'est vrai que cela fait quelques minutes que nous ne nous sommes pas vues. Tu commençais à me manquer ! répondis-je en la taquinant.

Nos bulles fusionnèrent lors de notre rapprochement.

— Je ne sais pas où nous sommes vraiment, mais franchement, je n'ai pas envie de repartir de sitôt, me dit-elle.

— En effet, je ne sais comment expliquer cette sorte d'aimantation. C'est un peu comme si j'évoluais en terrain connu. Je ne sais pas d'où me vient cette intuition.

— Peut-être avons-nous déjà voyagé ici dans une autre vie ?

— C'est bien possible. Peut-être que notre connexion unique a commencé bien plus tôt que ce que nous le pensons ?

— C'est sûr. As-tu des nouvelles des autres ? me demanda-t-elle.

— Je sais juste que, dans le groupe, certains sont déjà arrivés, comme nous qui venons de nous poser, d'autres sont même repérés, et les derniers sont en cours d'acheminement. Espérons que nous ne soyons pas perdus…

— Adèle, Cécile, vous êtes là ! Je n'arrive pas à descendre de cet arbre ! Il faut que je prenne cette liane et que je bascule. Attention à vous, je n'aimerais pas vous tomber dessus !

C'était Alan. Le plus âgé de nous tous, mais également le plus boute-en-train. Sa bonté et sa spontanéité prenaient toujours le dessus sur le reste. Il prit la liane devant lui et poussa un petit cri en se jetant dans le vide. Il éclata de rire et atterrit sur le sol assez maladroitement. Il tomba à la renverse. Après avoir vérifié qu'il ne s'était pas blessé, nous partîmes d'un rire commun. Le voir vêtu de son pull gris et de son pantalon rose, sautant à la liane dans ce décor tropical, était irrésistiblement drôle.

Il nous prit dans ses bras et nous souleva, comme il l'avait déjà fait lors de nos retrouvailles chez Clara. Alan ne pouvait pas faire les choses à moitié. Il était excentrique et jovial en toutes circonstances. Je n'avais aucun mal à le voir comme un papa amusant et complice pour ses filles et un grand-père clown avec ses deux petits-fils. Sûr que personne ne devait s'ennuyer en sa compagnie.

— Tu es un véritable enfant ! dit Adèle. Si tu t'étais vu, sautant dans le vide avec cette liane ! On aurait dit un petit garçon devant un toboggan qui en demande encore et encore. J'aime les gens comme toi, qui ne se prennent pas trop au sérieux et savent profiter de chaque instant.

— Vous êtes comme des petites sœurs pour moi ! Je suis heureux d'être avec vous, dans ce monde si attrayant. Nous sommes donc sur Bahia.

— J'aurais aimé avoir un grand frère comme toi, répondit Adèle.

Je n'avais jamais pensé à sa solitude d'enfant unique. Je repensai à son ami rwandais de rêve, Dembe. Je réalisai à cet instant qu'elle aurait sûrement aimé partager son enfance avec un frère ou une sœur, ses secrets, ses joies comme ses peines, sa vie, tout simplement.

Redevenant plus sérieux, Alan regarda tout autour de lui, et nous confia :

— Pour revenir à cet endroit, je crois n'avoir jamais rencontré de lieu aussi serein de toute ma vie. Pourtant, il me semble que je connais cette île. Elle m'a carrément appelé.

— C'est apparemment le cas pour nous deux aussi, répondit Adèle. Nous parlions même de vies antérieures où nous avions peut-être voyagé ou séjourné ici. Ce qui expliquerait cette impression de déjà-vu.

Alan, fin observateur, doté d'une très bonne vue, à la limite du rationnel, fixa un point précis vers la plage. Nous n'étions pas loin de l'océan. Nous entendions le ressac des vagues.

— Je vois Nirvelli et Clara ! Elles sont assises dans le lagon en position de lotus. Clara a dû accompagner Nirvelli. Elle est si belle, notre future maman ! Clara semble rassurer la petite. La scène est vraiment touchante.

Le groupe se reformait progressivement. Après les avoir rejointes, Clara s'adressa à nous :

— Simon, Alioune et Bào sont déjà devant l'arbre sacré. Ils nous attendent. Venez vers moi. Nous allons y aller ensemble. D'après ce que j'ai compris, il n'est pas loin et se repère très facilement. J'espère juste que nous aurons des signes pour ne pas perdre notre chemin.

6

L'arbre sacré

Nous suivions les pas de Clara, dans une bulle nous encerclant et nous assurant une invisibilité vis-à-vis des habitants de cette île. Du moins, c'est ce que nous pensions. Des bruits de sabots, puis une vision apparut devant nous : une jument immaculée, majestueuse, galopa vers nous, puis trotta nonchalamment, avant de se mettre au pas en s'approchant de nous. Elle s'arrêta à quelques centimètres seulement de Clara. Sa robe, intégralement blanche, de sa tête à ses sabots, ainsi que sa crinière blonde flottant au vent, lui assuraient une majesté et une grâce hors du commun. Je me demandai s'il ne s'agissait pas là d'un mirage. Elle me fit penser à un mélange subtil entre un pur-sang arabe, avec sa rapidité et son port de queue caractéristique, et un cheval de Camargue, lui assurant une taille plus grande que ces derniers, et, bien sûr, sa couleur blanche. Elle était libre et nous sentions sa puissance lors de chacun de ses mouvements, mêlée à une grande délicatesse dans son approche. Aucun harnais, selle ou étriers ne venait gâcher sa prestance naturelle. Ici, apparemment, les chevaux n'avaient pas été domptés par l'Homme.

— Mon Dieu qu'elle est belle ! s'écria Clara, émue devant la splendeur de cette jument blanche.

Nous avait-elle repérés ? Cela ne fit plus aucun doute lorsque nous vîmes Clara la caresser doucement afin de la rassurer. La jument avait réussi à entrer dans notre espace et prenait visiblement du plaisir à être caressée au niveau de ses naseaux et de son encolure. Elle plaça sa tête dans le cou de notre amie dans une étreinte affectueuse. Elle échangea quelques souffles avec Clara, qui nous traduisit ses paroles.

— Arya a chargé Ada de nous ramener auprès d'elle. Toutes deux sont liées de manière inconditionnelle. Elles ont connu une véritable imprégnation de l'âme. Arya nous racontera cela si elle le souhaite. Si vous le voulez bien, suivez-moi, ou plutôt, suivons-la.

Tout, ici, était étendu et monumental. Nous avions beau être sur une île, nous n'en demeurions pas moins tout petits dans ce paysage grandiose et splendide.

Ada s'arrêta devant un arbre gigantesque. Bào, Simon et Alioune étaient debout devant lui, immobiles. En nous voyant, ils sourirent de tout leur éclat. Les retrouvailles furent joyeuses. Notre groupe était de nouveau soudé et réuni.

Ada baissa la tête vers le sol, entre ses pattes avant. Elle s'inclina dans une sorte de révérence emplie de respect. Cet arbre nous impressionnait. Elle s'approcha à nouveau de Clara et souffla dans ses oreilles, dialoguant avec notre amie dans un langage qu'elles seules pouvaient traduire.

— Ada nous demande de nous recueillir, comme le font tous les êtres qui se présentent devant cet arbre, puis de monter à l'étage. Arya nous attend au premier étage, dans sa cabane, et la corde pour y accéder ne se dévoilera que quand l'arbre l'aura décidé. Elle restera en place tout le temps de notre visite. Elle nous demande de questionner l'arbre pour savoir s'il accepte notre présence.

Nous étions subjugués par l'immensité de l'arbre. Je le regardai de plus près, puis levai la tête. Il était doté de plusieurs étages de branches, et à chaque étage, une cabane, savamment dissimulée dans le feuillage était installée. Certaines étaient assez grandes, pouvant aisément loger une famille entière, ou du moins plusieurs personnes. Il était impossible de voir cela en hauteur. Je compris à cet instant que les humains, ici, faisaient corps avec la nature, jusque dans leurs habitations, et que le but aussi était peut-être de ne pas être repérés d'en haut.

— Ada nous demande de ne pas trop nous poser de questions. Cet arbre est respecté par tous les habitants d'ici. Il s'appelle l'Arbre de la Sagesse et de la Connaissance. Ils l'ont nommé Haka. Elle nous demande juste de nous assurer qu'il est d'accord pour nous accueillir.

Clara prit la parole pour nous tous :

— Arbre de la Connaissance, Haka, acceptes-tu de nous accueillir ?

— Cela dépend de vos intentions, répondit-il avec une voix de vieil homme.

Sa voix me fit penser à celle de mon tilleul, même si Haka était bien plus âgé. J'avais encore l'impression que mon grand-père s'adressait à nous.

— Seules l'authenticité et la vérité de votre âme seront considérées comme une raison valable de monter, poursuivit-il. Il n'y a pas de faux semblants, ici. Vous arrivez comme débarrassés de tout artifice. Bahia m'a chargé d'être l'arbre messager de la réalité de notre monde. Je suis multicentenaire, et je suis l'un des seuls survivants d'un cyclone monumental, qui a balayé une partie de nos îles il y a plusieurs siècles, faisant des centaines de milliers de morts parmi les humains, les animaux et les végétaux. Je ne sais pas comment je m'en suis sorti. Bahia a veillé sur moi. Quand elle a vu que j'avais résisté, elle a misé sur moi des idées de transmission des savoirs. Elle a façonné elle-même mes différents étages, afin que je puisse accomplir la mission qui m'avait été confiée. Dans mes branches, vous pourrez voir, à chacun de mes étages, un domaine de connaissance différent. L'enseignement réservé aux enfants et adolescents, assez haut car ils sont lestes, celui qui s'adresse aux jeunes adultes par les anciens, à savoir les bases théoriques, celui qui constitue notre Histoire, celui des retraites spirituelles, et enfin, le plus près du sol, celui où vous devez vous rendre, celui de la transmission assurée entre les différents mondes et dimensions.

Nous étions muets et stupéfaits. Devant notre mutisme et nos grands yeux, il nous demanda avec une voix assez forte :

— Qui vous envoie ici ?

Les cheveux de Clara se soulevèrent sous l'effet d'un souffle. Nous savions que Gaïa s'adressait à elle. Elle répondit :

— Bonjour, Haka. Nous nous prosternons devant ta puissance et acceptons de libérer notre esprit des comparaisons que nous pourrions formuler avec notre monde. Nous sommes ici en explorateurs privilégiés. Mère me glisse que nous sommes également ici pour trouver des réponses à nos questionnements et à notre histoire personnelle. Mère, qui nous envoie, c'est Gaïa, la mère de votre déesse Bahia.

Elle se prosterna et nous fit signe de l'imiter.

— Nous sommes prêts à laisser entrer en nous les révélations d'Arya, messagère entre les mondes, et nous promettons de lui accorder, et de vous accorder à tous, le plus grand des respects.

— Bien, merci, Clara, pour ta réponse. Vous pouvez vous relever. Je ne vois aucune objection à permettre votre ascension. Je préviens Arya de votre arrivée.

Après un court silence, il reprit :

— Sa cabane se situe au premier étage. Je dois vous avouer que vos différences de taille, de couleur de peau et d'apparence physique me séduisent. Ici, ce qu'il manque, à mon sens, c'est cette diversité qui fait la richesse de votre monde. Je vous accorde le droit de monter !

— Merci, répondit Clara pour nous tous.

— Serrez-vous contre mon tronc et la corde viendra à vous.

Son contact était doux et légèrement frais. J'épousai la forme d'une de ses aspérités. Aussitôt, une large corde vint se positionner devant chacun d'entre nous, et prit fin au premier étage. Les huit cordages assuraient une prise à nos pieds grâce à des nœuds, afin de faciliter notre ascension. Naturellement, nous invitâmes Nirvelli à passer avant nous, afin de la protéger. Alan se plaça près d'elle. Son côté protecteur contrastait avec son amusement de sauter à la liane quelques instants plus tôt.

— Nirvelli, tu es comme ma propre fille. Je vais te protéger. Nous sommes tous là et, pour ma part, je vais me placer en dessous de toi pour que tu puisses t'appuyer sur mon épaule avec ton pied en cas de problème.

Nirvelli éclata de rire devant le regard si sérieux de notre ami au pull gris et noir.

— Alan, tu es adorable, mais rassure-toi, je sais encore grimper à la corde malgré mon ventre. Ça me fera même retourner en enfance où j'étais la meilleure des grimpeuses d'arbre de toute la région !

En effet, à notre grande surprise, elle monta assez vite et gagna la plateforme de la cabane d'Arya sur laquelle elle nous attendit. Très vite, nous la rejoignîmes.

7

Arya

La porte était ouverte, mais aucun indice ne nous laissait entrevoir une présence. Nous ne savions pas comment nous manifester. Nous communiquions par signes. Alors que Simon, intimidé, tenta un léger raclement de gorge, des bruits de pas légers et presque aériens se firent entendre, discrètement, presque imperceptiblement. Nous étions muets et totalement immobiles. Puis elle apparut sur le pas de la porte.

Arya était une femme d'une distinction et d'une finesse incomparables. Un halo lumineux entourait sa tête. Sa grande taille m'impressionna. Les humains d'ici devaient suivre la logique de ce que j'avais pu observer jusque-là. Tout était plus grand. Elle ressemblait à Adèle, avec toutefois un bronzage plus cuivré. Sa beauté et sa grâce étaient magnifiées par une carrure fine, une peau lisse et soyeuse, un visage ovale, de grands yeux noirs pourvus de cils naturellement longs, des cheveux bruns ondulés, qu'elle avait disciplinés grâce à une couronne ornée de fleurs de tiaré. Elle était vêtue d'un paréo blanc intégral en coton, partant de son épaule droite et s'étendant jusqu'à ses chevilles. Ce coton-là semblait différent de celui que nous avions l'habitude de porter sur Terre. Il semblait plus doux encore, malgré un tissage visiblement plus rudimentaire. Son paréo beige était décoré d'un grand collier de coquillages de tailles et de formes variées, et de fleurs d'ylang-ylang savamment disposées au niveau des attaches. Elle ne portait pas de chaussures. Je me dis qu'elle devait avoir environ le même âge que Clara et moi. Une jeune quadra. Mais alors, j'aurais tant aimé avoir son corps et son charisme… Elle nous regarda avec bonté, puis s'adressa à nous :

— Chers Terriens, bienvenue sur Bahia ! J'espère que votre voyage s'est bien passé. Je suis heureuse de vous recevoir dans la cabane de la confrontation entre les mondes. Je vous trouve épatants dans votre diversité, tant physique que morale. Cela dit, ce qui vous unit est bien plus grand que ces différences. Vous partagez en vous une grande source d'amour, de curiosité, d'empathie pour le vivant, ainsi qu'une envie de découvrir de nouvelles manières de vivre, ailleurs dans l'Univers, dans une absence de jugement. Vous possédez donc les bonnes aptitudes pour entrer dans notre monde et notre réalité. C'est même la raison pour laquelle Gaïa vous a envoyés ici. J'avoue ne pas recevoir couramment des Terriens. Je suis donc un peu impressionnée à mon tour. Gaïa est la mère de tous les mondes parallèles qui l'entourent. C'est elle qui nous a fait naître, au gré de ses évolutions. Nous l'appelons « Mère Gaïa ».

Sur ces mots, elle apposa ses mains l'une contre l'autre en signe de salutation.

— Je suis ici pour vous dévoiler les bases de notre civilisation : celle du Peuple de l'eau. Entrez donc et installez-vous sur nos chaises en bois, afin que nous puissions faire plus ample connaissance. Chacune d'entre elles porte votre prénom, vous la trouverez donc facilement.

Je cherchai du regard la mienne et ne tardai pas à la voir. Étrangement petite, un peu tordue, il s'agissait probablement d'une chaise destinée à un enfant vu sa décoration naïve et chargée. Néanmoins, elle semblait bien solide. Mon prénom y était gravé dans le bois en plusieurs langues : en français d'abord, puis juste en dessous en hiéroglyphes égyptiens, et encore au-dessous, en une langue que je ne connaissais pas. Elle me fit penser à du coréen, mais je n'en avais aucune certitude. La troisième langue inconnue était très imagée. Chacune des lettres de mon prénom était reliée à un signe symbolisant une partie de ma personnalité. La première me représentait avec mes trois enfants, la seconde avec des notes de musique, la troisième avec un livre à la main, la quatrième avec un arbre à côté de moi, la cinquième avec des animaux m'entourant, et enfin, la plus mystérieuse et la plus cachée, la dernière, était reliée à un dessin gravé où, couchée dans le décor, je regardais un ciel étoilé au-dessus de ma tête. Je projetai qu'il s'agissait là du domaine de mes rêves. Le ciel prenait toute la place, jusqu'à l'assise prévue sur un coussin bleu nuit. Je souris en pensant que je m'étais endormie sur un coussin de cette couleur chez Clara. Je m'assis donc avec prudence sur cette chaise unique et spéciale.

Lorsque mes mains se posèrent sur les accoudoirs, la chaise s'adressa à moi par l'intermédiaire de vibrations :

— Tu regardes les illustrations et tu te demandes à quoi elles correspondent ? Je vais te répondre brièvement, comme les autres chaises le font en ce moment même aux autres invités. La première lettre raconte ta vie de mère et plus particulièrement l'amour que tu éprouves pour tous les enfants, ainsi que l'espoir que tu portes sur la jeunesse. Ceci te rapproche des humains d'ici qui sont, eux aussi, très liés aux enfants, aimés et portés tant physiquement que mentalement. La deuxième lettre symbolise le domaine de la création, l'imagination, l'inspiration, le domaine artistique. Tu es née avec cela en toi, et c'est donc naturellement que tu as pu développer ces capacités. Arya me souffle même que cette capacité s'est portée sur tes oreilles. Tu sais entendre, écouter et mémoriser les sons. Le langage des notes est ton élément. Elles trottent dans ta tête du matin au soir. Elle me dit aussi que tu joues avec les sons, pour les accommoder, les isoler pour les faire sonner de différentes manières. Elle me confie même le souvenir d'une petite fille qui jouait ses morceaux de piano dans l'aigu ou le grave pour tester les tessitures, puis d'une jeune femme jouant avec les vibratos de la flûte. La troisième lettre se rapporte à ta soif de connaissances et de savoirs, en résumé : ta curiosité. Les livres sont porteurs à la fois de notions, d'histoires, de transmission, mais aussi d'évasion. Ils permettent d'entrevoir et même parfois de mieux comprendre des visions de la vie différentes des nôtres. Ils favorisent ainsi l'ouverture de l'esprit. L'arbre de la quatrième lettre symbolise ta spiritualité. Comme tu peux le voir, elle est très ramifiée chez toi. C'est très bon signe, mais cela prouve aussi que tu es souvent en recherche de compréhension et de réponses. C'est ancré en toi et c'est une bonne chose, mais il serait parfois utile et enrichissant de moins te poser de questions, et de laisser la vie te porter ses messages. Tu es en cheminement et tu évolues dans cette direction. Les animaux t'entourant sur ta cinquième lettre évoquent ton attrait pour la nature, et plus particulièrement la nature dite, parfois de façon méprisante, « sauvage » ou ancestrale. Tu aimes observer, comprendre et communiquer avec les animaux, mais aussi avec le monde végétal et minéral, même si tu n'es pas toujours consciente du dernier point. Enfin, la plus énigmatique pour toi : la dernière, la sixième donc. Tu as bien deviné en t'asseyant, il s'agit bien de celle qui touche au monde onirique. Les messages viennent à toi sous forme de rêves. C'est le cas de vous huit, même si Clara a également développé ce langage lorsqu'elle est éveillée. Plus globalement, il concerne aussi les facultés extra-sensorielles, le langage de l'âme, l'inconscient, et la capacité d'immersion dans un autre monde. Cette séance sera placée sous cette dernière lettre. Je dois juste te dire que tous les huit, vous possédez la plupart de ces composantes dans votre personnalité, et qu'à vous tous, vous formez un tout qui a été appelé ici.

Arya, que j'avais un peu oubliée lors des messages vibratoires de la chaise, se rappela à nous :

— Bien, vous voilà prêts à découvrir notre monde. Savez-vous que vous avez atterri sur l'île de la première lettre de votre prénom ?

Devant notre air interrogateur, elle sourit :

— Je vous explique. Nous sommes ici sur l'île A. Pourquoi l'île A ? Car c'est la première île qui a surgi des eaux, la plus ancienne donc, celle dont l'histoire est la plus riche, documentée, et où sont stockées les archives de l'histoire de l'ensemble des îles. Elle est également celle qui a le plus souffert du cyclone Coléria qui a sévi sur nos îles il y a près de 500 ans. Beaucoup d'archives ont disparu, et il a fallu que les populations survivantes reconstruisent leur histoire. Nous sommes partis de ce cyclone pour compter les années. Comme sur Gaïa, notre mère, chaque année compte trois-cent-soixante-cinq jours et un quart de journée. Ainsi, tous les quatre ans, nous rajoutons une journée, comme dans votre réalité. Tout ceci est normal, car nous sommes une de ses dimensions, nous vibrons donc à son rythme. Nous sommes quelques-unes. Cela dit, Bahia est l'une des plus anciennes. Nous avons, dans chaque île, un groupe de « compteurs des jours ». Ils se relaient pour tenir une éphéméride, changée tous les matins à l'aube sur le premier bateau de la journée et donc diffusée dans chaque île. Ainsi, nous sommes sûrs d'avoir la même date partout. Nous sommes aujourd'hui le quinzième jour du onzième mois de l'année de l'an 470 après le Cyclone Coléria, appelé parfois CC.

Le 15 novembre... Comme chez nous, mais en quelle année par rapport à nous ?

— Il a été décidé par nos ancêtres que tous les enfants qui naîtraient sur cette île porteraient un prénom qui commence par la lettre A. Vous en déduirez donc que je suis née ici, même si mes parents sont issus de l'île C pour ma mère, qui s'appelle Célia, et P pour mon père, Paolo. J'y suis restée, même si j'ai fait des séjours dans les autres. Ma vie est ici. C'est sur cette île que la végétation offre le plus de baies et fruits, plus particulièrement les bananes dont nous utilisons toutes les parties. Je vous expliquerai cela plus tard. Nous confectionnons les produits d'hygiène, à savoir tous les savons pour le corps et les cheveux, ainsi que les lessives pour les vêtements, hamacs et autres tissus, pour les habitants des vingt îles. D'autres îles en produisent aussi, mais en appoint. Nous offrons le surplus de production de nos fruits en échange de produits des autres îles. Adèle, Alan et Alioune sont arrivés directement ici. Nous l'appelons l'île A, île primordiale. Vous avez une âme de guides et vous êtes des visionnaires.

Nous étions absorbés par les paroles d'Arya. Je revis Adèle lors de notre première rencontre, presque deux ans plus tôt. Elle avait été ma guide onirique. Alioune passait sa vie à alerter ses contemporains sur les dangers des pesticides, et Alan composait des musiques celtiques, véritables odes à la nature et à la méditation. Pour eux donc, la première lettre de leur prénom coïncidait avec ce que nous avait annoncé Arya.

— Bào a atterri sur l'île B. C'est une île qui étudie les mammifères marins, les cétacés, mais aussi les mammifères terrestres, à savoir principalement les singes et les chevaux. Les habitants de cette île évoluent énormément dans l'eau avec les dauphins, encore plus que ceux des autres îles. Leurs habitations sont sur pilotis dans l'eau pour être plus proches encore de leurs grands amis. Des systèmes de pontons les relient au sol de leur île. C'est à eux que revient le travail de régulation des populations de chevaux. Leurs bateaux sont tellement robustes qu'ils peuvent porter plusieurs chevaux en même temps pour les amener sur d'autres îles. Lorsqu'il y a un changement d'île pour un cheval ou un groupe de chevaux, des passeurs d'esprit expliquent cela aux chevaux concernés. Il y va de leur survie. Mon Ada est née sur l'île B, et, lors des 3 ans de ma princesse, sa mère et elle ont été importées ensemble ici. Comme sa propre mère, Paloma, Ada est aussi blanche que l'écume la plus pure. Toutes deux sont encore très proches. Ce rapprochement est certainement lié à leur déménagement et leur recherche de nouveaux repères. Elles se sont alliées. Bào, tu as une âme de guérisseur, et plus particulièrement des animaux. Nous sommes très liés, les A et les B, tant géographiquement que philosophiquement.

— Arya, je dois dire que ce que vous dites me bouscule un peu. Je suis en effet vétérinaire, ce qui, sur Gaïa, signifie que je soigne les animaux. Grâce à vous, je sais que mon destin était un peu tracé, puisque ma mère a rêvé de mon prénom quelques jours avant ma naissance, et qu'elle a abandonné leur première idée, qui se trouve être mon second prénom.

— Les prénoms qui viennent en rêve sont en effet, dans ces cas-là, portés par le destin. Il en est de même pour les prénoms coup de cœur ou ceux qui portent une histoire. Clara et Cécile sont arrivées sur l'île C, continua-t-elle. Elle est la plus sauvage des vingt. Les habitants y sont bien moins nombreux qu'ici. Ce sont de grands orateurs car ils maîtrisent à la perfection le langage tant parlé qu'écrit. Nous choisissons habituellement un îlien C pour animer nos Olympiades qui ont lieu chaque année sur une île différente, en dehors de la leur. Ce sont souvent eux aussi qui rédigent nos archives historiques, car ils manient bien la calligraphie. Cette île est un sanctuaire pour oiseaux marins et terrestres, qui y sont respectés, aimés et vénérés. Nous l'avons appelée l'île des oiseaux. Ses habitants ont pour mission de les observer, les compter, et apprendre à identifier leurs lieux de reproduction et de ponte. Ils ont l'interdiction d'intervenir, sauf en cas de force majeure, comme un oisillon tombé du nid et abandonné par ses parents. Cela arrive surtout avec les perroquets. Les jeunes malchanceux sont alors soignés, réchauffés, nourris avec une sorte de pâtée dont ils connaissent la recette, avant d'être relâchés une fois devenus adultes et autonomes. Le but étant de les réintégrer à un groupe. Ces perroquets, des aras surtout, sauvés ainsi par la main humaine, développent un attachement particulièrement fort envers leurs sauveurs. Ils se perchent alors sur l'épaule de celui ou celle qu'ils considèrent comme leur mère. Ils imitent à la perfection la voix humaine, et font ainsi des farces aux visiteurs qui cherchent d'où proviennent les rires ou les expressions. C'est assez drôle. L'habitat réservé aux oiseaux est sacré. Voilà pourquoi cette île reste assez peu visitée, même si les îliens C sont très chaleureux et accueillants. Il faut signer un pacte moral avant de s'y aventurer. Ils ramassent méthodiquement toutes les plumes laissées au sol, lors des mues annuelles. Ils sont pour cela aidés par les perroquets apprivoisés, qui les suivent pas à pas, ou plutôt aile à aile. Ils sont très intelligents. Les plumes ainsi récoltées sont triées, nettoyées, et servent au rembourrage des matelas et des coussins. Même si nous avons des plumes dans toutes les îles, les C se sont spécialisés dans cet art du rembourrage. Nous en sommes très fiers. Les C sont des chanteurs et ce sont eux qui fabriquent des flûtes de pan et des percussions à base de coques de noix de coco ou de bambou. Vous avez une âme proche de la nature et plus particulièrement des oiseaux, dont vous connaissez le langage. Je ne serais pas étonnée que vous soyez musiciennes ou que vous entendiez les appels de la nature.

Comment Arya avait-elle décelé cela, alors qu'elle ne nous avait jamais vues avant ?

— Lorsque je suis arrivée, dis-je, je me suis retrouvée nez à nez avec un magnifique ara qui a fait comme si je n'étais pas là. J'étais dans l'arbre sur lequel il s'est perché. Je comprends mieux maintenant.

— Les êtres d'ici ne peuvent pas vous voir. Mais les ultrasensibles perçoivent tout de même la présence d'êtres venant d'autres dimensions.

Clara se recueillit. Nous nous doutions qu'elle s'adressait à Gaïa. Arya s'approcha d'elle :

— Nous sommes des relais, toi et moi, Clara. C'est grâce à toi que tes amis ont pu être là aussi aujourd'hui. Gaïa est en relation avec Bahia, et elles contrôlent la situation. Elles sont avec nous. Nous n'avons rien à craindre.

Clara sourit franchement. Son regard bleu azur traduisait un grand émoi.

— L'île N a accueilli Nirvelli, reprit Arya. Enfin, Nirvelli et son bébé. Tu le portes comme une petite fille. Félicitations, ma sœur, pour cette âme réincarnée que tu amènes vers une nouvelle vie. Nous sommes tous frères et sœurs ici, ne soyez donc pas étonnés que je reprenne ce langage avec vous.

— Merci, Arya, répondit Nirvelli, visiblement troublée. J'attends effectivement une petite fille.

— Je ne me trompe jamais. Vous rayonnez le féminin. Nous aimons les enfants ici, que nous considérons comme des dons précieux. Les femmes enceintes bénéficient de la protection de tous les autres. Les bébés et les enfants sont entourés de mille attentions à chaque instant. Nous avons coutume de dire qu'il faut une île entière pour élever un enfant. L'île N est l'île des retraites spirituelles et des stages pour les jeunes. Elle est plus inhospitalière que les autres, mais certaines zones sont habitées. La nature y est reine et propice au repli sur soi et à la connexion avec son âme profonde. C'est la raison pour laquelle nos ancêtres l'ont désignée comme étant l'île des stages et des besoins de temps de recul ou même d'isolement, lorsque nous devons prendre une décision importante dans notre vie. Quelques anciens investissent les lieux pour guider et aider alors ces jeunes et adultes en quête de réponses, de canalisations ou de conseils. Elle s'appelle l'île de la Sagesse. Tu as une âme de sage et de messagère.

— Je suis arrivée à un moment où des jeunes pratiquaient un art martial, du moins c'est ce que j'ai pensé en les voyant, répondit Nirvelli. Ils étaient tellement concentrés ! Un homme assez âgé leur montrait les enchaînements à accomplir et aucun d'entre eux ne songeait à désobéir. La discipline était assez forte. C'est un peu comme si l'ancien avait de l'autorité sans avoir à crier.

— En effet Nirvelli, ils font un stage de canalisation de leurs énergies. Tous les jeunes, filles comme garçons, au moment de la puberté, font des séjours de plusieurs jours lors de la pleine lune, pour apprendre à transformer leur énergie, parfois débordante, en actions positives. Ils sont alors encadrés par des anciens qui leur enseignent l'art de la méditation et les sports de maîtrise de soi. En dehors de la nage, qui constitue une activité centrale chez tous les Bahiens, les arts de la maîtrise de soi sont des occupations très respectées. J'espère avoir le temps d'approfondir ce point avec vous. Enfin, Simon a été accueilli sur l'île S. C'est une île encore relativement jeune, tant dans sa découverte que dans son architecture ou sa population. C'est la plus jeune de toutes les îles de votre groupe, en tout cas. Je vois que ce jeune homme est le plus jeune d'entre vous. Ce n'est donc pas un hasard. Il s'agit d'une île plus axée sur l'étude de la médecine et de la science. Elle s'appelle l'île de la Science. Elle est jumelée avec sa voisine, la R, qui offre nos plus grands dispensaires. Nous plaçons de grands espoirs sur elles, et nous y envoyons nos jeunes passionnés par la médecine, qui y reçoivent un enseignement pointu dans la physiologie du corps humain et animal durant plusieurs années. Lorsque nous avons un souci de santé, nous nous y rendons. Mais des S investissent d'autres îles pour y soigner les gens et y apporter leur enseignement. Ainsi, en cas d'urgence, nous n'avons pas besoin d'entreprendre plusieurs heures de bateau pour nous y rendre. Simon, tu as une âme de chercheur. Je suis sûre qu'elle te mènera loin.

Après un petit temps d'arrêt, elle nous regarda tous et déclara :

— Je suis heureuse de vous recevoir ici, avec vos âmes si diverses et passionnées. Soyez les bienvenus chez les Bahiens !

— Merci de nous y accueillir, Arya ! répondit Clara. Nous espérons être des élèves attentifs et respectueux. N'hésite pas à nous reprendre si ce n'est pas le cas.

— Je suis sûre que tout se passera bien, répondit Arya. Notre monde est vaste et seize autres îles, autres que celles que j'ai déjà citées, sont répertoriées. D'autres îles pourront être découvertes plus tard, car nous pensons ne pas avoir tout vu. Nos ancêtres ont été enrichis des îles découvertes en les investissant. Les « nouvelles îles », s'il devait y en avoir d'autres, seront jumelées avec une qui est déjà habitée. Les habitants des jumelages seront donc les premiers à investir de nouvelles terres. J'espère avoir le temps de vous parler de chacune de nos îles existantes. Nous effectuons tous les ans un recensement de la population. Nous sommes actuellement 98 000 habitants, répartis dans les vingt îles. Nous maintenons à quelques dizaines près cet effectif, nous autorisant à aller jusqu'à 100 000 âmes, voire au maximum 110 000. Les esprits nous indiquent que c'est le nombre maximal d'humains toléré dans notre monde. Au-delà, nous pourrions, par nos besoins élémentaires, perturber l'équilibre des ressources naturelles de Bahia. Après le cyclone Coléria, il ne restait plus que 40 000 habitants. Nos ancêtres ont dû tout reconstruire.

Je ne pus m'empêcher de penser que le monde de Bahia comptait autant d'habitants qu'une seule ville moyenne française en 2019. Je sentais déjà l'attachement profond entre chacun des membres de cette dimension, comme s'ils avaient besoin les uns des autres, ainsi que leur attachement à leur terre nourricière Bahia. Ma curiosité était à son comble. Qui étaient-ils ? Comment vivaient-ils ? Arya coupa court à nos interrogations :

— Je me doute que vous voulez en savoir plus sur nous… Alors, si vous le voulez bien, je vais vous amener dans notre monde. Mais avant, je me dois de vous raconter la légende qui a traversé les siècles. Elle relate les débuts de notre civilisation actuelle.

— *Chers enfants, souvenez-vous que vous ne devez pas parler de votre vie, de notre vie. Je compte sur vous ! Nous aurons le temps de parler après l'expérience. Restez soudés quoi qu'il arrive, et absorbez et assimilez tout ce qui vous sera présenté.*

Gaïa s'adressait à nous tous. Nous fîmes un signe d'accord.

8

La légende de Bahia

Arya s'assit sur son siège avec une délicatesse infinie.

— Pour commencer, vous allez découvrir comment les différentes civilisations se sont formées et ont évolué bien avant notre ère. Dans ces temps reculés, la survie était assez difficile et le peu de bateaux qui circulaient alors rendaient les échanges entre les îles rares, mais pas inexistants, heureusement. D'autant qu'ils étaient, pour les échanges, secondés par les dauphins messagers qui transportaient les lettres, protégées dans des pots étanches, ou les marchandises sur leur dos. Nous allons partir loin dans le passé, bien avant que le Cyclone Coléria ait tout changé.

Elle s'arrêta et son regard partit dans le vide.

— Je viens de demander à Karim. Il est d'accord ! Il nous attend et ça tombe bien, car une séance de légende va commencer d'ici quelques instants. Je ne lui ai pas dit que vous étiez des Terriens, car il refuse tout contact avec les humains de Gaïa. Je lui ai simplement dit que vous étiez des êtres en quête de réponses et que vous étiez là en amis. Je vous mène sur l'île K, celle où Karim est né. Il est très certainement le mieux placé pour vous raconter la légende. L'île K et l'île J, voisines, se ressemblent étrangement, tant dans leurs paysages que dans leur façon de vivre. Nous pensons même que, par le passé, elles ne formaient qu'une seule île tant leurs formes sont complémentaires, et qu'un volcan sous-marin les a un jour séparées. Une petite heure de bateau seulement est nécessaire pour aller de l'une à l'autre. Comme les autres îles, elles sont autogérées, mais les J et les K dépendent un peu plus que les autres des productions des différentes îles. En contrepartie, ils enseignent l'histoire, l'art de l'écriture, les pouvoirs médicinaux des plantes. Ils leur apprennent à méditer et écouter, surtout en périodes d'agitation. Pour cela, ils invitent les autres ou se déplacent lorsqu'ils sont appelés. Ces deux îles abritent des gens qui communiquent avec les esprits de la nature. Ils sont ceux et celles qui perpétuent les légendes et s'adressent continuellement à Bahia, aux plantes et aux animaux. Ils sont aussi des médiateurs entre les personnes en cas de conflit. Karim est sur le point de commencer une séance avec des enfants de l'île E. Allons-y !

Aussitôt sa phrase terminée, un souffle nous emporta au milieu de l'île K, devant un petit ruisseau. Nous étions entourés de notre bulle d'invisibilité. Arya était avec nous, et sa proximité nous intimida au premier abord. Mais très vite, elle fut intégrée à notre équipe. Elle nous conduisit auprès d'un homme d'un certain âge qui se recueillait devant un arbre.

— Vous pouvez parler entre vous, vous êtes protégés et personne ici ne peut détecter votre présence, en dehors de Karim qui est maintenant au courant. Mais restez discrets tout de même.

Des rires d'enfants captèrent notre attention.

— Les enfants arrivent ! s'exclama Arya. C'est toujours très émouvant. Chaque enfant de l'île K ou J prend en charge un enfant visiteur. Comme je vous l'ai dit tout à l'heure, ils reçoivent aujourd'hui la visite des enfants de l'île E. Ils sont arrivés hier soir, après trois heures de bateau, et ont été pris en charge par des habitants de l'île K, certains avec un parent, d'autres seuls. Ils se tiennent par la main, et de réelles amitiés s'établissent lors de ce rapprochement. Les parents, eux, surveillent de loin. Ils connaissent la légende.

Des enfants, tous plus mignons les uns que les autres, arrivèrent en effet dans de grands éclats de rire. Leur complicité était évidente. Leur âge devait osciller entre six et dix ans environ. Décidément, dans ce monde, tous les humains étaient beaux. Tout de même, le manque de diversité me contraria un peu.

— Comme ils sont beaux ! dit Nirvelli. Et surtout, je perçois que leur vie d'enfant est respectée. Ils sont entourés d'amour, cela saute aux yeux…

— Et même à l'âme, répondit Alioune.

— C'est vrai, dis-je. J'aimerais tellement voir cela dans ma réalité ! Des enfants qui vivent leur vie, et apprennent sans être parasités par nos pensées d'adultes angoissés ou, pire, par les distractions futiles et bien trop nombreuses. Ce monde est décidément si paisible… Chaque chose semble être à sa place.

— Oui, tu as raison, Cécile, dit Adèle. Mais à trop vouloir protéger les enfants, n'oublions pas qu'ils doivent aussi expérimenter des émotions et vivre des événements dans leur vie incarnée pour évoluer, et pour cela parfois, être confrontés aux peines comme aux joies.

— Tu as raison, Adèle, dit Bào, mais là, c'est un peu la fête apparemment ! Ils ont fait un voyage la veille pour arriver ici et ils se font de nouveaux amis, ou les retrouvent. C'est donc normal de les voir si impatients et pétillants !

— Adèle, mon amie, répondit Alan. Là, en cet instant, ils expérimentent leur curiosité. Quel enfant n'aurait pas les yeux emplis de joie à l'idée d'écouter une histoire passionnante ?

— L'histoire de leurs origines. Je suis impatient, moi aussi, dit Simon.

Clara et Adèle approuvèrent également d'une même voix.

— Ne nous approchons pas trop, nous conseilla Arya. Karim sait que vous êtes là et il vous accueille, mais restez très silencieux. Entrez dans cette séance avec lui, un peu comme si vous étiez un enfant invité.

Cette idée me plut. Karim ressemblait à Arya. Grand, mince, un bronzage cuivré, des cheveux mi-longs, ondulés et attachés. Il était vêtu lui aussi d'une toge allant jusqu'à ses mollets. Des cheveux blancs parsemaient généreusement ses tempes et l'intégralité de sa chevelure. Son sourire étincelant laissait apparaître une dentition parfaite. Une profonde gentillesse adoucissait ses traits. Ici, apparemment, les personnes âgées étaient heureuses et sereines.

— Avançons-nous devant l'arbre de la lignée de Karim, dit Arya. Il a été planté par ses aïeux et c'est devant lui qu'il a commencé son initiation avec sa mère. Il est depuis plus de cinquante ans un passeur d'esprit respecté et écouté. Il entend surtout les messages qui proviennent du sol, des plantes et des pierres, et de la vie sous-marine. D'autres sont plutôt spécialisés dans la communication avec les oiseaux ou même les défunts. Ils sont alors passeurs et passeuses d'âmes vers l'autre dimension. Je sais que vous possédez tous les huit cette faculté.

Sa dernière phrase nous surprit. Comment pouvait-elle savoir un élément aussi intime de nos vies ? Et surtout, je n'étais pas au courant pour les autres. Cette révélation me rapprocha encore plus d'eux.

— Karim a initié ses trois enfants, deux garçons et une fille, sa dernière-née. Des trois, elle est la seule à avoir reçu le don. Elle s'occupe elle-même de ses jumeaux, un garçon et une fille, jeunes adultes maintenant. Très éveillés depuis leur naissance, ils ont toujours été passionnés par les Terriens. Personne ne sait pourquoi. Cette attirance est mystérieuse et étonnante, surtout quand on sait que leur grand-père interdit même de prononcer ce mot, tant il lui fait mal aux oreilles et à l'esprit. Pour ma part, je trouve que c'est une très bonne nouvelle. Ils partageront mon secret de communication avec vous et les autres Terriens de Gaïa. Ils cherchent un canal pour envoyer nos ondes pacifiques sur Gaïa. Ils n'osent se confier à leur grand-père qui, de nature pourtant calme, se fâche et clôt rapidement le débat dans ces cas-là. Mais ils se sont confiés à moi à plusieurs reprises, et je les soutiens. Ils ne sont pas là aujourd'hui.

Alan demanda la parole, en levant la main, comme il avait l'habitude de le faire.

— Arya, puis-je te poser une question ? Pourquoi est-il si en colère lorsqu'il entend parler des terriens ? A-t-il vécu une mésaventure ou un drame avec eux par le passé ? A-t-il eu la même curiosité que ses petits-enfants et s'en est-il mordu les doigts ?

— Dis-moi, ça ne fait pas une question, mais trois ! répondit Arya en riant. Gaïa ne m'avait pas menti en me disant que les Terriens étaient curieux et cherchaient toujours des explications à tout. Alors, il est difficile de répondre à tes questions, car il devient hermétique dès que le sujet est abordé. Mais je pense que la réponse est oui pour les trois questions. Peut-être a-t-il voyagé un peu trop longtemps sur Gaïa et est-il revenu traumatisé ? C'est ce que racontent ses amis, anciens maintenant.

Nous étions attentifs, car nous sentions que ce qu'elle allait révéler était important.

— Un jour, après trois journées de méditation, il est parti sur l'île N pour s'isoler pendant un mois entier, sans vouloir parler ni échanger avec qui que ce soit, même pas avec les personnes de là-bas qui étaient inquiètes. Il disait vouloir un silence absolu autour de lui. Ce fut respecté. Il a entrepris un jeûne et a tenté d'apaiser son âme au pied d'un arbre durant de longues heures. Il se levait juste pour assouvir ses besoins naturels, se laver, et nager quelques heures. Il est enfin revenu un mois plus tard auprès des siens, amaigri, les traits tirés et très fatigué, et a demandé solennellement à ne jamais évoquer ce sujet avec lui. La seule chose qu'il leur a confiée, c'est qu'il avait aidé l'âme d'une très jeune femme terrienne après sa mort. Il n'a jamais voulu évoquer les circonstances de sa mort, et des larmes perlaient au coin de ses yeux lorsqu'il y pensait. Seuls deux mots sortaient, involontairement : c'étaient les mots « violence » et « obscurité ». Il a fait des cauchemars pendant des mois. Sa mère a fini par l'accompagner sur l'île P, celle des soigneurs de l'âme. Il a mis sa mère dans le secret, tellement c'était lourd à porter pour lui. Dès leur retour, il n'a plus jamais voulu parler de Gaïa, et a refusé d'en dévoiler davantage. Sa mère a gardé le secret et elle est morte avec, il y a vingt ans. Même si les questions fusaient et étaient difficilement maîtrisables dans les esprits des autres, ils ont tous respecté son vœu de silence sur ce sujet. Il visite néanmoins d'autres dimensions, mais il a créé une armure de protection en ce qui concerne Gaïa.

Un silence glacial accompagna ses révélations.

Les enfants riaient maintenant en tapotant l'eau du ruisseau. Ils s'étaient construit un petit bateau rudimentaire fait d'une grande feuille de bananier et s'apprêtaient à le faire naviguer. Ils étaient tous vêtus d'une sorte de tunique courte drapée sur leur épaule et leur bras gauche, laissant leur épaule droite découverte. J'étais amusée de constater que, adultes comme enfants, hommes comme femmes, les Bahiens étaient vêtus à la mode romaine, en toge ou tunique plus ou moins longue. Plus exactement, leur style était issu d'un mélange entre la mode antique romaine et les pagnes africains. Mais je me souvins qu'il ne fallait pas faire référence aux Terriens. Je rangeai donc cette réflexion au fond de moi et me remis à les observer. Leurs cheveux étaient mi-longs, attachés pour les garçons et détachés pour les filles, qui arboraient toutes une couronne de fleurs sur leur tête.

— Allez petit bateau, vogue et navigue vers l'inconnu. Emporte avec toi nos mauvaises énergies pour que nous puissions écouter la légende, dit l'un d'entre eux.

— Mais ça dépend ! répondit une petite fille. Si la légende est difficile à écouter, je préfère garder ma colère pour m'insurger s'il le faut !

— Non, Eryn, lui répondit son ami qui l'accompagnait. Tu dois enlever ta colère pour écouter sans juger. Laisse-la partir !

— Jonathan, aide-moi. Je n'y arrive pas. Ma maman m'a dit qu'elle n'était pas facile à entendre.

— Alors, mets ta colère dans la feuille de bananier. Prends ce bout de bois et mets-la dedans. Si le bateau ne perd pas son équilibre, c'est que tu seras prête à écouter Karim.

Leur discussion avait créé une véritable attraction. Les autres enfants les regardaient avec intérêt. Eryn avait envie de pleurer.

— Je n'y arrive toujours pas… dit-elle.

Ses larmes coulaient maintenant sans retenue sur ses joues.

— Je te comprends, je n'y arrive pas toujours. Viens contre moi, je vais essayer de comprendre pourquoi ça bloque.

Jonathan serra la petite Eryn contre son cœur et, après un court moment, lui dit :

— Ce n'est pas ta colère qui bloque, Eryn, mais ta peur. Tu as peur de découvrir notre passé. Pourtant, il le faut, pour ne plus reproduire les erreurs de nos ancêtres. Nous devons en prendre le plus beau afin de le perpétrer pour avoir un monde meilleur. Alors, si tu le peux, lâche ta peur sur moi, et sois courageuse pour affronter le récit de la légende. Karim a besoin d'enfants sereins.

Eryn sécha ses larmes et se détendit dans les bras de Jonathan.

— Merci, Jonathan. Je vais mieux, maintenant. Tu as pris ma peur.

— Je ne l'ai pas prise sur moi. Elle n'a fait que me traverser. Je l'ai envoyée vers le sol. Maintenant, concentre-toi et regarde ce bâton.

Elle fixa le bout de bois, et ses traits se figèrent. Elle posa précautionneusement le bâton sur la feuille de bananier, et celle-ci partit enfin, sans chavirer.

— Bravo, Eryn ! Tu as réussi ! Il le fallait. Karim ne va pas tarder à nous appeler. Préparons-nous !

— Oh là là, on dirait bien que ces deux-là s'imprègnent l'un de l'autre ! dit Arya, interrompant ce moment si émouvant. Je pense que leur connexion va grandir, année après année. Je ne serais pas étonnée de les voir tomber amoureux d'ici quelques années.

— On dirait que c'est déjà fait, dis-je, voyant les deux amis se serrer la main. Eryn lui a fait confiance. Si ce n'est pas une preuve d'amour, ça ?

— Bien sûr, la confiance, c'est même la base de tout, répondit Clara.

— Je comprends mieux pourquoi Gaïa vous a envoyés ici, dit Arya. Je crois que vous êtes liés à nous.

Les enfants s'approchèrent de l'arbre de Karim. Leurs rires et leurs jeux étaient restés près du ruisseau. Une gravité marquait maintenant leurs visages et leurs corps. Ils semblaient intimidés devant ce grand-père, pourtant si doux.

Jonathan prit la parole :

— Grand-père, nous sommes ici pour écouter la légende. Nous avons chassé nos colères et nos peurs pour pouvoir écouter sans jugement.

— Bien, petit ! Je vois que pour quelques-uns d'entre vous, ça n'a pas été facile. Mais vous êtes là. C'est donc le bon moment pour vous. Approchez-vous, les enfants, que je vous serre chacun dans mes bras. Ainsi, je vérifierai qu'aucun d'entre nous n'est encore marqué.

Les enfants s'avancèrent en file indienne. Il les salua tous de son sourire toujours aussi éclatant. Eryn n'était pas pressée d'aller à la rencontre du grand sage. Elle traînait des pieds derrière les autres. Karim la regarda :

— Tu n'es pas obligée de venir me voir, tu sais ! Je sais que tu es courageuse et que ton âme est belle. Ton aura m'indique que la colère, au fond de toi, est saine, et qu'elle saura défendre des causes justes. Tu peux t'asseoir à côté de tes amis.

Jonathan, naturellement, avait gardé une place à côté de lui. Ces deux-là demeuraient inséparables. Il était prévisible de supposer que les parents d'Eryn devraient se rendre souvent sur l'île J et inversement pour les parents de Jonathan. Ainsi naissaient des liens forts dans ce monde.

Karim s'assit devant les enfants et entonna un petit chant. Les enfants le reprirent avec lui.

— Ici, nous commençons toujours les activités par un chant, dit Arya devant nos airs surpris. Cela permet de se reconnecter à la fois avec sa voix et son corps. Parfois, des percussions ou petits instruments nous accompagnent. Très tôt, nous apprenons à chanter à plusieurs voix.

Dès le chant terminé, Karim prit la parole :

— Au commencement, tous les êtres de la création vivaient en harmonie et parlaient le même langage. Bahia, déesse de notre monde, avait été créée par Gaïa, sa mère, dans son penchant Yin. Elle désirait un monde harmonieux et paisible. Elle fournit donc un environnement propice à la vie de ses êtres. Cependant, un de ses êtres était particulièrement vulnérable. Il s'agissait de l'être humain. Il ne possédait aucune défense naturelle, et les animaux et les plantes savaient que, sans leur aide, leur survie serait compromise. Bahia leur avait confié ses craintes quant à leur survie. « J'ai créé un être fragile, mais qui mérite autant qu'un autre de vivre. Il pourra, s'il le souhaite, réaliser de grandes choses dans ce monde. Il pourra devenir une des composantes de notre cercle. Mais sans votre aide, il ne pourra pas survivre », leur avait-elle avoué. Suite à ses révélations, ils se concertèrent afin de trouver une solution. Après cette longue période de réflexions diverses, ils prirent des décisions. Les plantes mais aussi les poissons et autres créatures marines acceptèrent de donner leur vie, de se sacrifier afin que ces êtres fragiles puissent se nourrir. Les arbres, la terre argileuse et les rochers s'offrirent aux humains afin qu'ils aient de la nourriture, des habits et des abris. Cependant, les animaux, les plantes et la terre avaient forgé un accord avec les humains en contrepartie de leur sacrifice. Ceux-ci devaient honorer l'esprit des animaux et des plantes sacrifiés pour leur survie. Un rituel avait lieu avant chaque repas, qui rendait hommage aux poissons ou crustacés ainsi mangés, mais aussi aux fruits et plantes récoltées. Si un humain coupait un arbre pour se construire un abri ou faire cuire ses aliments, il devait en replanter un autre et en prendre le plus grand soin. Car s'ils abîmaient un arbre, ils abîmaient une partie d'eux-mêmes. Les plantes ne devaient pas être consommées en excès, afin d'en laisser suffisamment pour les autres espèces qui s'en nourrissaient. Les femmes cultivaient et se transmettaient de mère en fille la recette des plantes qui leur permettait de mettre au monde leurs enfants uniquement lors des périodes propices, et surtout de gérer leur maternité à leur guise. Les hommes ne pêchaient que les poissons nécessaires à leur survie. Ainsi, les humains savaient qu'ils faisaient partie d'un cercle de vie, et qu'ils n'étaient qu'une minuscule partie de cette grande toile. Pendant environ trois cents ans, tout se déroula en respectant cet équilibre. Bahia était heureuse de l'harmonie qui régnait sur son sol. Pour remercier les créatures de sa création, elle offrit la nourriture en abondance, et suffisamment de pluie et de soleil pour permettre une croissance rapide des végétaux. Hélas, un jour, un groupe d'humains rompit l'harmonie. Ce groupe étendit son emprise sur le reste de la population, et sa puissance s'en trouva décuplée, au grand étonnement de Bahia. L'influence des pensées de ce groupe contamina les habitants des autres îles, sans qu'aucune réelle opposition ou résistance ne fût observée. Les êtres de ces groupes pensèrent être au centre du cercle, supérieurs à tous les autres êtres non humains, et même à leurs cousins proches, les singes. Ils se proclamèrent chefs. Ce terme, inconnu jusque-là, fut inventé par eux lors de cette période. Par la suite, nous l'avons banni de notre vocabulaire. Ils colonisèrent par la force, la menace ou la peur toutes les îles avec des représentants. C'est alors que tout a dégénéré. Ils commencèrent à tuer sans demander la permission à Bahia ni à l'esprit de l'animal ou de la plante, et à prendre plus que ce dont ils avaient besoin, à gaspiller sans trop savoir que faire du surplus, souvent jeté à la mer, ce qui a attiré les requins et autres carnassiers bien trop près des côtes. Les attaques, rarissimes avant, se firent bien plus fréquentes et, alors que les Bahiens adoraient l'eau, ils se mirent à en avoir peur. L'action de ces « chefs » ne s'arrêta pas là. Pour construire leurs maisons d'un nouveau style, en rondins de bois, ils coupèrent et tuèrent beaucoup d'arbres sans les replanter ensuite. Mais le pire, me semble-t-il, fut l'absence de sentiment de gratitude. En effet, à l'abri dans leurs forteresses de plus en plus élaborées, les plaçant en « êtres supérieurs », ils arrêtèrent et oublièrent de remercier les autres êtres dont ils dépendaient tout en le niant et en affirmant le contraire. Les anciens, ceux qui avaient connu le monde d'avant, pleurèrent en silence. Les femmes devinrent méfiantes et craintives, se regroupant entre elles et ne se déplaçant jamais seules. Les êtres conscients du désastre tentèrent de prévenir... mais en vain ! Toutes les parties de l'accord furent rompues et détruites en seulement quelques décennies...

Eryn serrait les poings. Elle n'osait pas interrompre Karim, mais nous assistions à sa colère devant de telles révélations. Karim, qui avait perçu ses énergies, lui donna la parole :

— Excuse-moi de t'interrompre, grand-père, mais pourquoi les humains ont-ils oublié de prier pour demander pardon à l'animal sacrifié pour les nourrir ? Pourquoi ont-ils oublié que la nature est un tout et que nous devons la respecter ?

— Eryn, ma petite boule d'énergie, je crois qu'ils avaient oublié l'essentiel, vois-tu. Ils étaient aveuglés par leur désir de puissance, et rien ni personne ne semblait vouloir barrer leur chemin de toute-puissance. Ils pensaient que tout leur était dû, et que les êtres de Bahia devaient leur obéir sans contrepartie… Mais veux-tu connaître la suite ? Voulez-vous savoir comment tout s'est terminé ? demanda-t-il aux enfants.

Un grand « oui » tonitruant fut une réponse unanime.

— Eh bien, je vais vous la raconter. Les animaux, en ayant assez d'être si peu considérés, finirent par se réunir. Tous purent alors exprimer leur désarroi, leur colère et leur sentiment d'injustice. Ils souhaitèrent plus que tout que cette folie des grandeurs cesse. Ils ne le firent pas contre les humains, mais pour les autres êtres. Les femmes avaient oublié l'association de plantes qui contrôlaient leur fertilité. Elles n'étaient plus cultivées, et après quelques générations, elles ne les reconnurent plus. Elles continuaient de pousser pourtant, car Bahia ne lâcha pas l'affaire si facilement. C'était tellement important de gérer le nombre de personnes dans des espaces limités… Mais ces plantes providentielles furent considérées comme de mauvaises herbes, n'ayant pas bon goût, et finirent, pour la plupart, dans les feux de camp. Les conséquences furent catastrophiques… Les femmes mirent au monde beaucoup trop d'enfants, et ne prirent pas le temps de récupérer entre chaque grossesse et allaitement. Leur santé et espérance de vie prirent un vilain coup. La population humaine explosa à ce moment-là, et parallèlement à cette augmentation du nombre de Bahiens, la mortalité devint également bien plus importante, surtout chez les jeunes. Les anciens pleurèrent encore davantage, mais ne cessèrent de parler du monde d'avant, pour laisser une empreinte dans ce nouveau monde devenu fou. Mais cela ne servit à rien dans l'immédiat. Les hommes prirent le pouvoir et tuèrent tout ce qui les dérangeait : les arbres, les plantes, les animaux. Le sang coula, les cris résonnèrent, la peur l'emporta. Les anciens mentionnent même, dans les archives, des meurtres. Ils avaient été trop loin. Le premier commandement de notre civilisation, à savoir que toute vie est sacrée et que la vie humaine ne doit en aucun cas être supprimée, avait été volontairement et sciemment oublié.

Eryn ferma les yeux et enfouit sa tête dans ses bras. Karim, voyant son comportement, eut envie de s'interrompre, mais il ne pouvait pas arrêter la légende à ce moment clé. Il continua donc.

— Après trois lunes de discussions, les animaux prirent la décision d'infliger une terrible punition : la maladie ! Ils pensèrent ainsi faire comprendre aux humains qu'on ne pouvait pas tout dégrader sans conséquences pour eux. Pour chaque animal sacrifié sans demande au préalable et sans pardon par la suite, l'esprit de la victime infligeait une maladie au chasseur ou pêcheur. Les îles se trouvèrent trop petites pour héberger tant d'humains. La faim commença à obscurcir les esprits. Hélas, malgré cette malédiction, les humains demeuraient hermétiques aux messages des animaux et des plantes. Bahia prit alors une décision. Elle mit les animaux à l'abri et décida de montrer sa colère sous forme d'un petit tremblement de terre. Les humains subirent de grosses pertes, matérielles principalement, puisque leurs habitations furent en grande partie détruites. Elle pensait ainsi les ramener à plus d'humilité. Malgré son avertissement, ils ne comprirent pas d'où était venu ce tremblement du sol. Mais une petite lueur d'espoir apparut. Les passeurs d'esprits, en ces temps-là méprisés, furent de nouveau écoutés. Ils rappelèrent que les humains n'étaient pas au centre de la création, mais en constituaient à eux tous une infime partie. Qu'ils devaient faire preuve d'empathie, de mesure, arrêter de prendre tant de place, et surtout ne pas oublier l'accord passé avec les animaux et les plantes.

Eryn se détendit. Elle percevait les paroles du grand sage au plus profond de son être. Tous les mots se frayaient un chemin dans son corps, qui lui faisait mal. Jonathan le comprit et la prit dans ses bras.

— Eryn, sois forte ! Reste avec nous. Tu as en toi cette capacité à t'insurger, mais fais en sorte de ne pas être aveuglée par ton amertume et ta colère !

— Les femmes cultivèrent de nouveau des plantes pour les aider à maîtriser leur fertilité. Mais le chemin restait long avant de retrouver l'équilibre perdu et l'harmonie. Les hommes, devenus violents, décidèrent de régner en maîtres, leur puissance musculaire mise en avant comme étant le sésame leur permettant et, surtout, excusant tous leurs accès de colère. Cette colère qui grondait et prenait désormais toute la place. Progressivement, tous les avertissements de Bahia furent balayés par cette envie de pouvoir et de puissance, si grisante. Bahia décida de réunir à nouveau les animaux et les plantes. Les animaux, décidèrent, sans surprise, de poursuivre leur malédiction en donnant d'autres maladies de plus en plus mortelles et douloureuses aux humains irrespectueux. Mais, contre toute attente, les plantes, à l'écoute de cette sentence, éprouvèrent de la compassion envers ces êtres si vils mais si dépendants. Voici ce qu'elles dirent : « Ils nous font du mal, à nous aussi. Ils nous déracinent. Ils nous piétinent. Ils nous brûlent. Et ils ne nous écoutent même pas lorsque nous essayons de leur expliquer toute l'aide que nous pouvons leur apporter. Et pourtant, nous avons de la compassion pour eux. Ils ont du mal à comprendre leur place dans la grande toile de la création, mais ils ne pourront pas apprendre de leurs erreurs si nous les éradiquons avec toutes ces maladies. Ils ont besoin de notre aide, donc, pour chaque maladie que vous apporterez, vous, les animaux, nous, le peuple des plantes, nous leur donnerons un remède. La seule chose qu'ils auront à faire sera de nous écouter lorsque nous leur parlerons. » Hélas, les plantes constatèrent avec tristesse que les hommes étaient désormais incapables de les écouter. Ils n'accordaient plus d'importance à leur pouvoir de guérison. Bahia, devant ce constat, décida d'agir plus fortement. Elle communiqua donc avec les passeurs d'esprit, qui relayèrent les messages des plantes, mais ils ne furent pas écoutés. Pire, ils furent envoyés en exil en pleine mer, voués à une mort certaine. Pourquoi un tel sort ? Car leurs révélations n'allaient pas dans leur sens et, surtout, ne les arrangeaient pas... Devant tant d'injustice, elle prit la plus grande décision de sa vie : elle voulut les punir d'une manière plus marquante que lors de son premier avertissement sous forme de tremblement de terre. Son monde n'était plus harmonieux et il ne répondait plus au yin de Gaïa. Le yang avait pris le dessus. Il fallait une action forte. Savez-vous ce qu'elle a fait ? demanda-t-il aux enfants.

Jonathan leva la main :

— Elle déclencha le Cyclone Coléria ?

— Oui, Jonathan. Elle savait que son monde allait subir un triste sort, mais elle ne voulait plus souffrir. Elle mit alors toute son énergie pour souffler, souffler, souffler encore. Cela dura sept jours et sept nuits. Les îles furent en grande partie détruites. Les pertes furent immenses. Vous savez pourquoi nos ancêtres ont appelé ce cyclone « Coléria » ?

Une petite fille leva la main :

— Car il y a le mot colère dedans ?

— Exactement, Eva ! Coléria est plus exactement l'association entre le mot « colère » et le mot « Bahia ». Car ils savaient que Bahia avait ainsi exprimé sa pleine colère de ne pas avoir été entendue plus tôt.

Les enfants étaient immobiles et muets. Je ne me souvenais pas avoir vu un tel calme auprès d'enfants de cet âge. C'était assez irréel : pas un mot, pas un geste inapproprié, par un cri, pas un pleur. Juste de l'écoute respectueuse. Karim continua :

— Mais, même si cette histoire est triste, il y a eu, à la suite de ce cyclone, une révolution. Les survivants se réunirent enfin, et parlèrent très longtemps. Ils comprirent leurs erreurs et décidèrent de revenir à leur accord passé avec les autres êtres lors de leur création. La suite, ce sera pour cet après-midi. Je sais que ce n'est pas amusant ce que je vous raconte, mais vous ne devez jamais oublier par où nos ancêtres ont dû passer pour retenir la leçon. Allez, les jeunes pousses, je lève la séance ! Il est temps pour vous de déguster un délicieux repas préparé par mes amis. Vous pouvez aller jouer, maintenant !

Tous les enfants partirent d'un seul élan. Seule Eryn restait figée sur place. Elle ne pouvait plus quitter le regard de Karim.

— Je les déteste ! s'exclama-t-elle. Pourquoi Bahia n'a-t-elle pas tout simplement éradiqué les humains ? Ils lui faisaient tant de mal… Pourquoi donc garder des êtres qui vous font souffrir ?

— Ma petite fille, elle ne les a pas éradiqués pour une simple raison. Elle les aimait ! Et cette raison suffit à comprendre sa décision.

Le visage de la petite fille se détendit. Son regard était si profond pour une si jeune enfant…

— Alors, on peut faire des erreurs, oublier une promesse, et obtenir le pardon de Bahia ? Comme nous, enfants, avec nos parents ?

— Oui, petite Eryn. Tout le monde a le droit de faire des erreurs. Nous naissons et nous demeurons avant tout des êtres imparfaits. Bahia ne nous demande pas d'agir toujours dans le droit chemin. Cependant, il nous est demandé d'avoir le courage de reconnaître nos torts et de demander pardon. Après cela, nous devons apprendre à réparer. C'est ce qu'ont fait nos ancêtres. Ce sera même la suite de l'histoire, que tu écouteras avec tes amis cet après-midi, après avoir bien vérifié que vous ayez compris l'histoire de ce matin.

Il lui caressa la joue avec une tendresse infinie.

— Tu es sacrément intelligente pour une enfant aussi jeune. Quel âge as-tu ?

— J'ai sept ans, répondit-elle avec un sourire un peu édenté.

— C'est d'autant plus impressionnant. Tu possèdes déjà la sagesse des adultes. Tu me fais penser à une autre personne que j'aime énormément. Il s'agit de ma petite-fille, Kiara. Allez, va rejoindre tes amis ! Ils t'attendent, et je crois que tu as tapé dans l'œil de Jonathan, dit-il en lui caressant les cheveux.

— Taper dans l'œil ? Mais je ne l'ai pas blessé à l'œil, moi !

— Ah ! l'innocence des enfants, comme c'est touchant ! Taper dans l'œil de quelqu'un, ma petite, ça veut dire que tu lui plais et que son comportement change quand tu es près de lui.

— Je le sais. Jonathan, je l'aime fort aussi, tu sais.

Elle partit plus légère. Nirvelli avait les larmes aux yeux.

— Mon peuple connaît cette légende, même si elle est adaptée à nos conditions de vie sur Terre. Nous aussi, nous avons été pervertis par ce désir de toute-puissance, venu des hommes blancs, mais qui a été très bien accepté par nombre d'entre nous, il faut le reconnaître. Posséder des terres était inconnu avant l'arrivée des blancs. Mais après, tout est parti en vrille et cela a été très loin… Bien trop loin… Puis nous avons demandé pardon et, chaque jour qui passe, nous repensons aux extrêmes qui peuvent arriver lorsque l'harmonie est rompue. Ce peuple ressemble au nôtre, dit-elle.

— Dans ma réalité de vie et mon époque, nous avons l'habitude de les appeler les « peuples racines », répondis-je.

— C'est vrai que tu es issue d'une période où ce terme était méprisé, dévalorisé, ou tout du moins méconnu, répondit Bào. Vous ne saviez pas grand-chose de leur fonctionnement, au final. J'ai eu du mal à me dire que j'avais communiqué avec une femme issue de ton époque. Jusqu'à ce que je découvre qu'en réalité, vu ce que nous avions vécu tous les huit lors de cette nuit mémorable, ça m'était finalement égal. Je vous aime tous les huit, comme des amis spéciaux.

Un silence suivit nos échanges.

— Mince ! Ne nous égarons pas avec nos souvenirs, dit Adèle. Pardonne-nous, Arya, de cet aparté.

— Je ne savais pas que vous étiez issus de périodes différentes sur Gaïa, dit-elle. Mais cela n'altère en rien ma bienveillance à votre égard. Pour reparler de ces peuples racines, qu'évoquait Cécile, je pourrais dire que nous en sommes un, en effet, même si notre mode de vie nous assimilerait davantage à un peuple de l'eau, tant cet élément est crucial à notre survie et tant il est présent dans notre espace et nos esprits. Vous savez, ces peuples qui habitent la Terre sont bien mieux enracinés que ceux qui se disent « civilisés ». Ceux que je visite parfois. Et j'en ai visité, des civilisations terriennes…

Nous ne savions pas qu'Arya avait, elle aussi, été conviée sur Terre.

— Pour la petite confidence, dit-elle dans un murmure, je connais un peu votre monde. Mais, comme Karim, je n'aime pas en parler. Vous êtes ici en invités d'honneur pour découvrir le nôtre, et je me dois de vous le présenter avec ses richesses comme avec ses failles. Nous considérons que l'histoire de nos ancêtres doit nous servir de leçon. Revenons, si vous le voulez bien, dans notre pièce. Nous allons aborder la suite ensemble.

9

La fin de la légende : l'histoire des Bahiens

Je retrouvai avec bonheur ma petite chaise. Il est vrai que je me sentais comme calée en elle et que son contact m'était agréable. Nos chaises étaient disposées en arc de cercle. Arya s'assit sur son tapis devant nous, au centre. Son regard avait changé. Je crus discerner une curiosité nouvelle. Cela dit, nous restions concentrés sur notre engagement à ne rien révéler de notre monde. Nous en avions déjà dévoilé un peu, et nous décidâmes de nous recentrer pour revenir entièrement près d'elle.

— Karim s'est interrogé devant vos esprits. Il ne sait pas qui vous êtes, mais il est curieux. Toutefois, il ne m'a pas posé la question directement. Un jour, je lui raconterai que vous étiez des Terriens, mais pour cela, il devra être prêt. Ici, nous avons coutume de ne dire les vérités que quand la personne est capable de les entendre, ou bien sûr quand elle en fait la demande claire.

Pour détendre l'atmosphère, elle regarda le ventre de Nirvelli.

— Cette petite fille semble profiter de nous tous et de nos échanges aussi. Elle a écouté la légende de notre peuple. Du moins le début, avec ce qu'elle a de moins réjouissant. Chaque être humain qui vient au monde porte cette histoire dans ses gènes, ou plutôt dans les tréfonds de son âme. Cela s'explique par le fait que chaque être en devenir porte en lui la condition humaine. Cette enfant a déjà l'histoire de l'humanité gravée dans sa mémoire archaïque et ancestrale, et cela bien avant sa naissance.

Nirvelli eut du mal à cacher son émoi.

— Ne sois pas effrayée, ma sœur, dit Arya. C'est normal et c'est naturel. Toi aussi, tu as connu cela, ainsi que nous tous, ici et ailleurs. Ce n'est pas un hasard si nous avons besoin de neuf mois avant de naître. C'est le temps qui nous est nécessaire pour apprendre tout cela, et surtout pour nous imprégner des prémices de notre nouvelle vie.

Le regard d'Arya dégageait une pureté bouleversante. La profondeur de ses yeux me sembla presque insondable. J'avais déjà été éblouie par ce regard chez Clara, et celui-ci, tout en étant noir, recelait les mêmes trésors. Elles avaient une aura particulière qui faisait que nous avions juste envie de les écouter sans interrompre leurs mots et la mélodie de leur voix. Arya avait tant à nous apprendre ! Elle nous embarquait dans son univers avec une telle facilité que nous avions l'impression d'être comme chez nous à cet endroit. L'arbre Haka, sa jument Ada qui était venue nous chercher dans notre bulle, Karim, les enfants rencontrés, et même cette cabane perchée dans laquelle nous nous trouvions, assis sur nos chaises personnalisées, faisaient partie de ce nouvel environnement exaltant.

Elle s'agenouilla devant Nirvelli et posa ses mains sur son ventre :

— Qui sera notre mère ? Notre père ? Dans quel endroit allons-nous naître ? Serons-nous un garçon ? Une fille ? Aurons-nous des frères et sœurs ? J'ai entendu que sur Terre, bien trop d'enfants venaient au monde sans être aimés, désirés, accueillis. Ici, c'est impensable, car toutes les femmes qui désirent avoir un enfant doivent avant tout effectuer un temps de recul, avec l'aide d'une ancienne ou de plusieurs, pour savoir si elles sont en mesure d'apporter à ce nouvel être tout l'amour, les soins et l'attention qu'il ou elle mérite. Il ne faut pas mélanger l'envie du corps, naturelle, primitive, pulsionnelle et même, osons le mot, impérieuse, et l'envie et l'appel de l'âme. Lorsque les deux sont alignées, et uniquement à ce moment-là, alors nous sommes prêtes à devenir mères. Ce temps de recul se passe sur l'île N, la tienne, Nirvelli. Parfois, c'est une décision de couple, mais d'autres s'y rendent seules, dans leur cheminement personnel, quitte à y retourner plus tard avec leur compagnon. De futurs pères font parfois aussi cette retraite spirituelle seuls. Leur démarche est même fortement encouragée. Il n'y a pas de règles préétablies dans ce processus de préparation. Il doit se vivre dans la paix. Dans tous les cas, chaque naissance est célébrée par toute l'île et même par tous les habitants de Bahia. Les enfants bénéficient d'une fête de bienvenue, déjà lors de leur naissance dans leur île d'accueil, et ensuite, elle est célébrée lors des Olympiades. Tous les bébés de l'année passée sont salués. Des présents leur sont offerts, comme des habits, des langes lavables, des huiles de massage, des hochets en bois, des doudous en coton, ou bien des écharpes de portage pour les parents, surtout lorsqu'il s'agit de leur premier enfant. Voici un exemple d'habit pour les bébés.

Elle nous montra une tunique miniature réglable. C'était amusant d'imaginer les tout-petits habillés ainsi.

— Pour revenir à ce que je disais de la légende, reprit-elle, tu en es à six mois de grossesse, ta fille est donc capable de l'entendre et de la comprendre. Elle sait déjà qu'elle a un grand frère dont elle reconnaît déjà la petite voix impatiente.

Nirvelli fixa Arya et lui demanda :

— Et moi, me connaît-elle déjà ?

— Quelle question ! Bien sûr qu'elle te connaît, puisqu'elle vous a choisis, toi et ton compagnon, et même son grand frère qui se montrera très protecteur et prévenant avec elle.

— J'espère être digne de sa vie.

— Tu le seras. Fais-toi confiance.

Nous étions tous attendris par ce moment impromptu. Cette petite fille était finalement un peu la nôtre lors de cette nouvelle aventure. Alan prit Nirvelli dans ses bras :

— Hey ! Petite sœur ! Cette petite aura, de la part de ses parents et de son grand frère, tout l'amour nécessaire pour être heureuse et grandir sereinement. Je n'ai aucun doute là-dessus.

— Dernière chose, dit Arya avec un sourire affiché. Elle t'entend Alan, ainsi que nous autres. Elle a même dit « Merci papy » !

Nos éclats de rire furent notre réponse devant l'air faussement outré d'Alan.

— Oui, elle est déjà farceuse, et c'est une belle qualité. Elle saura vous mener par le bout du nez avec ses petits airs et ses remarques. C'est généralement le cas des seconds, d'ailleurs, d'attirer l'attention par de l'espièglerie. Mais, si vous le voulez bien, je vais reprendre le fil de notre discussion.

Une fois le calme revenu, elle se recentra sur son tapis pour continuer.

Elle se servit une gorgée de thé avant de poursuivre, et nous invita à faire de même. Ce thé avait des saveurs exotiques dépaysantes et cette petite pause me procura également une évasion de l'odorat. Tout ici sentait le naturel, le non-transformé, le vivant. La nature offrait des mets et saveurs intacts et, apparemment, des plantes médicinales en grande quantité. Ce thé me détendit.

— Il me semble que vous aimez mon thé, dit Arya, nous voyant le humer et le goûter avec délice. J'en suis ravie. Il s'agit du thé de l'initiation. Je n'en sers qu'à nos invités. Je suis ravie qu'il vous plaise !

— J'espère qu'il n'y a aucune drogue dedans ! dit Bào en riant.

— Non, non, pas du tout ! Certes, nous maîtrisons le pouvoir des plantes, dont celui de modifier l'esprit et celui, primordial, d'atténuer la douleur physique, mais là, il s'agit d'un thé des plus ordinaires. De la papaye, un peu de noix de coco râpée, mangue et goyave séchées, le tout aromatisé avec une pincée de fleurs de jasmin pour apporter une touche florale. Un produit très local, puisque tout cela pousse dans notre île. J'adore en boire. Avec mes filles, nous ne manquons aucune occasion de nous en régaler et d'en offrir à nos invités, nos amis, tout comme à ceux qui, comme vous, sont les invités d'une autre dimension. Mais là, il n'y a que moi qui peux vous voir. Je vais vous expliquer un peu plus d'où nous venons. Pour cela, il faut que vous sachiez comment nous sommes venus au monde sur Bahia.

Elle mit ses mains jointes contre son cœur. Nous n'osions même pas bouger, pour ne pas perturber sa concentration. Je laissai les fumets du thé m'envahir pour entrer dans ces révélations.

— Gaïa, voyant le chaos régner sur son sol, a décidé d'expérimenter la vie avec d'autres peuples, en créant des mondes parallèles. Elle a créé le nôtre, il y a mille ans environ, et a posé sur les premiers élus son penchant féminin. Mais chacun sait que Gaïa est à la fois yin et yang. C'est ce qui explique que l'équilibre est parfois difficile à trouver. Selon ce qu'elle pose comme intention sur une civilisation, celle-ci va développer davantage son côté yin ou son côté yang. Cela est vrai sur Terre aussi. Parfois, le yin est écarté, méprisé, humilié, puis revient en force pour rééquilibrer les énergies. Si ce n'est pas possible, la civilisation cesse d'évoluer et donc elle disparaît au bout de quelques générations. Elle en a vu disparaître, des peuples ! Il en est évidemment de même pour le yang, même si c'est bien plus rare, il faut le reconnaître, pour ne pas dire rarissime. Comme elle est vivante et en constante évolution, elle s'ascensionne. Depuis sa naissance, elle a connu environ sept ascensions. Là, elle aborde même la huitième. Il va y avoir de nouveau du remous sur Terre. Je ne sais pas à quelle période nous sommes sur Terre, mais c'est ce que j'entends. Son choix s'effectue lors du moment de la réincarnation des âmes, quelque temps après la mort physique de la personne.

En ce qui concerne la création de notre monde, elle a choisi des êtres consentants, après leur dernière vie sur Terre. Pour cela, elle a signé avec eux un contrat moral visant à s'incarner dans un nouveau monde, en acceptant et respectant ses codes, longuement détaillés avant de sauter le pas. En cas de désobéissance ou de déviation, les êtres revenaient sur Terre. À sa grande surprise, les volontaires étaient nombreux à se manifester. Mais elle s'est montrée très sévère quant à ses choix. Elle a désigné Bahia comme étant notre protectrice. Elle est l'une de ses filles. Elle a des fils aussi, ainsi que des frères et sœurs, mais là n'est pas le sujet. Vous me direz que ça donne l'impression que nous, les âmes humaines, n'étions que des pions sur un échiquier, dont elle seule avait le pouvoir d'anticiper, et même de diriger les mouvements suivants. J'aime bien cette image. J'ai appris à jouer aux échecs en voyant les Terriens, et je trouve le parallèle assez saisissant. J'ai d'ailleurs pour projet d'apprendre les règles de ce jeu aux Bahiens. Bref… Nous pourrions donc supposer qu'elle est d'un côté, et que les adversaires sont les humains qui souhaitent se réincarner. Mais, en réalité, c'est bien plus complexe que cela.

— Plus complexe ? demanda Clara, très sérieuse. Cela pourrait faire penser à un jeu, en effet, mais nous savons tous ici que quoi qu'il arrive, nous gardons notre libre arbitre, non ? Je suis très bien placée pour vénérer la Terre qui nous accueille, pour parler longuement avec Gaïa, mais de là à songer qu'elle interfère dans le cycle des réincarnations, j'avoue être un peu perplexe.

— Ne le sois pas, ma sœur ! répondit Arya, souriant devant notre curiosité et intérêt. Lors de mes voyages dans des mondes aussi différents que l'on puisse l'envisager, j'ai appris que le libre arbitre était une notion purement inventée par l'Homme pour se rassurer. En réalité, tous autant que nous sommes, nous sommes imprégnés par notre histoire, notre lieu de vie, les valeurs enseignées par nos parents et par le monde dans lequel nous vivons. Croyez-vous que nous ayons la même notion de la morale que vous, par exemple, ici ? La réponse est non, même si le fondement est le même. Tout cela pour dire que ce concept, je l'ai médité maintes fois, et je n'ai pas fini mes questionnements sur ce point.

— Je ne l'avais pas vu ainsi, répondit notre amie blonde, et pourtant, je voyage souvent, moi aussi. Il me semblait que les fondements de l'humanité étaient les mêmes partout…

— Je le croyais aussi. Mais je me mets à douter. Enfin, passons ! Je vais poursuivre notre fil de conversation. Il faut savoir que Gaïa, notre mère à tous, a toujours posé sur les humains un regard attentif, intéressé et même passionné, mais jamais cruel. Donc, après l'accord moral signé avec les élus, elle a amené ces nouvelles âmes ici afin de naître sous une autre identité et dans un monde inconnu. Leur forme incarnée a été décidée par elle. Elle voulait des êtres grands, élancés et bronzés pour affronter le soleil et les conditions qu'elle a nommées « tropicales » et « équatoriales ». Ainsi sont nés les Bahiens. Nous avons des particularités physiques singulières, comme une pilosité quasiment inexistante en dehors de certaines zones précises de notre corps, à savoir les aisselles et le pubis. Cette absence de poils nous permet de faciliter notre évolution dans l'eau. Autre chose : notre peau a besoin d'être nourrie quotidiennement avec de l'huile végétale dès notre naissance, et ce tout au long de notre vie, au risque de souffrir de déshydratation et de sécheresses cutanées douloureuses. Heureusement, Bahia a prévu ce qu'il faut pour que nous puissions nous enduire généreusement, sans jamais en manquer. Voilà pour nos faiblesses. Enfin, si l'on peut appeler cela une faiblesse, disons plutôt nos caractéristiques spécifiques. Elle a tenu à ce que la communication entre les différents mondes se réalise grâce à des intermédiaires, comme moi. Pour cela, nous devons suivre une initiation. J'ai donc visité maintes fois le vôtre, et j'en sais assez pour dire que tout bouge continuellement, bien plus qu'ici, où c'est plus calme. Avant de continuer, avez-vous des questions ?

Adèle, passionnée par cet échange, se manifesta en premier :

— Arya, nous sommes très heureux d'être parmi vous, en tant que Terriens. Tu nous as dit avoir suivi une initiation. Peux-tu nous en dire davantage, ou ne devons-nous pas le savoir ? Je suis sincèrement navrée si ma question est dérangeante.

— Elle n'est pas dérangeante, Adèle, elle est normale. Qui ne se pose pas ces questions ? Mais je ne peux pas vous le révéler ici. Je n'en ai pas le droit. Sachez juste que c'est Gaïa qui nous choisit, et non Bahia, tout comme elle choisit les êtres qui passent d'une dimension à une autre, comme vous aujourd'hui.

— Merci pour ces précisions, répondit Adèle. Je te remercie de ta franchise.

— Ce n'est pas de la franchise, c'est la vérité. Ici, le mensonge est banni, sauf s'il est involontaire. La limite est parfois ténue, me direz-vous. Mentir pour protéger n'est pas trop admis car, inévitablement, la vérité éclate un jour. Se taire est bien plus toléré.

— Vous voulez dire que vous ne mentez jamais ? demanda Alan.

— En effet, même si ce n'est pas tous les jours facile. La seule chose que nous pouvons faire, c'est refuser de répondre ou, simplement, nous taire. Mais nous ne devons pas mentir.

— Mais vous n'avez pas de jardin secret ? demanda Alioune, surpris par ces révélations.

— Un jardin secret ? Qu'est-ce donc ? demanda-t-elle, curieuse d'apprendre un nouveau concept.

Je me décidai à répondre :

— C'est un espace qui nous est intime et personnel. Un endroit secret que nous n'avons pas envie de dévoiler à notre entourage, ni d'ailleurs à qui que ce soit. L'espace de nos rêves, par exemple, surtout ceux que nous voulons garder pour nous, mais aussi des émotions fortes que nous gérons seuls, ou des événements que nous ne voulons pas partager. Nous pourrions traduire cela par le monde intérieur un peu sauvage et inaccessible.

— C'est très intéressant, dit-elle. Je ne connaissais pas cette notion. Je me pencherai dessus après votre retour chez vous.

Un peu chagrinée par ce changement de sujet alors que le récit de cette légende me poursuivait encore, je pris une inspiration pour poser ma question :

— Arya, je reste un peu sur ma faim concernant votre légende, car Karim a parlé d'une suite. Tu nous as dit que les Bahiens étaient arrivés ici il y a environ mille ans. C'est à la fois court ou long selon le degré d'évolution au moment de la naissance de ce monde. Apparemment, les êtres avaient déjà connu d'autres vies, terrestres ou même dans d'autres dimensions. Donc ce point semble résolu. Mille ans… Tu nous as aussi dit que la légende racontée par Karim s'était arrêtée il y a environ 500 ans. Si j'ai bien suivi, c'est donc à la moitié de votre chemin. Pourrais-tu nous résumer la suite ? C'est-à-dire l'histoire de votre peuple après le Cyclone Coléria ?

— Ah ! Voilà une passionnée d'histoire ! On peut dire que tu suis bien, en effet. C'est normal, tu es une C, donc désireuse de savoir comment fonctionne le monde, ou plus précisément comment fonctionnent les mondes. Les C sont d'ailleurs non seulement de très bons orateurs, mais aussi des artistes et des gens qui partagent leurs savoirs avec facilité et maîtrise. Ils sont fréquemment choisis pour écrire nos lois, car leur écriture est fluide et plaisante à lire. Ton prénom colle donc bien avec ton île d'ici. Alors oui, bien sûr, je vais vous raconter la suite, et seulement après, nous passerons au fonctionnement de nos îles, les règles communes qui régissent la vie de tous les habitants de Bahia, ainsi que leurs échanges.

Arya replongea dans son monde intérieur. Elle me fit penser à Emmanuel, présent lors de notre dernier voyage, grand sage méditant assidûment. Arya avait tout d'une sage : sa posture, sa voix calme et douce, sa conscience éveillée du monde, le sien comme les autres.

— Le Cyclone Coléria a eu lieu le 25e jour du sixième mois de l'an que nous appelons depuis cet événement l'an zéro. Plus précisément, il s'agissait de l'an 530 depuis la naissance de notre peuple. C'était un soir de pleine lune. Nous comptons les années d'avant cet événement central dans nos vies à reculons, et les années suivantes en avançant. C'est vous dire toute l'importance qu'évoque pour nous cette année fatidique. Le chaos et la renaissance. Le cyclone dura une semaine entière, sa puissance s'amenuisant au fil des jours, puis des heures, pour finir par une simple brise, puis par une absence totale de vent. Bahia était épuisée, et nos ancêtres l'étaient tout autant, hagards, sonnés et amaigris.

Haka produit un bruit sourd que nos oreilles perçurent d'abord faiblement, puis plus perceptiblement. Manifestement, il cherchait à s'exprimer, mais ne voulait pas interrompre Arya. Dès qu'elle s'en rendit compte, elle s'arrêta et demanda :

— Haka, veux-tu ajouter quelques souvenirs de cette période, toi qui étais déjà installé ?

— Je le veux bien, si vous le permettez, répondit-il. Je me souviens de ce jour qui a marqué non seulement votre peuple, mais aussi l'intégralité des êtres qui peuplaient alors le sol, et même les océans, ruisseaux et rivières de Bahia. Les pauvres petits arbustes ne résistèrent pas. Des couvées entières d'oiseaux furent balayées. Une grande partie des récoltes de riz ou de coton furent arrachées par la puissance des vents. Les chevaux n'étaient pas encore là et heureusement, car ils auraient sûrement été emportés par les vagues d'une telle puissance qu'ils n'auraient pas réussi à revenir sur les îles… À la fin, lorsque le courroux de Bahia fut terminé, il y eut un véritable silence. Les seuls sons qui émanaient étaient ceux des oiseaux reprenant vie, des vagues, des autres animaux, plus particulièrement des dauphins, au loin, qui appelaient les humains, inquiets pour leur sort. Mais aucun son ne provint des hommes et des femmes éplorés. Ils vinrent se recueillir devant moi, mais même moi, je ne trouvais pas les mots. Tous demeuraient étrangement calmes et silencieux, même les enfants et les bébés. Il planait une atmosphère de mort. Ce n'est pas dans mes habitudes de raconter cela à des étrangers, mais je ne sais pas ce qui m'a pris, j'ai eu envie de donner le ressenti de l'ensemble des êtres.

— Mais tu as bien fait, Haka ! répondit Arya. Je te remercie pour ton intervention, qui ouvre cette voie, et que tu es plus à même de développer que moi. Pour moi, cette période reculée reste gravée grâce aux scènes de cette semaine maudite, que tu as bien voulu partager avec moi. Je te remercie, Haka, pour cela et pour la protection que tu nous procures.

— Il n'y a pas de quoi. Je te laisse continuer. Je retourne à mes occupations. Ravi d'avoir partagé ce moment avec vous, Terriens. Vous êtes étranges mais très attachants. Je vous souhaite une belle suite.

— Merci, Haka, répondit Clara pour nous tous.

Arya reprit :

— Nos ancêtres éprouvèrent intensément le deuil, le désespoir, l'incompréhension, et vécurent cruellement leur impuissance face à la situation. Les enfants furent en très grande partie épargnés, selon la volonté de Bahia, mais les anciens firent les frais de la puissance de sa colère. Ils furent nombreux à être emportés par les eaux, et périrent épuisés. Comme si Bahia avait accordé sa clémence, elle en fit dériver un certain nombre vers leur île, afin de leur permettre de les fouler à nouveau avec une autre vision. Parfois, il faut frôler la mort pour changer de regard sur la vie. Les archives historiques furent en grande partie détruites, sauf celles qui étaient insérées dans le tronc de Haka. Les survivants ont dû tout reconstruire, de leurs habitations à leur histoire et même leur vie, profondément marquée par ce traumatisme. Ils firent vœu de silence, en signe de deuil envers leurs morts, qu'ils peinaient à enterrer. Ils durent offrir leurs cendres à la mer, manquant de place pour trouver une sépulture digne pour tous. Ce rituel a d'ailleurs perduré, et encore aujourd'hui, la plupart de nos morts sont réduits en cendres une fois leur âme délivrée de leur corps. Leurs cendres, enterrées dans des feuilles de bananier, donnent naissance à de nouveaux arbres grâce à des graines qui y germent. Ce silence, oppressant et angoissant, dura jusqu'à la lune suivante.

Son regard s'assombrit.

— Les rires avaient disparu, le chagrin était pesant, anéantissant. Les survivants étaient sous le choc, sidérés. Cette phase de deuil prit fin le premier jour du huitième mois, soit environ une semaine après la pleine lune qui suivit cette catastrophe. Nous fêtons tous les ans cette journée particulière qui signa la fin de période de deuil, par une grande fête réunissant les habitants de toutes les îles, dans une île choisie d'une année sur l'autre. Enfin, en dehors de la C, préservée, et ne pouvant donc pas accueillir tant de monde d'un coup, comme je vous l'ai déjà dit plus tôt, et de la N, trop dangereuse pour les enfants. C'est lors de cette journée que les Olympiades démarrent, et se poursuivent sur la semaine qui suit. Avant cette semaine festive, en signe de commémoration, nous faisons le silence du 25e au 27e jour du sixième mois, en dehors des enfants et bébés qui sont libres de suivre ou non ce vœu de silence. Ces deux journées de deuil sont des journées où toutes les activités sont à l'arrêt.

Arya nous confia, d'une voix plus légère :

— Je vous expliquerai plus tard l'organisation de ces Olympiades dont je vous parle depuis tout à l'heure. Mais là, je continue l'histoire. Après cette période de deuil, il y eut une longue phase de reconstruction. Les hommes et les femmes eurent conscience, lors de cette période, que leur union ferait non seulement leur force mais aussi leur cohésion. Chaque personne, enfant, femme ou homme, jeune ou plus âgé, put s'exprimer, et un nouvel élan s'ancra dans les cœurs : celui de l'entraide et de la solidarité. Dans chaque île, il y avait deux représentants, un homme et une femme, pour la plupart anciens, donc expérimentés et respectés, porte-paroles des messages de leurs îliens. Pendant douze mois, ils prirent note des réactions des uns et des autres, et les inscrivirent sur des feuilles de papyrus, pressentant qu'ils détenaient en leurs mains un trésor pour les générations futures. Nous avons précieusement gardé ces traces de notre passé, à l'abri de l'air et de la lumière, dans un vase en terre cuite, à l'intérieur même de Haka, qui veille sur eux. Seuls quelques habitants avertis peuvent les consulter, avec une précaution infinie. Nous souhaitons que ces écrits traversent les siècles et servent de témoignage pour les générations futures, comme ils le sont pour nous actuellement et le furent autrefois pour nos anciens. Ils sont le fondement de notre organisation et de notre histoire. Ils sont toutefois connus de nous tous, et sont enseignés aux enfants. Karim va commencer à le faire cet après-midi, lors de la prochaine séance. Par la suite, il sera relayé par d'autres, qui vont aussi leur apprendre l'art de la méditation, de l'écoute, l'identification des plantes, dont la ressemblance est parfois trompeuse et fâcheuse, et bien d'autres enseignements qui vont constituer la grande partie de leurs apprentissages de jeunesse.

Je réalisai à cet instant que ce peuple écrivait peut-être encore sur de grandes feuilles, ou peut-être sur des supports en bois en sculptant, ou bien encore sur du rocher, comme la célèbre pierre de Rosette, en granite noir, portant trois inscriptions, à savoir en hiéroglyphes égyptiens en haut de celle-ci, un texte en écriture démotique en son centre, et enfin, en bas, un texte en grec ancien. Elle fut trouvée par des Français en 1799 à Rosette, d'où son nom. Sa découverte passionna les scientifiques et historiens de l'époque. Datant de l'époque de l'Égypte antique, 200 ans avant Jésus-Christ environ, et parlant du couronnement du roi Ptolémée V, son étude fut inestimable dans la compréhension de notre histoire terrienne. Les hiéroglyphes furent traduits une vingtaine d'années plus tard par Jean-François Champollion, en 1822. J'avais toujours été impressionnée par sa reproduction sur la place des Écritures de Figeac, où je me suis rendue plusieurs fois. Avaient-ils plusieurs langues ou dialectes eux aussi, dans le même monde ? Cela me fascina d'imaginer des écritures sur les rochers, ou tout autre support dans ce monde. Je m'en représentai même mentalement dans des grottes comme celle où nous avions été appelés la dernière fois. Je revis aussi les inscriptions sur les parois de notre fusée lors de ce premier appel. Détenaient-elles les secrets de l'humanité ?

Le peuple du monde d'Arya, par ses écrits et transmissions, représentait pour moi un peuple construit, instruit, désirant inscrire sa vie dans une histoire commune. Cette unité se retrouvait même dans leurs habits. Je me remémorai, en effet, ceux de Karim, ceux que portait Arya, et repensai aussi aux habits des jeunes enfants qu'Arya avait eu la gentillesse de nous montrer. Le parallèle avec l'Égypte ancienne me frappa. Toutefois, mes réflexions furent de courte durée. La voix de Gaïa vint frapper mes oreilles :

« *Cécile, tu t'égares ! Ne fais pas de rapprochement entre la réalité de ton monde et celui-ci, je te prie. Cela parasite l'instant présent où Arya vous raconte l'histoire de son peuple. Reste attentive à ce qui t'entoure en ce moment précis.* »

Comment désobéir à un souhait de Gaïa ? Je fus contrite d'avoir involontairement trahi mon accord passé avec elle avant de voyager ici.

« *Ne sois pas désolée. C'est naturel. Tu as cette tendance à toujours vouloir faire des liens et des rapprochements. C'est une qualité, mais prends garde à bien rester avec Arya et les siens. Tu devrais y évoluer comme un poisson dans l'eau, comme vous tous, d'ailleurs. Tu auras tout le temps nécessaire après ce voyage pour poser tout cela dans ta tête et y faire une place dans ton âme.* »

— Je promets de faire de mon mieux, lui répondis-je.

« *C'est tout ce que j'attends de vous.* »

Arya, me regardant avec curiosité, prit une inspiration pour continuer :

— Le premier jour du huitième mois de l'an 1, tous les représentants se retrouvèrent sur l'île A, celle où vous êtes actuellement, pour une longue période de concertation au pied de Haka. Ce temps de recul et de parole dura un mois. Nos ancêtres prirent alors un tournant définitif. Ils rédigèrent un traité, qui avait pour vocation d'être diffusé, recopié et archivé dans toutes les îles. Celui-ci était comme un code de lois et règles qui devaient régir notre peuple, afin de ne plus mettre Bahia en colère. Il fut appelé : « le traité des droits et devoirs des Bahiens ». Ils avaient compris, grâce aux passeurs d'esprit, que cette colère était divine, et qu'ils devaient se réinventer pour vivre en harmonie avec les autres êtres de la création. À l'issue de ces journées d'échanges passionnés, notre nouvelle organisation vit le jour. Évidemment, cela ne s'est pas fait immédiatement. Il y a eu d'inévitables récalcitrants, regrettant leur train de vie d'avant, des oppositions, parfois assez tendues, du stress, mais au bout de quelques décennies, tous ces remous ont laissé place à plus de sérénité et même de sagesse.

Alioune prit la parole :

— Ce n'est, en effet, jamais facile de changer les habitudes des gens. Cela reste humain de s'accrocher à ce que nous avons toujours connu.

— Tu as raison, Alioune. Ces oppositions, craintes, peurs et freins ont été analysés et travaillés afin d'être dépassés. Le système d'avant avait laissé un déséquilibre tel que nos ancêtres avaient conscience qu'ils ne pouvaient plus continuer ainsi. Ils se sont perfectionnés dans la fabrication de bateaux, qui furent l'emblème de notre monde, ou plutôt le symbole de l'unification des îles. En effet, grâce à eux, les échanges entre les différentes îles s'intensifièrent, et continuent de prospérer, permettant un enrichissement de tous. En effet, chaque île, de par ses paysages et climats, excelle dans une conception particulière, issue de ce que la nature peut offrir. Il fallut environ deux cents ans pour qu'ils parviennent à obtenir cet équilibre espéré par Bahia. Depuis trois cents ans, nous vivons sur ce modèle, avec évidemment des progrès constants et donc des ajustements qui sont effectués avec le consentement de tous. Nous procédons à des votes à main levée ou, pour les questions plus personnelles, intimes ou délicates, par un système d'urnes en bois où chaque Bahien en âge de voter peut donner son approbation ou non. Chaque Bahien peut accomplir son devoir dès lors qu'il atteint l'âge de 15 ans, âge auquel sa maturité d'adulte est établie en ce qui concerne ses réflexions. Toutefois, les enfants sont écoutés et considérés dans leur vécu. Certaines lois sont ajoutées, d'autres enlevées, d'autres modifiées, et d'autres encore font l'objet de débats entre les différents habitants. Nos scribes ont du travail chaque année, pour relire et ajuster ce code, qui grossit d'année en année. Nous pensons réaliser une sorte de livre, ou plusieurs livres faits de nos plus belles feuilles de bananier savamment reliées, et qui seraient communs à nous tous. Nous y travaillons depuis dix ans, avec l'aide des scribes les plus habiles, et le premier ouvrage devrait être prêt d'ici quelques années. Ce sont les soigneurs du corps et les scientifiques qui apportent le plus de mouvements et d'avancées dans nos connaissances. Néanmoins, chaque découverte est partagée et soumise au

Conseil d'éthique, dirigé par des passeurs d'esprit qui communiquent avec Bahia et la nature, des soigneurs de l'âme et l'ensemble des représentants de chaque île.

Scribes… Encore une référence historique…

Je me raisonnai intérieurement pour faire taire cette voix, parfois un peu débordante, de mon esprit.

— Lors de mes visites sur Terre, continua-t-elle, j'ai pu voir un système de monnaie, qui a connu son heure de gloire et n'a provoqué que de l'injustice, de la violence, de la misère et surtout de profondes inégalités entre les gens. Ici, les personnes qui, comme moi, font l'initiation ne souhaitent surtout pas mettre au point un tel système. Nous luttons ardemment contre toute idée de ce type, qui, parfois, émerge d'esprits dans lesquels naît ou chemine l'appât du gain. L'idée de posséder plus que le voisin, et d'en faire un objet de fierté ou de vantardise, va à l'encontre de nos valeurs et de notre fonctionnement. Nous veillons donc à garder notre notion de partage, de générosité, de don de soi et de mérite. Il n'y a que des systèmes d'échanges ou des dons chez nous. Je suis un peu longue, pardonnez-moi, mais ce sujet me passionne.

Arya parut soudain un peu inquiète.

— Je vous laisse un petit moment. Karim m'appelle et je me dois de lui dire qui vous êtes… Il me l'a demandé. Je ne peux plus reculer. Je vais dans la pièce d'à côté et vais dialoguer par télépathie avec lui. Il ne me lâchera pas sinon…

Nous nous sentions honteux. Avait-elle eu raison de nous permettre d'assister en direct à la séance de la légende de leur peuple ?

— Nous sommes désolés si notre présence est porteuse d'un conflit entre vous… dit Adèle, manifestement ennuyée.

— J'espère que tu n'auras pas de soucis ? demanda Simon, préoccupé.

— Merci de vous inquiéter pour moi, mais nous sommes adultes, lui et moi. Gaïa vous a choisis, et il ne peut pas revenir sur cette décision. D'autres Terriens sont déjà venus avant vous, et d'autres viendront après. Karim ne le sait pas. Mais là, il est peut-être temps qu'il fasse la paix avec ce passé qui le hante encore. Ce sera peut-être l'occasion. Je reviens dès que possible !

Arya s'éloigna sur la pointe des pieds, sans bruit. Nous ne savions comment réagir.

— Ne paniquons pas, dit Alan. Comme l'a dit Arya, ils sont adultes, et Karim, de ce que j'ai vu, est un sage qui a déjà bien vécu. Peut-être avons-nous parlé un peu fort ? Ou bien est-il particulièrement sensible ? En attendant, j'aimerais savoir ce que vous pensez de ce voyage ?

Je pris la parole :

— Je suis impressionnée par l'organisation de ce peuple. Je pense au village créé par la lignée familiale d'Adèle qui, avec évidemment des conditions de vie différentes, était basé sur les échanges et le partage. Tu vois, Adèle, peut-être est-ce cela que tu as ressenti quand tu m'as confié connaître en quelque sorte cet endroit ? Peut-être as-tu inconsciemment reconnu ces similitudes de fonctionnement ?

— Bien sûr, Cécile, leur organisation doit être fondée sur l'échange, le partage et la solidarité. En ce sens, nous nous ressemblons grandement. Mais une chose me frappe ici, c'est leur niveau de spiritualité. Même si, bien sûr, je suis accoutumée grâce à mon oncle à la communication animale et grâce à ma famille à la communion avec les arbres, et même si je me souviens très bien de notre dernier appel où nous avons arpenté ce Nouveau Monde en communiquant avec tous les êtres, végétaux comme animaux, je trouve qu'ici, il règne justement une harmonie et une paix qui me font du bien. J'ai l'impression d'être chez moi. Je ne sais pas encore y mettre des mots, mais je n'ai pas du tout envie de repartir…

— Moi non plus, je ne veux surtout pas repartir ! s'exclama Nirvelli. Ma fille vit cette expérience avec moi, et je suis d'autant plus réceptive que nous sommes deux. Je veux savoir comment, ici, ils s'occupent de leurs bébés et élèvent leurs enfants. Je suis sûre que ça va me plaire.

— C'est même certain, future maman, répondit Alan. Je pense qu'ici, il règne un maître-mot : il s'agit de l'amour. L'amour de la vie, telle qu'elle est.

— Pour ma part, je me régale ici, dit Simon. Je me crois au paradis, en quelque sorte. Je souhaiterais même pouvoir me réfugier ici par la suite. J'aimerais établir un lien, ici, avec vous huit, ou plutôt neuf avec le bébé de Nirvelli, pour y retourner, avec ou sans vous.

— Mais ce sera peut-être possible, dit Alioune, l'air sérieux. Nous venons peut-être d'ici… Qui sait ? Si c'est le cas, alors y retourner serait envisageable. Cette terre, ces fleurs, cette ambiance, ces gens si beaux, c'est comme si tout cela m'habitait. J'espère pouvoir, plus tard dans ma vie, retenir cette grâce.

Bào, silencieux jusque-là, se recueillit :

— Ne faisons pas de plans sur la comète et vivons intensément ce qui doit être vécu. Je pense à Arya ; j'espère qu'elle n'aura pas de tensions à cause de nous. Je l'entends parler à côté. Il n'y a pas d'énervement dans sa voix, mais une pointe de stress. Si nous le pouvons, envoyons-lui notre paix, afin que Karim la perçoive également et baisse la garde.

— Ici, je suis comme hors de tout, dit Clara, dans un endroit où le respect et l'amour règnent en maîtres. Je ne sais pas si de tels endroits existent dans le monde, mais j'ai vraiment envie d'en apprendre encore davantage, et comme toi, Simon, j'aimerais vraiment y revenir d'autres fois. Je ne sais pas si Gaïa nous a envoyés ici parce que nous y étions appelés depuis toujours, ou bien si elle veut nous reconnecter avec une part de nous-mêmes.

« *Nous aborderons cela plus tard, Clara.* »

— Bien, Mère, je profitais de l'absence d'Arya pour me poser cette question. Mais, bien sûr, nous aurons le temps d'en parler plus tard. Tiens, d'ailleurs, j'entends Arya et... une voix masculine. Celle de Karim ! Il souhaite nous voir.

— J'ai le trac, et je suis angoissée, dis-je. Le monde dans lequel j'évolue est tellement laid que j'aurais peur de le contaminer par mon regard...

— Si tu es ici, c'est que tu es capable de voir la beauté en chaque chose. Alors, centre-toi sur ça, me dit Adèle.

Nous n'avions pas entendu Karim et Arya entrer dans la cabane. Karim était bien plus grand et charismatique encore que ce que nous avions pu voir de lui lors de son récit devant les enfants. Il nous regarda longuement avant de parler, et nous découvrit tels que nous étions, aussi différents qu'unis. En effet, nous avions profité de leur aparté pour rapprocher nos sièges.

— Bonjour, Terriens ! dit-il d'une voix forte. Enchanté de vous voir enfin ! Je ne sais pas si j'aurai le cœur de vous raconter ce que j'ai vécu avec une Terrienne, mais je suis heureux d'être parmi vous aujourd'hui. J'espère ainsi dépasser cette colère qui perturbe parfois encore mes nuits. Arya m'a brièvement parlé de vous huit. Je ne repère aucune onde négative ou pervertie au-dessus de vos âmes. Vous êtes ici en amis. Je veux bien vous faire visiter notre monde avec mon amie Arya, qui pourrait être ma fille. C'est assez étrange, mais j'ai cette impression qu'à vous huit, vous formez un seul être complet. Comme si les qualités et défauts de chacun venaient trouver une réponse, un écho ou un miroir chez un autre, et que c'est cette complémentarité qui ferait que votre union est si forte. Cette impression m'oppresse presque la poitrine.

Il s'approcha d'Arya et, d'une même voix, ils dirent :

— Nous sommes prêts à vous faire visiter notre monde. Mais avant cela, vous devez d'abord être au courant des quatre commandements de notre civilisation, ceux qui sont immuables et ne souffrent aucune discussion possible.

10

L’Odyssée bahienne, un voyage au cœur des îles

Ce fut Arya qui enchaîna :

— Vu que vous êtes sur l’île A, commençons par le premier commandement de notre civilisation, qui parle de la vie humaine avec une liste de nos droits et de nos devoirs tout au long de notre vie. Pour chaque commandement, une dizaine de points viennent le décrire ou le préciser. Voici donc celui qui nous intéresse maintenant, le cinquième, en l’occurrence. « Tout Bahien devra être propre, tant physiquement que moralement, et nourrir sa peau avec de l’huile végétale. » Pour ce qui est de la propreté morale, nous n’avons pas le temps de développer ce point maintenant, mais en ce qui concerne la propreté de notre corps, comment nous y prenons-nous, d’après vous ?

— Vous fabriquez des savons, lessives, et huiles ? demanda Clara.

— Tout à fait ! Pour cela, nous utilisons ce que la nature nous offre. Nos ancêtres ont compris qu’une bonne hygiène constituait la première des barrières contre les microbes. Pour ce qui est des massages, je vous en ai déjà parlé. Notre peuple nageant de longues heures par jour dans l’eau salée, notre peau a besoin d’être restaurée et protégée. Bahia a pensé à tout cela en nous fournissant des fleurs et fruits riches en huile que nous collectons pour nous l’étaler sur le corps. Les bébés sont friands de ces moments, et ils ne sont pas les seuls. Pour parler plus précisément de l’hygiène, je vais donc vous parler de l’île sur laquelle j’habite depuis ma naissance, et sur laquelle nous sommes actuellement : il s'agit de l'île A. Elle est, à elle seule, la plus grande productrice de savons, shampoings solides et lessives pour le linge. Je vais vous expliquer comment nous procédons.

Elle ferma les yeux et dit :

— Voyage dans l'île A !

Aussitôt sa requête formulée, je me retrouvai tout à coup propulsée au milieu d'un petit complexe de bâtiments en bambou, sans portes, mais dont les planchers de bois étaient impeccablement bien entretenus. Je ne fus pas surprise de ne voir autour de moi que des femmes. Par contre, ce qui m'étonna, ce fut de toutes les voir se livrer à une activité débordante, dans une organisation qui me fit spontanément penser à celle qui existe dans une usine. Comme elles semblaient très heureuses de faire avancer leur production, je fus très intriguée par leur travail, bien loin de l'artisanat doux que j'imaginais correspondre à ce produit si intime, et si raffiné, dans tous les sens du terme.

Chacun des bâtiments était encombré par une multitude de jarres, pots et même tonneaux. L'espace de terre battue qui les entourait était parsemé de foyers qui réchauffaient diverses préparations dont les émanations étaient plus ou moins agréables. Les plus énigmatiques pour moi furent celles qui étaient en train de griller sur un bord isolé de cette place. L'odeur caractéristique me rappela vivement ces salades d'algues que je n'avais jamais pu apprécier, au grand désespoir de mon compagnon et de ma fille, consternés de voir mon regard un peu dégoûté alors que, visiblement, ils s'en régalaient. C'est sur ce constat que les autres me rejoignirent, précédés d'Arya et Karim. Je fus soulagée de les revoir.

— Dis donc, Cécile, tu nous échappes ! dit Karim en riant.

— Je n'ai pas fait exprès, répondis-je. Je ne sais pas pourquoi je me suis retrouvée seule, ici, surtout devant ces algues en train de griller. Cela m'a fait penser à ma fille et à mon compagnon qui se régalent d'algues marines dessalées, contrairement à moi qui n'ai jamais réussi à m'y faire. Y arriverai-je un jour ? J'en doute !

— Je compatis, Cécile, dit Arya en souriant. Je n'ai jamais pu m'y faire non plus, et pourtant, je les côtoie tous les jours.

S'assurant de nous voir bien ensemble cette fois, elle nous mena vers la place centrale. Je ne m'étais pas trompée, il s'agissait bien d'un brouet d'algues en train de doucement se déshydrater. Il y en avait toute une série, à des stades de plus en plus avancés, allant d'une vraie soupe de ce qui ressemblait à notre salicorne, à une poudre grisâtre que des femmes entre deux âges rassemblaient déjà dans un grand saladier en terre cuite.

— Chère amie, dit Karim, je connais quand même un peu son fonctionnement, car j'ai fait plusieurs stages dans l'île A. Mais j'avoue que là, je suis un grand privilégié !

L'un des mélanges m'interpella. Il s'agissait d'une poudre grisâtre dans de l'eau en train de chauffer, sans que je sache si c'était pour faciliter le mélange ou pour commencer les réactions chimiques de saponification dont je ne savais encore rien. Une femme expérimentée surveillait le mélange. Elle était intégralement couverte de la tête aux pieds, même son visage était protégé. Ses mains étaient gantées. Le produit devait être extrêmement corrosif.

— Ce travail est confié de préférence à des femmes âgées. Il est strictement interdit pour les femmes enceintes, allaitantes et, de manière générale, aux mères de jeunes enfants. Allons maintenant au milieu de la place, nous intima Arya. Cet endroit est réservé aux mélanges. Karim, tu peux toi aussi assister à la fabrication des savons, qui reste une activité féminine en temps normal. Tu avais raison de dire que tu étais privilégié, car c'est très rare. Mais aujourd'hui, après tout, rien n'étant habituel, tu pourras entrer un peu dans cet univers féminin.

Les mélanges d'huiles me fascinèrent. Je m'y précipitai pour voir que les fleurs les plus délicates y étaient finement tranchées, alors que d'énormes noix de coco finissaient réduites en bouillie dans ce qui ressemblait à un de ces grands pilons à mil qui, petite, me faisaient rêver à des voyages lointains. J'y retrouvais l'intégralité des effluves que je percevais de l'autre côté de la place où l'on coupait et écrasait un peu de tout. Ici aussi, il y avait beaucoup de foyers incandescents. Il faisait chaud et les femmes étaient simplement vêtues de shorts et tuniques blancs. Les amas d'huiles diversement parfumées qui surnageaient étaient puisés à la louche par de jeunes femmes. Celles-ci remplissaient ainsi plusieurs jarres dans lesquelles étaient vidées, dans l'huile ainsi récoltée, des fleurs, des noix, ou encore des épices colorées. Chacun de ces ingrédients exhalait des arômes qui m'enthousiasmaient. Nirvelli ne sembla pas partager mon évasion olfactive. Son odorat, probablement encore plus développé que le nôtre du fait de sa grossesse, la fit reculer un peu.

— Allez-y sans moi, dit-elle. Je me sens un peu nauséeuse et patraque.

Arya prit la parole :

— Nirvelli, tu pourras observer qu'il n'y a aucune femme enceinte ni allaitante ici. Ainsi qu'aucun enfant. Seules les jeunes et les anciennes s'activent ici. Cela s'explique par plusieurs raisons : d'abord, parce que les odeurs fortes importunent les futures mamans. C'est même souvent à cela que nous savons qu'elles sont enceintes. Mais également par le fait que les enfants petits pourraient malencontreusement verser le contenu d'une marmite ou plonger leurs petites mains potelées dans les préparations brûlantes. Ne sois pas inquiète, tu es protégée de tout cela. Je vais tout de même temporiser ton odorat afin que tu puisses profiter du spectacle sans être dérangée.

Je me questionnai pour savoir comment ils pouvaient s'y retrouver dans tous ces récipients qu'ils stockaient sur ces grands planchers. Je remarquai tout de même que les cases qu'ils garnissaient étaient voisines. La case centrale était la seule qui était vidée de tout ce qu'elle contenait. Ces mouvements maîtrisés mais rapides me donnèrent un peu le tournis. Peu de paroles étaient échangées, mais la joie et la convivialité étaient néanmoins très présentes.

— Les femmes choisissent l'endroit où elles stockent les mélanges en fonction du jour où ils doivent être utilisés, dit Arya, comme pour répondre à nos interrogations. La durée de stockage est programmée. Ainsi, nous ne vidons qu'une seule case par jour. Nous découvrons avec curiosité ce qui a été choisi par nos amies parfois plusieurs semaines avant. Chacune des savonnières a sa particularité. Personnellement, par exemple, je suis une grande adepte de l'huile de coco à la vanille, d'autres mettent de l'huile de palme à la cannelle, d'autres encore utilisent des fleurs de tiaré macérées dans de l'huile de coco. Nous avons ainsi chacune nos petites marques.

— C'est incroyable, Arya ! dit Adèle. Je suis subjuguée par votre organisation ! Et puis, vous semblez tellement heureuses de travailler. C'est vraiment excellent d'assister à votre savoir-faire !

— Tu as raison, Adèle, nous aimons notre travail et nous y mettons du cœur. Nous tenons à honorer ce point du commandement. Savoir que l'hygiène de tout le monde passe par nous nous pousse à donner le meilleur de nous-mêmes. Celles qui s'orientent dans cette voie sont des passionnées et même, je dirais, des cuisinières. Nous nous régalons non avec notre palais, mais avec notre nez, dit-elle en riant. Rendons-nous maintenant à la case de la mise en forme des blocs.

C'était le domaine du bois, superbement taillé. Son empreinte odorante était omniprésente. Le dépaysement était absolu par rapport à mon quotidien.

— Là, comme vous pouvez le voir, elles vont réaliser une grande quantité de savons qui seront stockés sur des bateaux pour les échanges. Nous sommes très heureuses de partager notre savoir ancestral avec les jeunes générations. Nous restons les maîtres de cette fabrication, même si nous apprenons cet art aux autres jeunes îliens, comme métier potentiel.

Alors que je m'attendais à trouver plein de petits blocs à remplir, je découvris à la place de grandes plaques plutôt plates qui allaient donner des dizaines de savons une fois découpées. Des femmes étaient d'ailleurs à l'ouvrage.

— Dans ce bac, vous trouverez les savons pour le corps, de forme ovale. Dans celui-ci, les shampoings solides de forme carrée, et enfin, dans celui-là, les savons pour le linge, bien plus gros, en forme de cubes. Ces derniers ne doivent en aucun cas servir pour laver le corps ou les cheveux. Les savons ainsi fabriqués vont sécher dans de très grands récipients plats plus ou moins profonds pendant deux à cinq jours. Ils vont durcir et les préparatrices attendront la tombée de la nuit pour les découper, car la chaleur de la journée rendrait l'opération trop difficile.

Deux femmes étaient à l'ouvrage, particulièrement concentrées.

— Comment font-elles pour réaliser des savons aux formes si géométriques et égales ? Comment ont-elles appris à réaliser ces savons ? demanda Bào, admiratif.

— C'est simple, répondit Arya, il s'agit d'une transmission. Nos ancêtres ont tâtonné, se sont trompés, ont fait des erreurs, suivies de réussites. Au départ de chaque réalisation, il y a eu une personne ou un groupe de personnes qui ont tenté des expériences. La fabrique de savon demande une grande précision et de la minutie. Sur notre île A, il existe trois usines comme celle-ci, au centre de villages. Les deux autres sont plus dans les terres. Pour ma part, je ne suis pas dans celle-ci, mais dans la seconde. Maintenant, suivez-moi au centre de la place. C'est ici que les dernières réactions s'effectuent.

Je restai fascinée par celles à chaud avec le mélange de bouillie grisâtre et d'huiles.

— Ce n'est pas fini. Une fois les savons découpés, ils seront stockés et sécheront pendant environ deux mois avant de pouvoir prendre la mer et être transportés dans les marchés, où les autres îliens viendront se servir.

Un petit groupe de femmes choisit de retirer les jarres les plus réussies pour les réserver à d'autres ouvrages :

— Celle-là, je la garde pour le bateau ! dit l'une d'entre elles.

— Ah non, Amanda, je voulais le garder pour moi celui-là, ce mélange sent trop bon !

— La règle est pourtant implacable : les mélanges les plus réussis sont pour les huiles ! Mais tu le retrouveras peut-être sous forme d'une huile que tu pourras t'enduire sur la peau, enfin, toi ou Malo ! dit-elle en riant.

— Eh petite curieuse, ça pourrait bien arriver et dégénérer, cette histoire !

Elles partirent d'un rire communicatif, s'échangeant des regards entendus. Elles se dirigèrent vers la plage avec la jarre contenant le mélange subtil, toujours de bonne humeur.

— Où vont-elles ? demanda Simon, amusé.

— Elles vont les mettre dans le bateau, en direction de l'île F ou G, où elles serviront de base pour les huiles que nous étalons sur notre peau tous les jours. Il s'agit également d'une production très aboutie et reconnue, répondit Karim. Nous vous parlerons des massages plus tard, dirent Karim et Arya d'une même voix.

— Je vous amène maintenant dans la salle des archives.

Cette « salle » était, en fait, une habitation singulière, grande et magistrale, dont les étagères, savamment disposées, débordaient d'ouvrages faits de feuilles de bananier ou de palmiers, bordés de bois. Jamais de ma vie je n'avais vu de livres, manuels ou cahiers identiques à ceux-là, sauf peut-être dans des manuels d'histoire, relatant l'Antiquité grecque ou égyptienne.

Je m'égare encore, il faut que je me reprenne, pensai-je immédiatement.

— Je ne vous montrerai pas notre trésor, car nous manquons de temps, et surtout parce que vous n'y êtes pas autorisés. Mais vous avez sous vos yeux une réserve de nos ouvrages, réserve inestimable de notre histoire, mais aussi plus légèrement des histoires pour les enfants, et pour adultes. Nous y trouvons un grand réconfort, dit-elle. Mais puisque nous sommes dans le premier point de notre civilisation sur la propreté et les massages, nous allons maintenant voyager dans les îles F et G. Celles-ci sont particulièrement bien fournies en fleurs, que les habitants traitent avec le plus grand des respects. C'est simple, ils communiquent avec elles, et percent ainsi leurs secrets. Les pétales de fleurs récoltées servent à la confection de nos si précieuses huiles végétales. Préparez-vous à entrer dans un monde plein de dépaysement et de douceur.

Karim la rejoignit. Ils nous demandèrent de fermer les yeux. D'une même voix forte, ils articulèrent :

— Voyage dans les îles F et G !

Aussitôt sa phrase terminée, une exhalaison de monoï nous accueillit. Je m'en emplis les narines, mais je pensai à Nirvelli, qui devait presque en être incommodée. Je m'inquiétai pour elle :

— Ça va, Nirvelli ? Tu tiens le coup avec cette ambiance parfumée, et certes délicieuse, mais entêtante ?

— Oui, je le vis très bien, car Arya m'a rendu un odorat normal, et non celui qui est décuplé par les hormones. Je suis donc à égalité avec vous, et je dois dire que ce parfum provoque en moi une sorte de transe. Je ne sais pas pourquoi, mais j'ai l'impression de connaître l'odeur particulière de ce mélange. C'est étrange, car en Amérique, il n'y a pas de monoï. Il y en a plutôt en Polynésie française, dans l'océan Pacifique. Et si nous étions retournés à Bora-Bora ? Après tout, en dehors de Clara, nous n'avions vu personne…

— Vous avez raison toutes les deux, dit Adèle, j'ai l'impression de revenir dans la grotte avec Clara.

— Dans une grotte ? questionna Karim.

— Oui, répondit Alan, nous avons déjà vécu une aventure commune il y a quinze mois. Ce serait impossible pour nous de nous retrouver dans la vie réelle, car nous sommes issus de périodes et de pays géographiquement, sur Terre, éloignés dans le temps et dans l'espace. Voilà pourquoi nous sommes heureux de nous retrouver dans votre monde.

— Vous êtes passionnants, dit-il. Depuis tout à l'heure, je vous regarde et je me demande si vous n'avez pas une vie antérieure commune, mais alors une vie très lointaine, que vous n'imaginez peut-être même pas plausible. Il est possible que vous fassiez partie d'une même famille d'âmes, venant de civilisations éteintes. C'est peut-être ce qui vous lie, malgré votre contexte de vie différent. Je ne sais pas trop comment se passe le cycle de réincarnations sur Terre, mais la vie de Gaïa est si ancienne que nous savons que des peuples ont existé bien avant notre ère.

— Karim, veux-tu les conduire devant une plantation de fleurs de tiaré, s'il te plaît ?

— Oui, bonne idée. Dans ce cas, allons sur l'île G. L'île F sert à la confection des huiles, mais l'île G est celle qui détient le plus grand nombre de fleurs, comme la fleur de tiaré, celle de l'oiseau bleu, les fleurs récoltées de l'arbre à boules rouges, blanches, les fleurs de bougainvillier, les hibiscus, les fameuses fleurs ylang-ylang que nous aimons tant, et les plantes aquatiques comme la jacinthe d'eau et les nénuphars qui se trouvent dans les cours d'eau fermés. Dans ces lacs et sources se trouve également une grande quantité de roseaux et de bambous. Ils nous servent à tresser des paniers, que nous remplissons à l'aide de grandes feuilles de bananier ou de palmier. Mais là, ce sont les îliens J et K qui les fabriquent avec la matière première de leur île voisine, la I. Je le sais car je suis assez expert dans cet art, et à mon actif, j'ai tressé une bonne centaine de paniers, qui résistent au temps puisque nous nous en servons encore, ma femme et moi. Nous en avons aussi offert à nos enfants et petits-enfants, en plus de ceux que j'échange chaque semaine dans les marchés.

Aussitôt dit, Karim nous amena devant sa hutte et nous fit partager un souvenir. Il était bien plus jeune qu'actuellement, plus brun aussi, et sa fille était avec lui.

— J'ai appris à ma fille, ma petite dernière, et je l'avoue, ma princesse, l'art de tresser les paniers. Ce n'est pas une opération simple. J'ai également enseigné cet art à de nombreux jeunes venant d'autres îles, et certains en ont fait leur métier, comme Manuel, qui est resté proche de ma famille.

Nous étions subjugués de voir la vitesse des mouvements, précis au millimètre près, et le silence qui régnait autour de cette scène.

— La matière première vient en bateau, en provenance de l'île I. Ses habitants fabriquent nos bateaux et sont les artisans du bois. Ils apprennent à parler avec le bois pour le travailler avec nos instruments fabriqués en pierre volcanique, abondante chez eux. Leur île est, en effet, surplombée d'un immense volcan, qui leur offre quantité de matière première pour fabriquer leurs haches, les ciseaux à bois, les racloirs, les rabots et même les scies. De ce fait, elle est très vallonnée. Ils nous envoient les chutes de bois et les bambous découpés en très fines lamelles. Nous passons ensuite au travail de vannerie.

Sa fille s'était légèrement ouvert le bout de son index avec une extrémité de bambou. Son père la réprimanda gentiment :

— Khalija, je te l'ai déjà expliqué : il faut que tu sois plus concentrée. 12 ans, c'est un âge de raison… Cesse de penser à autre chose lorsque tu tresses le bambou. Parle-lui et demande-lui la permission de se plier. En attendant, va te rincer abondamment le doigt avec de l'eau et du savon. Je vais te chercher un pansement de feuilles.

Khalija obéit sans discuter. Son père avait cette autorité naturelle doublée de fermeté, qui ne souffrait aucune résistance. Lorsqu'elle revint vers lui, elle ne put réprimer un petit rire :

— Papa, « parler au bambou ». Excuse-moi, mais tu m'as fait rire ! Lui parler ! Parler aussi à un bout de bois mort, tant que tu y es !

— Ne le prends pas sur ce ton, ma fille. Bahia loge partout, et ce bambou que tu tresses a eu une vie avant d'être cueilli. Je remercie donc sa vie, et le fait que nous l'ayons coupé avant même peut-être sa mort naturelle. Je demande toujours sa permission avant de le tresser, de le tordre et de le transformer… Tu penses juste qu'il est mort et ne ressent rien. C'est peut-être vrai. Mais cultiver cette gratitude nous permet de rester humbles et connectés. C'est une philosophie de vie. N'oublie pas que c'est Bahia qui nous nourrit, nous protège et nous permet d'être en bonne santé. Il nous revient d'utiliser avec intelligence ses ressources pour nos besoins d'humains. Alors, soyons en paix avec elle.

— Je comprends, papa, dit-elle, penaude. J'y penserai la prochaine fois.

— Laisse ce travail pour aujourd'hui, tu as bien assez travaillé. Et puis ta blessure a besoin d'une journée de récupération. Laisse-la donc à l'air. Ce pansement de feuilles n'est plus utile. Va donc t'amuser avec tes amis sur la plage, mais ne te baigne pas. Tu dois attendre que ta plaie soit bien fermée pour cela. Ce soir, nous raconterons de nouveau la partie de la légende qui correspond à notre incident. Ton doigt va mieux et ne saigne plus. Tu cicatrises très vite, c'est signe que tu es en bonne santé. Allez, file !

La scène s'arrêta brutalement, pour revenir à notre présent sur l'île G.

— C'est plaisant pour moi de revenir à ces doux souvenirs, dit Karim. Khalija a appris une belle leçon, ce jour-là. Justement, elle m'en parlait il n'y a pas si longtemps, car elle tresse encore tous les jours ou presque. Pour revenir aux huiles de massage, car c'était le sujet initial, je ne vous ai pas donné toute la liste des arbustes et fleurs qui embaument cette île G, dit-il, mais juste une petite partie. J'ai parlé de celles qui sont cueillies pour les macérations dans l'huile de coco. Vous comprendrez que la production est aussi variée que passionnante. Le miel récolté, grâce à nos ruches installées à côté des champs de fleurs, est le plus prisé de toutes les îles. Sur le marché, je peux vous dire qu'il faut se lever tôt pour en avoir un peu. Depuis presque mille ans, les femmes cultivent ces fleurs pour en faire des huiles. Leur savoir s'enrichit de décennie en décennie, car elles sont toujours en train de tester de nouvelles recettes.

— En effet, Karim, ici aussi, les femmes sont de vraies cuisinières, dit Arya. Voilà, nous y sommes… Ces femmes cueillent les fleurs au petit matin, juste avant que le soleil ne se lève tout à fait. Elles possèdent alors toutes leurs qualités odorantes. Elles sont pures et idéales. Ce sont de jeunes femmes qui effectuent ce travail, car se baisser ainsi est plus facile lorsqu'on est jeune.

En effet, deux jeunes filles étaient déjà au travail, chantonnant une mélodie douce, de type berceuse. Une femme qui portait son bébé en écharpe surveillait l'opération, chantant avec elles.

— Merci, Gana et Gladys, vous avez réussi à endormir mon petit Gaël ! Vu la nuit qu'il m'a fait passer avec ses dents qui poussent, je vous en remercie. Je pense d'ailleurs me recoucher avec lui une fois notre travail terminé.

— Mais tu peux y aller de suite, Flavie ! dit l'une des deux. Nous sommes assez expérimentées pour ne pas nous perdre et connaître les fleurs à récolter !

— Au bout de seulement une semaine d'initiation ? Je n'en suis pas si sûre, jeune brindille ! Regarde bien ces deux fleurs de tiaré, laquelle prendrais-tu pour la faire macérer ?

La jeune fille en montra une, fière.

— Tu te trompes, Gana… Ce n'est pas la bonne. Celle que tu me montres est encore un peu jeune. Il faut attendre trois ou quatre jours. Laissons-la aux abeilles. Pense au miel qu'elles vont réaliser avec !

Gladys se réjouit à cette idée :

— Bien, Flavie, je vois que nous devons encore apprendre. Une pointe de miel sur ma galette de riz, accompagnée de la belle mangue fraîche que j'ai ramassée hier, me fera le plus grand bien tout à l'heure pour le petit-déjeuner, dit-elle avec gourmandise.

— Ah là là, ces adolescents, toujours affamés ! dit Flavie avec un sourire. Allez, finissons et rentrons, le soleil va se lever.

— Voilà pour la récolte matinale, dit Arya. D'autres groupes se sont formés avec d'autres femmes, souvent de jeunes mères, qui les forment. Ce travail est, comme les autres, délicat, car des fleurs récoltées dépendra la qualité de l'huile de massage. Rien n'est laissé au hasard, sauf pour les tests encadrés. Ces jeunes filles récoltent les fleurs très tôt, avant de prendre leur petit-déjeuner. Ici, nous ne rompons le jeûne de la nuit qu'après avoir un peu travaillé. Tout se mérite. Allons maintenant dans l'île F par bateau. Elles sont voisines, ça ira très vite. Mais non, que dis-je ! Nous n'avons pas besoin de bateau nous, nous y allons par la pensée, dit-elle en riant.

Aussitôt sa phrase terminée, un spectacle saisissant se présenta à nous. Les hommes pressaient une généreuse noix de coco pour en extraire l'huile.

— Les noix de coco ont séché au soleil pendant deux ou trois jours. Elles sont évidemment rentrées la nuit, car il pleut tous les soirs, ici. Donc, elles dorent au soleil du matin au soir, et lorsqu'elles arrivent à maturité complète, elles sont prêtes à être pressées. Les hommes en isolent et retirent alors leur huile, notre sésame. Il faut de la force physique pour réaliser ce travail, et les hommes jeunes sont alors très sollicités. D'autant qu'ils côtoient les jeunes femmes qui, elles, surveillent et remuent les mélanges de macération. Des amitiés, parfois amoureuses, se nouent lors de ces échanges. Nous, les anciens, comme ils nous désignent, nous amusons de voir ces jeunes hommes montrer leurs muscles, torse nu, devant ces demoiselles qui regardent plus ou moins discrètement.

Arya n'avait pas fini sa phrase qu'Alan, avec son regard perspicace, tomba nez à nez avec un des jeunes coqs.

— Allez, mon gars, ne te démonte pas ! Celle qui a une fleur rose dans les cheveux te regarde, je le vois bien, moi !

— Il ne t'entend pas, Alan, mais tu me fais rire, car nous sommes bien pareils, toi et moi. Les jeunes, ici, ne se posent en amour avec la personne de leur choix qu'assez tard. Avant, ils batifolent un peu et découvrent les plaisirs de la chair et de la vie, en bonne compagnie. Nous n'avons pas de barrière en ce qui concerne la sexualité, si ce n'est le respect radical de chacun et, évidemment, le consentement mutuel. Et surtout, le plus important, il faut que ce consentement soit éclairé et que la personne soit consciente de son choix. Évidemment, pour cette raison, en dessous d'un certain âge, la question ne se pose même pas. Elle ne se pose pas non plus dans le cas où l'une des deux personnes viendrait de vivre un choc émotionnel ou physique, serait malade, en période de deuil, ou si elle semble être en conscience modifiée : en cas de rêve lucide, par exemple, de transe, d'hypnose ou de séance de communion avec les esprits. Cela serait considéré comme un abus de pouvoir, et la personne serait alors jugée ici même, dans l'île F ou G, où résident également les juges.

— Tu as raison d'évoquer ce sujet, Karim, dit Arya sérieusement, nous y reviendrons d'ailleurs tout à l'heure. Mais revenons au sujet : ces jeunes gens préparent de l'huile de monoï. Cette huile est particulièrement appliquée sur les bébés, les enfants, les adolescents et les personnes âgées. Ses pouvoirs hydratants et sa douceur font d'elle notre panacée. Cela dit, les adultes, eux, optent plutôt pour de l'huile de massage pour la détente ou pour les moments d'intimité. Le seul point commun à toutes ces huiles est la noix de coco qui sert de base, mais pour le reste, place à l'imagination et la fantaisie !

— Ma belle Arya, tu as bien raison. Je sais qu'à titre personnel, j'aime énormément celle à l'ylang-ylang, dont les effluves me permettent de poser des questions dans mes rêves ou, mieux encore, celle au jasmin blanc qui me rappellent nos moments tendres avec ma femme.

J'étais subjuguée de voir cet homme, que nous ne connaissions que depuis quelques heures, nous révéler autant de richesses sur son monde. Son visage, un peu fermé au départ, laissait place à une expression plus ouverte et même un peu joueuse. Apparemment, il était en confiance et commençait à se prêter au jeu. Il poursuivit sur sa lancée :

— Il existe aussi des huiles stimulantes et drainantes avec des fruits comme notre délicieux fruit de la passion ou la mangue séchée, qui ont l'avantage d'être plus sèches et donc d'être plus facilement absorbées par la peau. Celles-ci servent à masser parfois assez fortement les muscles après le sport, et surtout la nage. Ce n'est pas forcément sympathique, mais ce rituel a le mérite d'aider à l'élimination des toxines par notre foie. Ces séances, apprises par les soigneurs du corps à tous les habitants, sont suivies d'une obligation de boire suffisamment, de l'eau principalement, filtrée au charbon de préférence, ou bien du thé. Il arrive que les jeunes qui ont un peu abusé du sport aient mal au foie après cela. Dans ces cas-là, ils doivent se reposer et jeûner pendant une journée entière en buvant abondamment.

Il prit un air moins professoral et se rapprocha de nous :

— Ça sent bon dans les huttes, nous confia-t-il, et je peux vous dire qu'une simple fragrance réveille tout un tas de souvenirs. Il arrive même que les soigneurs de l'âme utilisent ces fumets pour débloquer un nœud affectif chez une personne, ou même pour les mettre en état d'hypnose. Nous avons aussi des petits pots de senteurs pour préparer une personne avant une opération. Cela est lié au fait que notre odorat est ultra développé et stimulé en permanence.

— En effet, Karim. Une scène me vient d'un coup. Suivez-moi et allons voir une jeune maman qui masse son bébé. Ce massage des tout-petits est nécessaire à leur survie et à leur bonne santé. Vous verrez qu'il permet non seulement de resserrer les liens entre les parents et le bébé, mais qu'il favorise également le bon fonctionnement de tous leurs organes parfois encore immatures, et stimule leur système immunitaire. Maeva, la maman, a été initiée à ce massage par sa propre mère. En effet, elle était en première loge, car sa maman est une « doula » et a naturellement pris sa fille comme assistante. Elle va masser son premier bébé, une jolie petite Manaé, qui a eu un peu de mal à prendre du poids au début de sa vie. Nous avons fait appel à des soigneurs du corps. Elle est, en effet, née un peu avant son terme, ce qui a évidemment inquiété ses parents. Heureusement, tout cela est maintenant derrière elle. Un portage intensif, une bonne stimulation de la montée de lait pour la maman grâce à nos infusions, et la petite Manaé a repris bien vite de la force et de la tonicité. Elle a deux mois et demi, maintenant. Elle est bien vigoureuse et communique déjà intensément avec son entourage.

La scène nous fit fondre. Maeva, assise, avait installé la petite Manaé sur ses jambes allongées. Celle-ci gazouillait de bonheur.

— Bien, ma petite fleur, nous allons procéder à ton massage à notre moment préféré, le début d'après-midi. Es-tu prête ?

En réponse à sa maman, la petite fille gazouilla. Ses petites jambes gigotaient énergiquement. Elle était manifestement pleine de vie.

— Tu es bien vive aujourd'hui, dit-elle en lui embrassant ses petits pieds, pour la maintenir en place.

— Les parents apprennent très vite à trouver le meilleur moment pour masser leur bébé. La petite Manaé n'était pas à l'aise le matin, car les températures plus fraîches lui donnaient froid. C'est en étant attentive aux réactions de sa fille que Maeva lui a proposé son massage en début d'après-midi, au moment où les températures sont plus chaudes. D'autres bébés, au contraire, vont aimer avoir ce soin tôt le matin, et d'autres encore le préfèrent le soir avant de se coucher. Il faut être à l'écoute de son enfant pour se caler sur son rythme.

Je regardai cette maman plus précisément. Elle portait un short, et une tunique qui pouvait s'ouvrir sur le devant. J'en déduisis qu'il devait s'agir d'une chemise d'allaitement. Elle était si belle ! Fine et élancée, d'une beauté plus sauvage et mystérieuse que celle d'Arya. Ses traits traduisaient une grande douceur, derrière un tempérament que nous devinions tout de même assez marqué. Elle commença par enduire généreusement ses mains d'huile de monoï pour la malaxer, puis elle répartit le liquide ainsi fondu sur l'intégralité du corps de sa petite fille. Après cela, elle entreprit le massage. Elle commença par son torse, puis ses bras par mouvements circulaires, puis ses jambes jusqu'à l'extrémité de ses orteils. Elle semblait concentrée sur ses mouvements, et rien n'aurait pu la perturber. Ses gestes étaient précis et un peu énergiques, ce qui fit sursauter Nirvelli.

— Elle y va un peu fort, non ? demanda-t-elle.

— Il le faut au début, répondit Arya. Ce rituel a pour but de stimuler les organes du bébé, de purifier sa peau et éveiller ses sens. Ne vous inquiétez pas, la petite Manaé est habituée. Tous les bébés qui naissent chez nous sont massés dès leur premier jour de vie. La petite Manaé l'a été particulièrement du fait de son arrivée au monde un peu prématurément. Ses petits poumons en particulier ont eu besoin de soutien, car ils étaient un peu plus immatures que ceux des bébés nés à terme. C'est notre façon personnelle d'accueillir une nouvelle vie dans notre monde. Des femmes sont formées pour cela et rien ne leur échappe. La survie du bébé en dépend parfois, notamment en cas de difficultés qui suivent la naissance. Elles perçoivent à l'avance le moindre signe de détresse, notamment respiratoire. Elles appliquent alors très rapidement et efficacement les gestes et massages à prodiguer dans ces cas-là, jusqu'au bouche-à-bouche dans les cas les plus graves. Elles sont focalisées sur le corps des tout-petits, jusqu'à ce qu'ils aient un an environ. Elles sont généralement deux. Nous les appelons les « kauka pēpē ». De nombreuses années d'études et d'observation sont nécessaires pour parvenir à cette maîtrise. Nous ne déplorons aucune mortalité infantile ou maternelle depuis plus de deux cents ans. C'est la fierté de notre monde.

La maman retourna la petite Manaé sur le ventre pour lui masser le dos et le derrière de ses jambes. Elle insista sur son creux poplité.

— Voilà, passons maintenant à la tête, ma doudou, dit-elle.

La petite fille fit une petite moue de désapprobation.

— Elle ne semble pas d'accord, dit Adèle, soucieuse.

— Oui, en effet. Les bébés n'aiment pas trop qu'on touche à leur tête, surtout près des fontanelles, encore bien fragiles et non fermées. Mais c'est nécessaire, car il faut visiter toutes les parties du corps et ne rien négliger. Le visage, le cou, le dessus de la tête sont également visés par les mains expertes des parents. D'autant que le monoï ramollit les croûtes de lait. Après ce massage de la tête, du visage et de l'intégralité de son corps, la maman aura fini son travail de stimulation. Il lui restera alors le plus réjouissant des réconforts : le câlin.

Maéva respira profondément et prit sa petite fille contre elle pour la bercer longuement. Elle chanta une berceuse aux sonorités douces et chaudes. Les paroles vinrent se graver dans mon cœur :

« Dors, mon bébé, dors,
Évade-toi au pays des rêves,
Garde ta bonté, éveille-toi aux plaisirs de la vie,
Reçois et accueille notre amour immortel.
Ma petite fée, tu es ma lumière, mon soleil, mon étoile,
Tu vas maintenant voyager aux pays des rêves.
Dors, mon bébé, dors,
Et quand tu te réveilleras,
Papa et maman seront là pour t'aider à t'épanouir,
Et à vivre ton chemin de vie,
Avec ses joies et ses peines.
Dors mon bébé, dors,
Rejoins le pays des rêves, en confiance.
À ton réveil, comme pendant ton sommeil,
Nous serons là pour toi. »

Elle s'installa dans le hamac qui était à côté d'elles et toutes deux s'endormirent sereinement.

— C'est fatigant pour les bébés, les massages. Nous avons ordre de ne pas perturber leur sommeil et de les amener à dormir en confiance. Leur corps travaille. Le bébé peut souffrir d'un problème digestif ou d'un autre ordre corporel, comme des troubles du sommeil prolongés, un souci de position, un problème au moment de la marche ou de toute autre étape de son évolution. Si celui-ci n'est pas solutionné par notre massage traditionnel, ses parents l'amènent voir un soigneur du corps et de l'âme, qui va chercher d'où vient son mal. Certains R ou S manipulent le corps des bébés, mais aussi celui des enfants et des adultes, des chevaux et des singes, par un toucher spécial qui remet les organes ou les os en place. L'étude de ce travail est, pour l'instant, assez expérimentale, mais quelques passionnés aiment partager leurs découvertes. Traditionnellement, nous amenons nos bébés dans les premiers mois de leur vie pour vérifier que les os du crâne n'ont pas souffert au moment du passage. La maman est également examinée lors de cette visite pour vérifier que son bassin s'est bien remis en place. Nous avons des personnes douées pour écouter le corps, qui enregistre les traumatismes, comme celui de la naissance. Il y en a dans chaque île, ce qui évite de longs trajets en bateau aux bébés si jeunes. Elles assistent les parents les premiers jours et mois du bébé. D'autres femmes sont formées pour assister la femme lors de sa grossesse, de son accouchement, bien sûr, mais aussi de la suite de couches. Nous les appelons les « doulas » ou les « mammas ». Si jamais l'accouchement se présente mal, elles font appel à un soigneur du corps qui peut, parfois, inciser la peau, les muscles et l'utérus de la maman, pour sortir le bébé. Cela arrive, même si ça reste rare. La jeune mère est alors amenée d'urgence dans l'île R, avant cette opération. À son arrivée, elle est alors mise sous hypnose et reçoit une dose de plantes qui font dormir. Seuls les chirurgiens et chirurgiennes les plus expérimentés peuvent pratiquer cette opération. La maman est alors particulièrement surveillée après, et a ordre de ne s'occuper que de son bébé pendant au moins un mois. Ses repas lui sont amenés, et elle doit se déplacer à son rythme. Les soins de son bébé sont assistés les premiers jours par les doulas et, évidemment, le père du bébé et la maman de la femme. Elle ne revient dans son habitation qu'au bout de deux semaines, lorsque les points sont retirés, car avant cela, un trajet en bateau serait risqué.

J'aurais donc survécu dans le monde d'Arya… Cette pensée me rassura. Arya enchaîna :

— Ma meilleure amie Amina a vécu cette opération pour son second enfant. Elle en reste un peu traumatisée. Heureusement, tout s'est bien terminé pour son fils et pour elle. Ici, la naissance et les suites de couches restent une histoire de femmes. Même si, évidemment, les pères ont leur place, ils n'assistent pas à l'accouchement. Une durée d'au moins quatre ans est recommandée entre chaque grossesse, car c'est le temps nécessaire au corps pour récupérer son énergie, pallier les éventuelles carences induites par la grossesse et l'allaitement, et surtout, c'est un temps nécessaire pour bien élever chaque enfant. Pour les suites de couches, les papas doivent protéger la mère et l'enfant, et surtout veiller à ce qu'aucun des deux ne soit souffrant. Son rôle est donc primordial. Et puis, ils ne sont pas en reste et ont leur relation spéciale et tout aussi importante avec leur enfant. Ils s'occupent des bains et douches, par exemple. Les changes sont partagés entre les deux parents, sans distinction, comme le lavage des habits et des langes. Les bébés sont portés indifféremment par le papa ou la maman, en dehors de l'après-massage où le bébé, rassuré et bercé par les bruits du cœur de sa maman, y reste pour la sieste qui suit.

Nirvelli intervint :

— Vous n'avez pas de berceau ou de poussette ?

— Qu'est-ce donc ? demanda Arya.

— C'est un moyen de transport sur roues pour promener ou endormir les bébés. Je sais qu'à l'époque de Cécile, il y en avait énormément.

— En effet, répondis-je, mais les miens n'ont presque jamais été en poussette. Ils étaient portés.

— Cécile, tu vois, chez nous, les tout-petits aussi sont portés du matin au soir dans des écharpes. Toutefois, très tôt, nous les stimulons pour qu'ils puissent se déplacer, sur des tapis, dans le sable, dans l'herbe, dans les huttes, ou tout endroit sécurisé. Ils vivent au milieu de nous en permanence. Le contact avec l'eau de mer se fait dès l'âge de trois mois, en dehors des bains et douches d'eau douce, évidemment. Nous insistons sur le fait que les enfants doivent savoir flotter et nager très tôt. C'est vital pour nous. Enfin, si les parents ont besoin de temps pour se retrouver, alors ils ont tout un tas de personnes qui se font une joie de leur permettre une évasion pour recharger leurs énergies. C'est dur d'élever un enfant, mais les parents ne sont pas seuls. Le sens de la communauté est très fort.

Elle prit un sourire entendu :

— Tout à fait entre nous, les hommes apprennent à masser aussi, mais pour d'autres occasions.

— Eh, dis donc, ma belle Arya, dit Karim, je suis un pro du massage moi, et j'ai massé mes trois enfants un paquet de fois ! Mais il est vrai que la première année, c'était ma femme qui s'en occupait. Quant aux autres massages, bien sûr que nous nous y entendons, nous les hommes.

Il se rapprocha d'Alan. Ces deux-là étaient devenus inséparables.

Arya reprit la parole :

— Avant de voyager dans d'autres îles et y apprendre leurs apports et leur part dans notre organisation communautaire, j'aimerais vous parler de la noix de coco, ce fruit emblématique de l'ensemble de notre monde. Outre son aide pour fabriquer les savons et huiles, ce fruit providentiel recèle encore d'autres trésors. Le premier, et non des moindres, est la dégustation de sa chair. Lorsque nous les cueillons, ce sont les hommes, armés de pierres et de haches qui débarrassent le fruit de sa bourre. Nous utilisons cette bourre pour nos cordages, le tissage des hamacs, des écharpes de portage et des filets de pêche. Nous les envoyons pour cela dans les îles D et E qui confectionnent les habits et les cordages de nos bateaux. Ensuite, lorsque ce travail est effectué, nous perçons le fruit afin de recueillir son jus, particulièrement prisé par les enfants, jamais éloignés lors de cette opération. L'amande de coco est ensuite mise à sécher pendant quelques heures au soleil, et sert à réaliser pratiquement tous nos plats. Nous la râpons, la mangeons telle quelle ou nous la faisons cuire. Les noix de coco vidées nous servent de bol avant d'être brûlées une fois trop usagées. Les cendres permettront alors de fabriquer du charbon.

Ce charbon sera, à son tour, utilisé pour faire des solutions pour le brossage des dents. Nos ancêtres avaient repéré son pouvoir purifiant pour la bouche et ses capacités de blanchissement des dents. Dès l'apparition des premières dents de lait, nos enfants prennent l'habitude de se brosser les dents, deux fois par jour, à l'aide d'une éponge de mer. Nous utilisons également ce charbon pour soigner ou apaiser les troubles digestifs.

— C'est passionnant, dis-je. Rien n'est laissé au hasard et vous ne gaspillez vraiment rien. Je suis admirative. Pourrais-tu nous expliquer comment vous procédez ?

— En effet, Cécile. Nous avons ce devoir envers Bahia. Nous avons fait la promesse de ne plus jamais gaspiller, comme cela a été fait avant le Cyclone Coléria. C'est même la leçon primordiale que nous avons retenue. Pour procéder, c'est relativement simple. Tous les îliens fabriquent leur pâte à dents. Il suffit de faire fondre, dans une casserole à feu doux, une coquille Saint-Jacques d'huile de coco pour une coquille de charbon de noix de coco. C'est enfantin ! Après refroidissement et durcissement, le mélange est mis dans de petits pots, et nous nous lavons les dents avec les éponges ou même, parfois, avec des feuilles enduites, surtout le soir. Les enfants savent très vite en fabriquer. Nous y ajoutons, selon nos goûts, de la cannelle moulue ou de la vanille. Des herbes aromatiques sont aussi parfois saupoudrées pour donner bon goût. En la matière, place à l'imagination !

— Vous faites vos mesures avec des coquillages ! Quelle merveilleuse idée, dis-je.

— Nous nous en servons comme mesure mais aussi pour manger. Pour cela, nous attachons un petit bout de bambou taillé sur mesure autour de coquillages de différentes tailles, et cela nous sert de couverts. Les îliens L et M innovent en mangeant avec des petites baguettes.

— Comme chez moi, dit Bào.

— En parlant de repas, intervint Arya, je vais maintenant vous parler du deuxième commandement de notre civilisation : « Des repas savoureux tu te nourriras, dans le respect des ressources de Bahia, et ainsi en bonne santé tu resteras. Tu veilleras également à ce que tes frères et sœurs non humains ne souffrent pas de la faim ou autre manque. Tu devras apprendre à soigner tant les humains que les animaux. Il est de ton devoir de veiller sur eux, comme ils veillent sur vous. » Vous l'avez compris, en dehors de l'hygiène, notre santé passe aussi par notre façon de nous nourrir. Pour cela, nous consommons majoritairement des richesses terrestres, comme les fruits, mais aussi et surtout le riz qui est cultivé sur l'île P, immense, mais, paradoxalement aussi, l'une des moins habitées, avec la N. Cette île spéciale est la seule qui n'a pas de chevaux, par exemple, et où l'on travaille la terre de manière à produire la base alimentaire de tous les habitants : le riz. Cette céréale semble ne se plaire que dans cette île, qui en a fait sa marque de fabrique. Il faut dire que les pluies du soir y sont plus abondantes. Nous pensons que c'est pour cette raison qu'il s'y est mieux adapté. Au moment de la récolte, des bras sont nécessaires et les jeunes sont sollicités. Tout au long de l'année, les îliens P désherbent les plantations à la main. C'est un travail pénible et fatigant. Nous sommes extrêmement reconnaissants de leurs efforts, car de leur courage dépendent les rendements. Une fois le riz récolté, il est débarrassé de sa balle, son enveloppe extérieure. Les C aiment le faire, car les oiseaux raffolent des balles de riz. Ce sont eux qui les conditionnent ensuite dans de grands silos en bois pour les conduire, par bateau, dans les marchés. C'est à chaque habitant de venir, ensuite, se fournir dans des contenants en terre cuite. Ce riz est, comme je vous le disais, la base de tous nos plats.

— Puis-je te poser une question ? demanda Alioune.

Devant sa réponse positive, il prit la parole :

— Ne manquez-vous pas de protéines ?

— Qu'est-ce que les protéines ? demanda-t-elle, intriguée.

— Enfin, Arya, répondit Karim d'un air presque hautain, ne me dis pas que lors de tes initiations sur Terre, tu n'as pas entendu parler des protéines ? Ce sont des macronutriments indispensables au bon fonctionnement de l'organisme. Pour répondre à ta question, Alioune, nous puisons la plupart de nos sources de protéines dans les produits de la mer : principalement les mollusques, coquillages et crustacés, mais aussi les petits poissons qui sont prolifiques. Une autre source très prisée reste l'œuf de Mégapode. Cet animal ressemble un peu à une poule, ou une sorte de petit dindon, de couleur noire ou marron.

— Les Méga quoi ? demanda Simon, curieux.

— Les Mégapodes, répondit Karim. Nous cueillons leurs œufs juste avant qu'ils n'aient le temps d'incuber. Je sais que chez vous, les gallinacés couvent leurs œufs avec leur corps, mais ici, c'est différent. Les Mégapodes, que nous appelons « les Mégas », pondent à même le sol. Les femelles enterrent ensuite leurs œufs, soit dans le sable, soit dans de grands trous qu'elles creusent dans la terre grâce à leurs grandes griffes et à leurs pattes. Ces nids massifs sont constitués d'un tapis de végétation en décomposition. Le mâle inspecte plusieurs fois par jour la température intérieure avec son bec et ajoute ou enlève de la litière, tout au long du processus d'incubation des œufs. C'est lui qui régule ainsi la chaleur interne du nid, et permet aux œufs d'arriver à l'éclosion.

Nous étions amusés d'imaginer ces gallinacés et leur mode de vie. Karim continua ses explications :

— Ce qui est différent aussi, c'est que les jeunes, quand ils sortent de leur nid, sont déjà autonomes, pourvus de plumes. Leurs yeux sont ouverts, et ils savent déjà courir et voler. À notre connaissance, c'est le seul oiseau qui agit ainsi avec ses jeunes. Les petits savent se nourrir, gratter le sol et traquer leurs proies favorites : les insectes, les vers, l'herbe, les graines, et les petits reptiles. Les mâles ont un chant caractéristique. Le moment où ils donnent le plus de la voix est le matin au lever du soleil, ce qui, parfois, agace les jeunes gens qui aimeraient bénéficier de quelques heures de sommeil en plus le matin. Mais rien à faire, les Mégas n'ont rien à faire de ces états d'âme, et rien ne peut les faire taire !

Il se mit à rire, puis imita le cri de ces coqs venus d'un autre monde. Cela détendit l'atmosphère et nous montra le visage rieur de Karim.

— Les femelles sont très bavardes et communiquent entre elles ou avec les humains qui les nourrissent par des caquètements, gloussements et autres petits cris qui nous amusent toujours. Les enfants aiment souvent les imiter, comme ce que j'ai fait avec les coqs à l'instant, ce qui leur vaut des parties de rires à n'en plus finir. Les Mégas vivent en groupes d'une dizaine d'individus, volent et dorment dans les arbres, même si, la plupart du temps, ils restent au sol. Nous repérons le moment de la ponte à la crête de la femelle qui change de couleur. Il suffit d'aller cueillir l'œuf dès que la femelle s'éloigne. Cependant, nous ne prélevons qu'un œuf sur deux et nous mettons un cercle de bambou pour identifier les nids et ne pas les écraser. Les jeunes sont identiques aux parents, mais version miniature. Nous les appelons d'ailleurs les Minus. Ces gallinacés sont présents dans toutes les îles. Ils sont très proches des humains car ils mangent nos restes alimentaires, surtout les restes de riz dont ils raffolent, mais aussi des herbes, en plus des insectes et des reptiles. Ils nous rendent de très grands services, notamment en attaquant les larves de moustique. Nous tenons énormément à eux. Nous faisons cuire leurs œufs dans de l'eau bouillante. Nous en mangeons un tous les matins. Lorsqu'ils meurent, nous les donnons aux requins, au large, comme tous les animaux morts, d'ailleurs. Nous ne mangeons aucun animal, ni terrestre, ni oiseau.

« *Attention, je rappelle la consigne : pas de référence à la vie sur Terre. Vous êtes ici en invités, et vous devez uniquement vous imprégner et apprendre. Ne posez pas trop de questions, si possible. Si tu avais écouté jusqu'au bout, Alioune, Arya t'aurait parlé des Mégapodes et de leur régime alimentaire, sans se faire reprendre par Karim, qui oublie un peu qu'il est son assistant dans cette histoire. Il a ce côté professeur qui est parfois pénible. Je vais d'ailleurs faire intervenir Bahia sur ce point. Votre curiosité naturelle doit laisser place au respect et à l'observation de ce que Karim et Arya veulent bien vous montrer.* »

Alioune, penaud devant le rappel des consignes de Gaïa, s'adressa à Arya :

— Je te prie de pardonner ma curiosité mal placée. Je suis désolé d'avoir coupé ton discours sur votre alimentation. Je promets de ne plus recommencer.

— Ce n'est rien, Alioune, je suis habituée avec les Terriens. Ils ont toujours des questions, et parfois, ce n'est pas votre cas, bien sûr, ils n'attendent même pas la réponse. Je ne t'en tiens absolument pas rigueur, rassure-toi.

Alioune était vraiment triste. J'entrepris de le réconforter :

— Tu sais, si ça peut te rassurer, j'ai été moi aussi reprise par Gaïa dans la cabane avant notre voyage dans les îles, après la légende racontée par Karim. Lorsque j'entendais parler de leur organisation politique, je faisais sans arrêt des parallèles avec l'histoire de l'Antiquité égyptienne sur Terre, et du coup, j'ai peur d'avoir loupé des informations délivrées par Arya. Tu vois, moi aussi je me suis évadée et elle m'a rappelée à l'ordre. Là, je ne pense pas qu'elle ne visait que toi, mais bien nous tous.

— Ce n'est pas grave, vieux frère, dit Karim. Après, j'admets que ça ne doit pas être facile d'intégrer toutes ces informations d'un coup, surtout si ce monde est si différent du vôtre. Pour ma part, je m'excuse aussi de t'avoir parlé sur ce ton, Arya. Je me prends un peu trop au jeu, alors que c'est toi qui reçois les terriens depuis des années.

— Votre monde n'est pas forcément différent de la Terre dans les principes de communauté, de partage et de respect, répondit Alioune, mais par contre, ce qui est différent, ce sont les ressources alimentaires. Je ne vis pas près de la mer, mais près d'un grand lac. Certains de mes concitoyens n'ont pas accès à l'eau si facilement, car il fait très sec. La question des protéines est parfois vitale pour les enfants. Ça l'a été pendant très longtemps, et ça l'est encore de nos jours. Tout le monde ne mange pas à sa faim dans mon pays et dans le monde sur Terre. D'où ma question…

— Je sais que la vie sur Terre est très rude, difficile et qu'elle demande un grand courage pour élever les énergies vers le haut, continua Karim. La survie des Terriens est parfois due à une grande dose d'abnégation, d'adaptation et de résistance. J'ai pu observer cela. Si vous le voulez bien, j'aimerais vous raconter mon expérience de visite sur Terre. J'étais en méditation guidée, et Bahia m'a présenté sa mère, Gaïa. J'étais impressionné. Je n'avais connu alors que notre histoire et notre vie, dans notre monde un peu reculé de tout. Je ne savais pas à quoi m'attendre. Gaïa est gigantesque, et loger sur son sol une telle diversité m'a, au premier abord, réchauffé le cœur. Mon esprit était en ébullition. Puis j'ai vu les gens… Gaïa m'a mené sur la place d'un village, je ne sais pas bien où. Il devait faire chaud, car les hommes portaient des tuniques qui ressemblaient un peu aux nôtres. Puis je vis les femmes, voilées, cachées, dissimulées sous des couches de tissus. Qu'avaient-elles commis comme crime pour être ainsi punies, souffrant visiblement de la chaleur ?

Sa voix se brisa. Il respira lentement, puis tenta de continuer. Il peinait à trouver ses mots. Nous étions attristés de le voir ainsi.

— Prends ton temps, Karim. Je crois qu'il faut que tu arrives à sortir cette histoire de ton cœur, lui dit Arya en s'approchant de lui. Il est temps. Cela fait bien trop longtemps que tu es prisonnier de cette tragédie. Libère-toi.

— Nous t'écoutons, Karim, dit Clara pour l'encourager.

Tout le monde s'installa dans l'herbe, assis en tailleur. Nous sentions que le moment serait décisif pour lui.

— Bien, je continue. Il le faut. Votre visite aura sûrement servi à ça. Gaïa s'est alors adressée à moi et m'a averti de la dureté de ce que j'allais voir. Elle a bien fait de m'avertir : je ne me suis pas encore remis de ce que j'ai vu ! Je ne sais pas à quelle période la scène s'est déroulée, mais je pense, en tout cas, que c'était quelques siècles avant notre Cyclone Coléria. Par contre, je ne pourrais pas du tout dire à quelle période cela correspond dans votre réalité. J'ai vu des hommes sauvages, avec un chef au milieu. Aucune femme n'était présente dans le conseil de ce qui ressemblait à un procès. C'est inimaginable, ici, une telle scène… Un seul motif animait les regards et les âmes de ces sauvages : la haine. Mon souffle se coupa lorsque Gaïa me fit me rapprocher d'eux, jusqu'à voir leur esprit. Puis j'ai posé les yeux sur elle… leur cible. Elle fut amenée par trois hommes, avec une violence telle qu'elle trébucha à trois reprises. C'était une jeune femme de 17 ans d'une beauté inouïe. Son crime ? Elle avait osé tomber amoureuse d'un homme qui ne lui était pas destiné. J'ai déjà mis longtemps à comprendre ce « qui ne lui était pas destiné ». Gaïa m'a expliqué que son père l'avait vendue à un riche propriétaire de 50 ans. Elle serait sa quatrième épouse. Je ne savais pas ce que signifiait le mot « vendue » ni « épouse » et encore moins « quatrième ». Ici, les jeunes gens, ou moins jeunes, se choisissent, et peuvent changer jusqu'à leur engagement auprès de leur élu(e). Nous croyons davantage à la destinée d'un fil rouge qui viendrait unir deux âmes. Cette histoire de père qui choisirait un mari pour sa fille, un mari ventripotent et moche, qui avait l'âge d'être son père… J'étais dépassé. Khalija, c'était son prénom, aimait Ali de tout son cœur. Il avait 18 ans, et les deux amoureux avaient fait l'amour. Ils ne connaissaient pas la plante de contraception. Peut-être n'y en a-t-il pas sur Terre ? De cet acte d'amour avait été conçu un enfant. Elle était alors enceinte d'un mois et demi. Ali pleurait et plaidait la cause de leur amour, mais il fut frappé durement, et chassé du village, avec interdiction de revenir, car il avait osé « voler » une femme promise. Mais voler qui ? Quoi ? J'étais encore plus désemparé. Les parents du pauvre Ali pleuraient également. Le chef, au milieu, était le patriarche du village : un homme dur, animé par des forces obscures. Le couperet est tombé : Khalija devait recevoir cinquante coups de fouet le surlendemain, ce qui est inévitablement mortel. Elle était promise à une agonie atroce pour le simple fait d'avoir aimé.

Il s'arrêta quelques instants.

— J'ai communiqué avec Khalija. Je lui ai indiqué où trouver une plante qui endormait pour toujours. Elle demanda à sa cousine Samira d'aller en cueillir une dose conséquente, car elle n'avait plus aucun espoir de fuite et de sortie de cette situation implacable et acceptée par tous. Elle pensa que son destin avait été celui-là et se résigna. Elle décida de quitter cette vie, et absorba la plante dans un verre d'eau avec la complicité de sa cousine, éprouvée. Finalement, sa mort fut douce en comparaison de ce qui l'attendait. Je l'ai accompagnée jusqu'au bout, quand elle avait des soubresauts, des spasmes, la berçant d'histoires, de légendes. Je l'ai fait voyager avec moi, elle ne m'a pas quitté. Mourir si jeune ? Mais quel était ce monde où une vie humaine ne valait rien et pouvait être arrêtée par la simple folie des hommes ? Khalija me parla de sa vie, de son pays, de ses frères et sœurs, du petit dernier qu'elle élevait comme s'il était son propre enfant, de son enfant qui aurait pu naître, et d'Ali. Elle m'a demandé de l'apaiser, lui aussi. Mais je n'étais pas venu pour cela. Elle est morte en appelant son amour. Le lendemain matin, lorsqu'ils sont venus la chercher, le cœur de Khalija ne battait plus. Son âme resta encore là, pour protéger sa cousine. Personne n'a su ce qu'il s'était passé, sauf Samira. Il faut dire qu'ils n'étaient pas très malins, les hommes. Les femmes percèrent bien vite le mystère et firent le lien entre sa promenade de la veille et la mort de la pauvre Khalija pendant la nuit. Mais aucune ne trahit le secret. Elles détenaient là un futur savoir, ou pouvoir. Samira enseigna le nom de cette plante dans le plus grand des secrets à sa propre mère. Ali voulut rejoindre son amoureuse, mais je ne pouvais interférer dans son chagrin. Il fut chassé par les femmes, qui le tenaient pour responsable de cette tragédie. Il venait de perdre son amour et son futur enfant. Le choc était trop brutal. Elle était tellement belle, Khalija ! Un rayon de soleil qui a été emporté par l'obscurité et l'étroitesse de certains simples d'esprit. Je sais juste qu'il ne voulut jamais se marier et changea de pays. Plus jamais il ne revint sur ces terres d'horreur. Je crois même que sa famille le rejoignit.

Arya fut la première à prendre la parole, après avoir digéré ce récit :

— Qu'est devenue Khalija après sa mort ?

— Je l'ai juste guidée vers son cycle de réincarnation. Mais avant de commencer une nouvelle vie terrestre, elle a demandé à visiter notre monde, et Gaïa a accepté. Comme vous pouvez vous en douter, elle n'a plus voulu le quitter. C'était prévisible. Elle a rejoint notre monde, au commencement de celui-ci. Elle a été choisie par Bahia. Je sais juste qu'elle s'est réincarnée en homme bahien. Par contre, en hommage, ma fille chérie porte son prénom. C'est assez surprenant de voir que dans la délicatesse et la précision de ses gestes, je retrouve la sincérité de la première Khalija, mais surtout, plus troublant, dans la profondeur de son regard.

Il pâlit d'un coup. Après avoir respiré et pris quelques inspirations profondes, il revint à lui.

— Je pense que je vivrai plus léger, maintenant. Lorsque je suis revenu de ce voyage, j'ai entrepris une retraite spirituelle d'un mois, où je n'ai rien pu avaler pendant des jours. Je ne voulais parler à personne. Je voulais mourir. Je n'étais que l'ombre de moi-même. Puis, après ce temps de recul, je suis revenu auprès des miens, et j'ai gardé cela dans mon cœur. Je n'ai jamais pu parler de cette histoire pour plusieurs raisons : tout d'abord car c'était trop douloureux, et surtout, j'avais peur de la réaction des Bahiens à ce récit. Arya, je peux le faire devant toi car tu es initiée et ouverte d'esprit, mais les autres… Vous savez, tout ce que l'on raconte, dit ou pense peut laisser des traces dont nous ne mesurons pas la portée. Nous ne sommes pas tous si équilibrés que ce que nous laissons paraître, et les apparences sont parfois trompeuses. Qui sait si l'un des Bahiens n'aurait pas été inspiré, au final, de tenter d'imposer le pouvoir par la force, la haine, la peur que l'on provoque sur l'autre ? Le fait d'écraser l'autre pour se sentir plus puissant, notre passé prouve que nous sommes passés par là, et je ne voulais pas prendre le risque d'impulser de nouveau cet élan mortifère, bien malgré moi. J'avais l'âge de ces amoureux que le destin a cruellement séparés. Pour moi, sur Gaïa, c'est juste le chaos. L'horreur à l'état brut. Nous ne voulons pas de cette violence ici.

Nous ne savions comment réagir.

— Tu as fait ce que nous appelons un choc post-traumatique. La plongée dans cette tragédie a été trop brutale, dit Clara. Je le comprends très bien pour voir, moi aussi, des choses que je n'aimerais pas voir… Je suis déjà rentrée chez moi, après mes séances, éreintée et vidée de toute énergie. Seule ma jument arrivait alors à me réconforter. Elle est ma meilleure compagne de vie.

— Oh ! Mais vous avez des chevaux ? demanda-t-il, soudain plus léger.

— Oui. Ils sont les meilleurs amis de l'Homme, chez nous, répondit Clara.

— Ici aussi ! Nous les aimons tellement ! Si vous voulez, nous pouvons vous raconter comment ils sont arrivés ici, juste après le Cyclone.

— Ce serait un grand honneur, dit Clara.

— Je laisse la parole à Arya pour cela. C'est elle qui parle avec leur âme.

11

Les chevaux et les dauphins, animaux vénérés

— Pour aborder l'histoire des chevaux, nous devons nous rendre dans l'île B, car c'est sur sa grande plage que tout a commencé, nous dit-elle. Cette histoire, devenue au fil du temps une légende, s'insère dans le troisième commandement de notre civilisation. Le voici : « Tu traiteras l'autre, végétal ou animal, comme ton frère ou ta sœur, ton ami, ton égal, ton complément. Tu ne lui feras aucun mal volontairement, et si tu dois t'en servir pour te nourrir, t'abriter, te couvrir ou te défendre, alors apprends à le remercier. Cultive la gratitude en toutes circonstances. Tu prendras également soin de tous les autres habitants humains de Bahia, afin de créer un monde uni. »

Nous étions heureux d'entendre de nouveau sa voix grave, si apaisante. Ce monde me plaisait vraiment. Je pressentais déjà le déchirement que ce serait d'en repartir.

D'une même voix, Karim et Arya prononcèrent :

— Voyage dans l'île B !

Encore une fois, je me retrouvai seule au milieu des singes, au pied d'un arbre. J'étais amusée de toujours arriver avant les autres. Les singes ne me voyaient pas et continuaient leur train de vie comme si de rien n'était. Très vifs, ils semblaient avoir été montés sur des ressorts, tant leurs gestes étaient lestes et leurs sauts maîtrisés. Un enfant s'approcha. D'une finesse de traits presque irréelle, il était intégralement vêtu de blanc. Son teint hâlé et son sourire le rendaient lumineux. Ses traits étaient magnifiés par le coucher de soleil entre les arbres. Cet enfant était-il vraiment réel ? Qui était-il ? Son esprit entra en communication avec le mien :

— Bonjour, esprit ! Je suis Bilal. Je communique avec l'esprit des singes. Je te perçois, mais je ne sais pas qui tu es.

— Ne t'inquiète pas, Bilal, je m'appelle Cécile et je suis ici en amie. Je viens d'une autre dimension. Tu ne peux pas me voir.

— Oh ! Une C ! Tu es musicienne ? Tu aimes la nature ? Les oiseaux ? Les enfants ?

— Je suis un peu tout cela à la fois, Bilal. Je suis en effet musicienne, j'aime les oiseaux et leur chant, et je suis maman de trois enfants que j'aime par-dessus tout. Je vois que, dans ton monde, j'incarne bien ma lettre. Je regarde tes amis les singes. Ils sont adorables, mais ils semblent agités. Je ne sais pas si c'est leur état naturel de sauter comme ça tout le temps ?

— Ce sont mes amis. Je les aime comme des frères. Ils ont quelque chose à m'annoncer, donc je dois continuer à communiquer avec eux pour comprendre la raison de leur tracas. Ce sont des petits singes déjà très actifs en temps normal, mais là, il y a quelque chose qui cloche, car ils sautent partout.

— Je te laisse leur parler. Une naissance, peut-être ? Ou un danger ?

— Oui, je pense à une naissance difficile. Tam doit avoir son bébé d'un moment à l'autre. C'est peut-être elle qui a besoin d'aide ? Si c'est le cas, je vais devoir appeler un adulte B, guérisseur des animaux. Mon père est la personne idéale pour ça. Je dois le prévenir ! Au revoir, Cécile. Ravi d'avoir fait ta connaissance.

— Il en est de même pour moi. Au revoir, Bilal, et bon courage pour ta mission !

Les singes sautèrent de plus belle de branche en branche. Petits et agiles, ils me firent penser à de petits lémuriens très joueurs, même s'il est vrai qu'ils trahissaient une inquiétude palpable. Perdue dans ma contemplation, je ne sentis pas tout de suite un léger souffle tiède dans mon dos. Je me retournai et une apparition accapara mon attention tout entière : un magnifique étalon blanc, majestueux, fier, paisible, était en train de brouter l'herbe, tout en s'approchant d'une source d'eau dans laquelle une cascade interminable laissait planer des embruns parfumés. L'ambiance était féerique. D'où sortait cet animal d'une telle grâce dans ce cadre ? Il marqua un temps d'arrêt, puis ses oreilles se figèrent. M'avait-il repérée ? Je choisis de m'adresser à son esprit :

— Bonjour, ami Cheval. Nous permets-tu de visiter ton île avec mes amis ?

— Qui es-tu ? demanda-t-il, toujours intrigué.

— Une femme venant d'une autre dimension. Nous sommes huit Terriens. Gaïa nous a accompagnés ici, et Arya nous a accueillis lors de notre arrivée sur Bahia. Elle propose de nous raconter l'histoire de votre venue dans leur monde.

— Alors, soyez les bienvenus. Je vois ton esprit. Je te visualise même. Tu es différente des habitants d'ici. Plus petite, la peau plus claire… J'apprends que les humains peuvent avoir des couleurs de peau diverses, comme nos robes. Il en est de même pour tes yeux marron-vert, tes habits étranges. Tes pieds sont habillés aussi. Malgré cela, tu es bien en phase avec le monde d'ici. Ton âme rayonne la bonté. Il doit en être de même pour tes amis, sinon vous ne seriez pas ici. Bahia veille à cela. Il me tarde de les voir aussi. Sont-ils différents des gens qui peuplent Bahia aussi ?

— Oui, bien sûr, mais tu découvriras cela en les voyant toi-même, lui répondis-je discrètement. Ils ne devraient pas tarder.

— Je m'appelle Kahana et je suis un descendant des tout premiers chevaux qui sont arrivés ici. C'est d'ailleurs le cas de nous tous. Ils étaient une centaine au départ. Actuellement, je crois que nous sommes mille environ. Notre peuple cheval porte la mémoire de notre arrivée ici. Mais votre amie Arya, celle qui a été imprégnée par ma fille Ada, vous racontera cela bien mieux que moi. Son esprit est connecté aux nôtres.

— Ton contact est rassurant. Je m'incline devant ta beauté. Ta fille a de qui tenir. C'est elle qui est venue nous accueillir pour nous conduire devant l'arbre Haka. Elle a hérité de toi une grande noblesse et ta couleur blanche. C'est vraiment une très jolie jument !

— Décidément, tu nous échappes toujours ! cria Karim en me voyant. Tu es une vive, toi !

— Ah ! tu vois, ils arrivent ! soufflai-je à l'oreille de Kahana. Karim m'appelle.

— Oh ! Il est là lui aussi ! Très bien ! C'est mon vieil ami.

— Je suis désolée, dis-je en me tournant vers l'équipe complète. Je ne contrôle pas bien ces voyages d'une île à une autre. Peut-être que je devrais tenir la main des autres la prochaine fois, histoire de ne pas atterrir seule et surtout en avance ?

— Je te reconnais bien là, Cécile, dit Clara. Lorsque je vous appelle, tu es souvent la première à répondre. Ton esprit aime le voyage et la découverte.

Karim s'inclina devant l'étalon blanc et murmura :

— Bonjour, Kahana, ravi de te revoir, vieux père !

Une vive accolade quelque peu virile fut l'accueil réservé à Karim par cet être si majestueux. Rien à voir avec la délicatesse de sa fille, qui était venue se lover contre les épaules de Clara.

— Ce que je l'aime ce cheval ! Il est très intelligent et veille sur sa famille avec force, courage et abnégation. Il donnerait tout pour ses juments et ses jeunes. Kahana est un vrai père ! Mais il vieillit et va devoir céder sa place de patriarche à des plus jeunes, et rejoindre un groupe de mâles célibataires, des jeunes, ou des vieux comme lui.

Sur ce, Kahana montra sa désapprobation par un petit coup de sabot dans l'eau du ruisseau.

— Dis donc, Karim, je ne suis pas si vieux ! Mais oui, tu as raison, j'aspire maintenant à une retraite bien méritée où je pourrai n'avoir à gérer que mon seul être. J'ai engendré à moi seul bien assez de jeunes, j'ai fait ma part.

— C'est sûr, mon Kahana, merci pour ta princesse Ada, ma compagne de vie. Je l'aime depuis son premier jour. Comme avec sa mère, elles ont été transférées dans l'île A, la mienne, dès les 3 ans d'Ada. Elles ont constitué, ensemble, un autre groupe familial. Mais Paloma me parle parfois de toi.

— J'ai regretté ma Paloma, mais c'est la règle, je le sais. Arya, je vous laisse, maintenant. Tu peux leur expliquer notre venue ici et le fait que plus jamais nous n'ayons plus eu envie d'un autre monde. Nous vous aimons du plus profond de notre âme.

Arya serra Kahana tendrement :

— Il en est de même pour nous : notre amour pour vous est un engagement à vie.

— Je vois tes invités, Arya ! dit Kahana. Je n'avais jamais vu de personnes aussi atypiques avant.

— S'il te plaît, Kahana, garde ça pour toi. C'est très important, l'implora Karim. Je ne veux pas que les êtres d'ici sachent que d'autres personnes vivent ailleurs dans le monde. Certains ne sont pas prêts à l'entendre.

— Promis, répondit le cheval. Cela restera entre nous. Tu as ma parole.

Il s'approcha de Nirvelli et, avec une délicatesse infinie, posa ses naseaux sur son ventre :

— Cette petite que tu portes est très vive et intelligente. Elle me parle depuis tout à l'heure. Elle est sacrément curieuse et se plaira avec vous. Elle m'a demandé pourquoi j'étais blanc alors que les gens, ici, sont bronzés. Elle est amusante, cette petite ! Comme si je savais, moi, pourquoi Bahia m'a donné la couleur blanche dans ce monde où il fait soleil la plupart du temps… Heureusement qu'il y a une multitude d'arbres pour me faire de l'ombre et que nous aimons vivre sur le tout petit matin, avant le lever du soleil. Heureusement aussi que nous aimons la pluie du soir et nous rouler dans la terre. Je ne suis pas blanc tout le temps ! dit-il en riant.

Son rire était grave et mystérieux, comme sorti de son esprit. Il regarda Nirvelli dans les yeux et lui murmura :

— Dommage que vous ne soyez ici que le temps de cette visite. Si tu reviens avec ton bébé, j'aimerais bien parler avec elle.

— Oh, Kahana, merci ! Chez nous, les chevaux sont nos frères. Nous les aimons et jamais nous ne leur ferions le moindre mal. Je ne savais pas que ma fille était si connectée avec nous et surtout qu'elle voyait ce que nous voyons. C'est prodigieux !

— Elle est proche d'ici, tu sais, lui répondit Kahana.

Il s'éloigna de nous pour rejoindre les autres qui l'attendaient.

— Venez avec nous sur la plage. C'est là que tout a commencé, dit Arya. Elle n'est pas loin.

La marche pour nous y rendre fut effectivement courte. Devant la splendeur de la plage, je m'arrêtai quelques secondes. Quelques empreintes de sabots de chevaux étaient visibles sur le sable mouillé. Ils devaient sûrement se baigner eux aussi. L'île B était, à première vue, bien plus vaste que les F et G que nous venions de visiter. Ici, tout était grandiose et espacé. Arya nous montra un point précis sur notre droite. Un ponton en bois, d'une longueur inestimable, se perdant au large, semblait nous attendre.

— Allons nous installer sur le ponton. Vous verrez la richesse mais surtout la particularité de certaines habitations des B.

Nous marchions en file indienne jusqu'au ponton, et au loin, les cabanes, en pilotis sur l'eau, se dessinèrent, faites de bambou et de bois. Elles avaient la forme de bateaux, et étaient reliées au ponton.

— Ce que vous voyez là sont des cabanes de communication avec les dauphins, nous indiqua Arya.

Cette vision complètement dépaysante m'apaisa. Que pouvait-il arriver ici ? Tout était si serein. Des enfants jouaient entre les habitations, et des adultes s'activaient. Apparemment, ils faisaient l'inventaire des algues, coquillages et crustacés afin de les conditionner et de les installer dans le bateau qui les amenait au marché. Un homme profita de l'occasion pour apprendre aux enfants à compter, additionner, soustraire, grâce à leur pêche du jour.

— Ces gens sont ceux qui portent le mieux l'appellation de « peuple de l'eau », dit-elle. Ils viennent évidemment dans les terres pour se restaurer, se laver et travailler, mais tout le reste du temps, ils sont dans les cabanes-bateaux. Sur le ponton, il est interdit de faire un feu, ou de trop faire bouger les constructions. Leurs gestes sont précis et mesurés, et ils sont dotés d'un sens de l'équilibre hors du commun. Ils étudient et vivent au milieu des dauphins. Ils veulent vivre comme eux, et passent le plus clair de leur temps libre en leur compagnie. Chaque membre des groupes dauphins est identifié : les jeunes de l'année, les dauphins âgés, les mères, les mâles, les jeunes adultes. C'est de ce ponton que sont organisées les meilleures plongées sous-marines, et où sont pratiquées les nages les plus spectaculaires. Les dauphins sont tellement proches d'eux qu'ils ont développé un langage orienté lorsqu'ils s'adressent aux humains. Ce langage a été appris, et les B arrivent à traduire les communications des dauphins sans passer par leur esprit. Ils sont bavards, croyez-moi ! Je pense que nous avons là des êtres entièrement immergés et connectés avec la vie sous-marine. Ils recueillent nos algues et moult coquillages. Ils sont nos fournisseurs attitrés. Les enfants aiment fabriquer des colliers et autres bijoux avec les coquillages vides. Les autres habitants de l'île B vivent dans les terres, au milieu des chevaux, des singes et des oiseaux, dans de vastes prairies. Ici, il n'y a pas de cultures à proprement parler. Les B, qu'ils vivent sur la plage ou dans les terres, sont très proches les uns des autres. Ils soignent les animaux, terrestres comme marins. Mais là, si vous le voulez bien, je vais vous montrer l'endroit de l'arrivée des chevaux. Ici, précisément.

Elle nous indiqua un accès vers la plage. Elle nous y mena.

— Nous sommes à l'endroit où les premiers chevaux sont arrivés, à la nage, épuisés et découragés. La légende dit que des dauphins leur servirent de guide, et que quelques poulains reprenaient leur souffle, couchés sur leur dos. Cela s'est passé juste après le Cyclone Coléria, plus exactement le lendemain du dernier jour de vent. Les îliens étaient dans le deuil. Beaucoup pleuraient, cherchaient encore leurs disparus, comptaient leurs morts, tant humains qu'animaux, et surtout recensaient ceux qui avaient survécu. Accablés de chagrin et de solitude, ils gardaient tout de même au fond d'eux un élan de vie qui les poussait à aller de l'avant. Ils savaient que cette colère de Bahia était un ultimatum. Soit ils changeaient, soit ils n'en réchapperaient pas. Puis ils les ont vus. De loin d'abord, puis de plus en plus près. Ce sont les dauphins qui ont attiré leur attention : anormalement excités, ils criaient de joie, rejoignant les étranges créatures gaîment et sans peur. Les B, alertés, se cachèrent pour les observer. Les êtres inconnus nageaient et se rapprochaient de la plage. Une fois leurs sabots posés sur le sable, ils s'ébrouèrent longuement et hennirent longtemps, ce qui effraya les habitants. Jamais aucun Bahien n'avait vu ni entendu de tels animaux. Ils étaient tellement nombreux qu'ils ne purent les compter précisément. L'intégralité de la plage fut recouverte de leurs corps épuisés et même, pour certains, presque morts.

Absorbée par le récit, je tentai de visualiser et de vivre la scène. Comment réagirions-nous si, après un traumatisme tel qu'un cyclone d'une semaine ayant balayé une bonne partie de notre monde, nous tombions nez à nez avec des êtres dont l'apparence n'avait rien de familier avec ce que nous avions l'habitude de voir ? Aurions-nous peur pour notre vie ? La curiosité prendrait-elle le dessus sur notre peur ? Partirions-nous nous cacher ? Chercherions-nous à établir un contact, même au péril de notre vie, ne connaissant rien des réactions de ces animaux ?

— Cécile, j'écoute ton esprit, dit Arya en souriant. Donc, nos îliens B, bien que fortement éprouvés et ayant perdu tout repère, choisirent ta dernière option : ils s'approchèrent avec précaution, en les fixant. Arrivés devant eux, ils se prosternèrent, pensant à une apparition divine. Bahia était-elle revenue vers les hommes, prenant cette apparence ? C'est ce qu'ils pensèrent. Le plus ancien, nommé Brahim, celui qui parlait avec les esprits, s'approcha du premier de l'étalon blanc qui semblait être le protecteur du groupe. Il s'adressa à lui : « Soyez les bienvenus ! Nous ne savons rien de vous, mais si vous pouvez trouver du repos sur notre île, alors nous vous offrons l'hospitalité. Vous faut-il quelque chose en particulier ? » La réponse de l'étalon blanc ne se fit pas attendre. « Nous avons soif ! Nos jeunes et leurs mères sont déshydratés ! Nous nagions depuis des heures, sans but, pensant que nous allions mourir d'épuisement, de froid, noyés, rongés par l'eau qui aurait fini par entrer dans nos poumons. Puis des amis inattendus sont venus nous aider. Des mammifères aussi, qui vivent dans l'eau. La matriarche m'a dit que leur peuple s'appelait "dauphin". Ils nous ont donc guidés jusqu'ici, et les plus jeunes furent portés. Nous sommes maintenant devant vous. Où pourrions-nous trouver de l'eau douce, s'il vous plaît ? Il devient difficile pour moi de parler… » « Suivez-moi ! dit Brahim. Je vous y conduis. Votre épreuve prend fin. Nous sommes nous aussi éprouvés par un drame. Mais nous avons de l'eau à profusion. Venez donc vous désaltérer. » Le cheval claqua de ses sabots pour appeler sa harde d'abord. Tous les suivirent, dont un poulain de deux mois qui ne quittait pas sa mère. Dès qu'ils virent la cascade, ils reprirent vie. Ils burent longtemps, très longtemps. Ils appelèrent les autres. Brahim se fit aider par ses amis pour les conduire près d'autres sources, lacs et cascades, plus loin dans les terres. Cette journée fut hors du temps et du commun. Les chevaux, une fois désaltérés, mangèrent de l'herbe. La femme de Brahim, Baldina, entreprit de leur apporter des bananes et de la noix de coco. L'étalon goûta et remercia longtemps ces humains pour leur accueil et leur grandeur d'âme. Voici les paroles que son esprit arriva à prononcer : « Nous étions épuisés et vous nous êtes venus en aide. Nous ne savons comment vous exprimer nos remerciements et notre gratitude. Nous mangeons surtout de l'herbe, une grande quantité d'herbe, comme vous pouvez l'imaginer, mais aussi des fleurs, des plantes, des fruits. Nous buvons énormément d'eau et donc avons besoin de cours d'eau en nombre. Nous avons également besoin d'espace pour courir si un prédateur devait attaquer nos hardes, pour avoir des interactions entre nous, fonder nos familles et élever nos jeunes dans de bonnes conditions. Je ne sais pas où nous avons atterri, mais ici, tout est si calme... Le nom de notre peuple est "cheval". Les femelles sont appelées juments, les jeunes sont nommés poulains pour les mâles et pouliches pour les femelles, et les mâles, comme moi, des étalons. Pour nous désigner, il faut dire : les chevaux. Je m'appelle Yuma et je suis le chef de ma harde ici présente. Ma jument Letna pense que nous sommes morts et que nous sommes dans une autre dimension. Le bateau qui nous transportait a explosé et nous avons dû sauter et nager. Heureusement que nous n'avons pas peur de l'eau. J'ai craint pour les plus jeunes, car là où nous avons sauté, l'eau était froide. Sommes-nous morts et avons-nous rêvé ? Notre fuite aurait-elle été juste une illusion ? J'ai plutôt l'intuition que nous sommes bien vivants et même sauvés. Mais nous ne pourrons pas tous rester ici. Inévitablement, l'espace étant limité, nous allons trop saccager vos ressources. Nous sommes grands et avons besoin d'une grande quantité de nourriture. Auriez-vous une idée pour tous nous héberger ? Nous n'avons pas besoin d'habitations spéciales. Nous dormons debout. » Brahim regarda derrière Yuma et il réalisa qu'il ne pourrait pas héberger tous les chevaux sur leur île dévastée. À vue de nez, ils étaient au moins cent. Il s'adressa alors au peuple cheval : « Peuple cheval, Yuma, Letna et les autres, restez tous ici le temps que nous trouvions une solution. Notre monde est constitué de nombreuses îles, assez vastes pour certaines. Je suis sûr que si nous parlons de vous, d'autres îles pourront vous accueillir, par groupes. Des îles pourront aussi adopter de jeunes étalons sauvages, car je lis dans ton esprit qu'ils aiment se réunir avant de fonder une famille ou lorsqu'ils sont âgés. Nous venons de vivre une semaine très dure étant donné que le cyclone a détruit une grande partie de nos récoltes, de nos habitations et, bien plus triste pour nous, de nos proches. Nous sommes dans le deuil. Je suis sûr que vous avez été amenés ici pour une raison précise. Je vais de ce pas avertir nos deux messagers pour voir si nous pourrions, avec votre accord, vous répartir dans les îles qui seraient aptes à vous héberger. Une dernière chose, ami cheval : il n'y a pas de prédateurs ici. » « Même pas les hommes ? » dit Yuma, surpris. « Quelle est cette idée farfelue ? Comment nous en prendre à vous ? Cela ne viendrait à l'esprit de personne, ici. » « Cette fois, je crois que nous avons trouvé notre terre promise. Nous restons ici, en attendant votre organisation, ou plutôt votre collaboration. En signe de reconnaissance, je t'offre mon engagement moral que les chevaux vivront en paix avec vous, et que nous prendrons garde à respecter votre vie. » « Il en sera de même pour nous, Yuma », dit Brahim, ému. Yuma s'inclina, reprit Arya, et offrit son encolure à Brahim, qui trouva au contact de l'étalon blanc la force et le courage qui lui avaient fait défaut au lendemain de la semaine apocalyptique qu'il venait de vivre avec les autres. Tous deux se partagèrent leurs énergies, s'en nourrissant au passage. Ces deux-là venaient de vivre ce que nous appelons une imprégnation, comme celle que j'ai vécue avec mon Ada lorsqu'elle était encore une petite pouliche près de sa maman. Ainsi est née la collaboration de nos deux peuples. Par la suite, les chevaux furent répartis dans les îles les plus vastes et celles qui désiraient accueillir ces êtres titanesques. Les volontaires pour établir leurs hardes dans les autres îles furent embarqués par bateaux. Cela dit, l'île qui voue un culte sacré aux chevaux est celle-ci, la B. Les îliens nouèrent avec les chevaux une relation unique, et ce sont eux qui s'occupent, encore aujourd'hui, de la répartition de ces derniers. Ils font cela pour éviter la consanguinité. La couleur blanche reste dominante, ce qui nous intrigue, car les chevaux blancs étaient minoritaires à leur arrivée. De leur côté, les chevaux gèrent leurs naissances, comme nous. Ainsi, ils ne procréent que quand cela est possible. Nous vivons en paix avec eux. Eux dans les terres les plus reculées, et nous plus près de la plage. Cependant, une chose est spectaculaire, et a lieu tous les trois jours environ : en mémoire de l'aide apportée par les dauphins aux chevaux en difficulté, ceux-ci vont leur rendre visite en nageant. Leur complicité est telle que les dauphins vont même jusqu'à leur ramener de la salicorne, une algue marine dont les chevaux raffolent. Seuls les chevaux adultes peuvent perpétuer ce rituel immuable, en file indienne. Les humains ramènent des spaghettis de mer et autres algues, toujours appréciées, surtout par les jeunes. Les B nous disent que c'est leur apport en sel, indispensable, car les chevaux sont souvent en sueur et perdent de ce minéral. C'est pourquoi nous leur ramenons aussi des blocs de sel, que nous fabriquons pour eux et mettons à leur disposition près des sources d'eau, pour les jours où ils ne vont pas se baigner dans l'eau de mer. Avec les années, les îliens B ont approfondi leurs liens avec cet animal, et savent les soigner. Il faut être prudent, car ils sont un peu fragiles, surtout au niveau de leurs pieds et de leur système digestif. Ils sont très réactifs face au stress. Nous veillons tous à leur bien-être.

Karim, ému, prit la parole :

— Arya, je connaissais l'histoire de la venue des chevaux avant que tu ne la racontes aujourd'hui à nos nouveaux amis, mais alors, l'entendre par une personne qui est connectée à leur esprit, c'est grandiose ! Je t'inviterai lors de la prochaine séance de légende pour raconter leur venue aux enfants.

Il n'avait pas vu que nous avions les larmes aux yeux.

— Et je crois que nous avons là un public captivé. Je vais juste finir en vous disant que trois îles ne peuvent pas, hélas, accueillir nos animaux sacrés. L'île C d'abord, car étant un sanctuaire préservé pour les oiseaux, les habitants craignent des écrasements de nids, par inadvertance, lorsque les chevaux se rendent à l'océan pour retrouver les dauphins. Ils ne se voient pas leur interdire cette rencontre qui semble indispensable tant pour les dauphins qui les appellent que pour les chevaux qui trouvent avec eux une source d'énergie, ainsi que leurs algues marines. D'autant que leur île est moins montagneuse et vaste que les autres, et qu'ils ont peur d'un enfermement de ces derniers, qui manqueraient d'espace et peut-être de nourriture. L'île P est la seconde qui ne peut pas recevoir ces demi-dieux, car ils cultivent le riz, et les chevaux pourraient piétiner les plants, manger les récoltes lorsque le riz est une jeune pousse. En effet, cette île étant vraiment cantonnée à cette culture, leur accueil est impossible. Enfin, l'île N ne peut pas en accueillir non plus. Vous comprendrez plus tard pourquoi. Les habitants de ces trois îles-là adorent venir dans les autres pour côtoyer ces animaux que nous aimons tant. Par ailleurs, une des îles limite grandement leur effectif à deux ou trois hardes, ou bien aux jeunes mâles célibataires : il s'agit de la E, celle qui cultive le coton qui nous permet de réaliser nos habits.

Je regardai une nouvelle fois leurs habits. Ainsi, j'avais ma réponse. Ils cultivaient une sorte de coton, peut-être différent de celui qui pousse sur Terre, qui leur permettait de filer et tisser leurs habits, draps, hamacs et autres objets du quotidien.

— Cela fait d'ailleurs une belle transition avec la suite, dit Arya, malicieuse. Nous allons donc passer, si vous le voulez bien, à la production de nos habits. Il s'agit du neuvième point de notre premier commandement : « Simplement tu t'habilleras, et de tes habits tu prendras le plus grand soin. » Tu es prêt, Karim ? dit-elle pour finir.

— Bien sûr, mon amie.

Ils articulèrent :

— Voyage dans les îles D et E !

12

Un monde ingénieux et connecté à la nature

Cette fois, j'eus le plaisir de voyager avec mes amis et non plus seule. Notre bulle se posa sur la place d'un village.

— Nous sommes sur l'île E, celle qui fabrique les bandes de tissus. Mais je me suis trompée. Avant de nous rendre ici, il faudrait voir comment pousse et est récolté notre coton. Pour cela, nous allons nous rendre rapidement sur l'île voisine de celle-ci.

Aussitôt sa phrase prononcée, notre bulle se posa cette fois au milieu d'un champ qui s'étendait à perte de vue. Le panorama, ici, n'avait rien à voir avec les plages et villages côtiers que nous avions pu voir jusque-là. Nous nous trouvions au beau milieu d'un labyrinthe végétal, dans un paysage vallonné et bordé d'une grande forêt tropicale. Nous entendions de notre place le grondement de la cascade apparemment déchaînée. Un peu plus loin, un grand lac bordait ce champ. Je n'avais jamais rien vu de tel sur Terre : ce mélange des tropiques et d'agriculture qui cohabitaient. Des fleurs jaunes, ou couleur crème, offraient un côté champêtre. De petits oiseaux étranges, avec de grandes pattes pourvues de griffes imposantes, se déplaçaient assez maladroitement sur le sol. Ils arpentaient les rangées, mangeant quantité d'insectes et d'herbes envahissantes.

— Ah, voilà, nous en parlions tout à l'heure. Voici les Mégapodes ! Ceux-là sont des jeunes. Ils adorent les insectes et les herbes qui entourent notre coton, et, chose absolument incroyable mais providentielle, ils n'aiment pas les fleurs de coton ! Leur action est donc très appréciée, car grâce à leur intervention, le coton n'est pas attaqué par des invasions d'insectes ou de mauvaises herbes. Ils sont très respectés ici, et c'est la seule île où on ne mange pas leurs œufs. Ils y sont choyés et nourris, en plus de leur régime d'insectes, de vers et d'herbes, avec des restes de riz et de fruits dont ils raffolent. Ils sont les chouchous de l'île, dit-elle en souriant.

La démarche chaloupée de ces mégapodes, semblant se régaler de leur festin, était hilarante.

— Les fleurs jaunes caractéristiques d'une des espèces, ou couleur crème typique de l'autre espèce, deviennent toutes rosées, puis donnent naissance à des fruits qui contiennent des graines entourées de fibres blanches. Il s'agit là de notre coton. Les fibres sont très longues et résistantes. Allons, si vous le voulez bien, dans le champ d'à côté, où nous allons voir les fruits à maturité et prêts à être cueillis.

Les plantes étaient bien plus grandes que nous. C'était presque effrayant. J'avais l'impression d'évoluer dans un labyrinthe blanc.

— La récolte est assez difficile et pénible physiquement. Tous nos jeunes sans exception font un stage dans l'île du coton, la D donc, lors des grosses périodes de récolte. Ils dorment alors dans des huttes pourvues de hamacs et du strict nécessaire, et sont pris en charge par des habitants de cette île, très généreux et toujours prêts à nourrir ces jeunes affamés après leurs dures journées. Ils cueillent alors avec méthode, rapidité et efficacité des milliers de fruits de coton entourés de leur fibre blanche si prisée, dans des paniers taillés sur mesure, qu'ils transportent dans leur dos par un système d'attache. Ils sont en binôme, et pendant que l'un porte le contenant, l'autre le remplit. Ils doivent prendre garde à bien baisser leurs genoux, sinon gare, ensuite, aux douleurs de dos. Ils échangent les rôles toutes les demi-journées. Ainsi, la récolte est assez rapide, et elle apprend aux jeunes le sens de l'effort et l'humilité devant la terre. Les soirées sont laissées libres, et ils profitent alors de baignades dans l'océan ou dans les petits ou grands lacs que contient cette île. Ils se massent, chantent, jouent, et se détendent. Le paysage de cette île est spécial et unique par son climat un peu plus humide que les autres. C'est cette humidité qui a permis la réussite de la culture de cette plante, qui nous sert de base pour la confection de tous nos habits, draps, hamacs et écharpes de portage.

À la vue de ces immensités colorées, Nirvelli exprima son ressenti :

— Il règne ici une réelle communication avec le sol. Comme si les cultivateurs et ceux qui s'occupent de la culture du coton demandaient l'aide de la nature.

— Tu as raison, ma sœur, dit Arya. Ici, les D ont l'habitude, une fois par semaine, de se regrouper et de faire une incantation à la nature. Ils prient pour avoir une belle récolte et n'en veulent pas à leur sol si l'équilibre délicat est menacé par un élément perturbateur. C'est dur de cultiver, mais nécessaire à la confection des habits, ceintures d'ajustement, draps, hamacs, coussins, voiles et bien d'autres éléments primordiaux. Les D sont très appréciés de tous les Bahiens pour leur empathie, leur humanité, leur simplicité qui cache une grande spiritualité. Ils ne sont pas forcément très bavards, mais leurs interventions sont toujours très pertinentes. Comme ils sont spécialisés dans cette culture exigeante, ils dépendent des productions des autres îles, notamment pour l'alimentation, mais, en échange, les habits et productions réalisés par eux sont appréciés à leur juste valeur. Ils ont d'ailleurs des commandes importantes qu'ils tiennent à honorer dans les meilleurs délais.

Cette fois, ce fut à Adèle de poser une question :

— Arya, voudrais-tu nous montrer comment vous obtenez ces tissus si soyeux ?

— Bien sûr, Adèle ! Pour cela, rendons-nous sur l'île E, tout près. Nous y serons très vite.

Concernant leurs habits, j'avais déjà remarqué qu'ils avaient certes essentiellement un but fonctionnel, à savoir se protéger du soleil et du regard des autres, mais aussi esthétique, au vu de l'admirable tunique d'Arya que je ne cessais de contempler. Combien d'heures de travail avaient été nécessaires pour réaliser un tel chef-d'œuvre ? De toutes les personnes que nous avions eu le privilège de voir dans ce monde, le côté universel de leurs tenues m'avait fait penser qu'ils étaient débarrassés de ce déterminisme social vestimentaire si important sur Terre. Ici, hommes comme femmes, enfants ou personnes âgées étaient tous habillés de ces tuniques leur permettant une grande aisance dans leurs mouvements. Leurs habits étaient finement tissés, de manière apparemment ancestrale. J'étais impatiente de découvrir leur savoir-faire. Alioune, apparemment un peu troublé, s'adressa à elle :

— Nous ne savons comment te remercier de nous montrer ton monde avec tant de gentillesse, d'ouverture d'esprit et de noblesse. Nous avons une chance inestimable.

— Je dois dire que vous n'êtes pas banals, vous non plus, et que votre esprit a des similitudes avec les nôtres. Outre votre physique différent lié à vos conditions de vie sur Terre, vous pourriez tout à fait trouver votre place parmi nous, j'en suis persuadée.

Elle prit la main de Nirvelli et nous invita à la suivre. Elle nous mena vers une case qui semblait très ordinaire, si ce n'est sa belle hauteur qui était surprenante au vu des autres, plus basses. Plus nous nous approchions, plus nous étions surpris par le bruit qui s'échappait de l'entrée sans porte. Il devenait tellement saccadé que je commençai à douter de ce que nous allions découvrir. Je ne fus apparemment pas la seule à avoir eu une idée aussi saugrenue, car Alan, qui n'était jamais le dernier pour relever ce genre de détails, prit la parole :

— Arya, es-tu sûre que nous sommes conviés à entrer dans cette case ? On dirait bien que les gens à l'intérieur semblent… disons… occupés !

Arya et Karim éclatèrent de rire.

— Ah ! Ah ! Ne vous méprenez pas, ces jeunes gens que vous allez découvrir travaillent. Nous pouvons entrer sans crainte, dit-elle en riant encore.

Une fois à l'intérieur, notre attention fut attirée par un jeune homme manœuvrant un pédalier avec une vitesse démentielle. Il s'évertuait à maintenir un rythme effréné, comme s'il cherchait à trouver ses propres limites physiques. Ce n'était, somme toute, pas si étonnant que cela, puisqu'il s'agissait là d'un trait assez typique des adolescents et jeunes adultes, surtout sportifs. Arya souriait avec légèreté devant ce spectacle détonnant, comme si un tel effort était tout à fait ordinaire ici. Après ce premier constat, notre regard se posa sur une jeune fille qui le regardait avec des yeux pétillants, l'encourageant avec enthousiasme et enroulant méticuleusement, à l'aide d'une manivelle, le tissu qu'il produisait. La sophistication du mécanisme nous laissa sans voix.

— La jeune fille, Dalia, nous cria Arya, a pour mission de tendre les fils de chaîne de ce tissage.

Heureusement que j'avais déjà un peu assisté à cette technique lors d'émissions, car sinon, je n'aurais rien compris. C'étaient ces fils verticaux qui allaient être croisés en largeur par les fils de trame, afin d'obtenir un tissu très fin en forme de bandeau large.

— Le pédalier à bras et jambes est actionné par Elinaël, 17 ans, entraîné à cette pratique, car, contrairement à presque tous ses autres camarades qui choisissent la nage, lui a choisi de pédaler comme sport quotidien. Après son stage d'initiation dans cet atelier, il a décidé d'y rester quelque temps. Nous avons comme projet d'intégrer ce sport de pédalage lors des Olympiades, mais, pour l'instant, il n'a qu'un but strictement utilitaire et précis.

Au plafond, nous pouvions quand même apercevoir deux séries de longues aiguilles se faisant face. Elles coulissaient tellement vite dans des rails très fins qu'il fallait les deviner. Chacune de ces aiguilles était traversée par un fil se déroulant d'une des bobines rangées les unes au-dessus des autres à l'horizontale contre un bord de la case, dans ce qui constituait deux véritables murs animés par toutes ces rotations. Tous ces fils descendaient ensuite vers l'endroit où ils étaient croisés avec l'un d'eux qui oscillait de droite à gauche, emprisonné au fur et à mesure des croisements parfaitement synchronisés des fils verticaux.

— Dans ce mécanisme si délicat et rodé, qui a demandé des siècles de réflexions, d'essais, de mesures, de ratés et d'améliorations pour obtenir ce résultat final, le rôle de Dalia n'est pas forcément le plus facile malgré les apparences, nous confia Arya. Elle doit veiller à ce que la tension du tissu ne soit pas trop forte afin d'éviter de casser les fils, mais pas trop faible, ce qui aurait pour conséquence d'emmêler cet entrelacs arachnéen.

Karim, qui ne perdait pas une miette de la scène, ne put s'empêcher de « chambrer » Arya.

— Il arrive que les fils s'emmêlent, tu sais. Ce sont des crins de chevaux savamment sélectionnés. Ils sont solides, mais ne sont pas incassables et cèdent parfois, créant alors un petit chaos. D'autres fils sont issus de la bourre de noix de coco. Lorsqu'il y a un incident de ce type, nous appelons les anciens, qui ont davantage de patience que les jeunes, pour réparer les dégâts. Heureusement, les accidents sont rares, car globalement, les jeunes sont appliqués et motivés.

Arya reprit :

— Oui, en effet, ils suivent une formation assez longue pour pouvoir exercer l'art du tissage sans l'aide d'un adulte formateur. Pour ces deux-là, c'est presque une première qu'ils soient seuls, d'où le regard très concentré de Dalia et aussi l'acharnement presque exagéré d'Elinaël, qui, en plus de vouloir bien faire, en profite pour l'impressionner. Elle doit aussi surveiller que les fils verticaux soient toujours disponibles, et les remplacer régulièrement. Là, pour une première, ils fabriquent un drap, ce qui est le plus aisé. Mais par la suite, ils réaliseront des tissus moins larges qui serviront de base à nos habits, qu'ils soient pour les bébés, les enfants ou les adultes.

En regardant mieux les bobines au mur, je m'aperçus que leurs bords, bien plus larges que nécessaire, étaient rayés. C'était astucieux, car si un fil cassait, sa bobine arrêterait de tourner et l'immobilité des rayures serait facile à repérer.

Arya nous fit signe de la suivre dehors, ce qui nous permit d'abandonner les habitants de ce petit enfer à eux-mêmes. Le calme extérieur fut un vrai bain de sérénité, mais surtout, ce fut l'occasion de poser la question qui me taraudait depuis que j'avais découvert ce plafond animé et ses éléments si délicats et si solides à la fois.

— Arya, puis-je te demander de quelle matière sont constitués les éléments du plafond ?

La réponse nous sidéra une fois de plus :

— Il s'agit d'acier. En fait, le métal a pratiquement été banni, mais il reste quelques fours pour que le peu de minéraux restants puisse répondre aux besoins vitaux. Vital est d'ailleurs le bon terme, car les sutures avec des aiguilles en os et arêtes de poissons, si longtemps utilisées, ne garantissent pas la meilleure efficacité. Le métal est donc prioritairement utilisé par les habitants des îles R ou S qui réalisent les opérations et sutures. Leurs aiguilles et outils chirurgicaux sont minutieusement désinfectés à l'eau bouillante, après leur nettoyage au savon.

Simon, silencieux jusque-là, s'exprima :

— Je vous trouve très ingénieux et intelligents. Vivre dans une telle harmonie avec les éléments naturels me fascine depuis le début de notre voyage. J'aurais difficilement imaginé des gens si ancrés avec leur terre d'accueil. Je vous félicite.

— Merci, Simon, mais tu sais, il n'y a pas de quoi. Nous avons juste réparé nos erreurs passées, et cette façon de vivre était un souhait de Bahia pour nous. En ce qui concerne les habits, puisque nous sommes sur ce sujet, sachez que chaque

Bahien, enfant comme adulte, possède environ cinq tuniques : deux longues pour les soirées ou matinées, trois courtes pour les journées, de façon à ce qu'il y ait suffisamment de rechange entre chaque lavage. Nous possédons également quatre shorts pour les hommes et huit pour les femmes, qui font office de ce que vous appelez, je crois, des culottes ou slips. Nous nous baignons en short, torse nu pour les hommes et tunique très courte pour les femmes. Les bébés ont, chacun, une dizaine de langes qui passent d'une famille à l'autre. Ils portent des petites robes et profitent de la chaleur du corps de leurs parents et de leurs écharpes de portage pour se réchauffer. Nous n'avons pas besoin de produire constamment des habits, car nous en prenons tellement soin qu'un habit peut durer environ trente ans, voire bien plus pour certains. Nos anciens portent parfois les mêmes habits qu'à leurs 20 ans. S'ils sont troués ou abîmés, leur tissu est récupéré pour produire d'autres habits. Nous savons le mal qu'il faut à la fois pour récolter le coton et pour fabriquer les habits. Ici, nous rendons hommage à la force de travail des autres et respectons cet investissement. Dans cet atelier unique dans notre monde, ces jeunes produisent la quantité d'habits nécessaire à tous les habitants, à raison d'un à deux habits par jour selon les commandes. Lorsque le tissu est fourni, des couturiers, nombreux, vien nent affiner les habits avec des ciseaux, des aiguilles et du fil. Certains couturiers sont très imaginatifs et créatifs. Lorsque tout le monde est fourni avec son quota d'habits, le travail s'arrête et le coton supplémentaire sert alors à fabriquer nos hamacs, voilages, écharpes de portage, draps, ou est donné aux enfants pour créer leurs personnages et poupées.

— Sans oublier le tissu de nos si importants coussins, remplis des plumes des oiseaux de l'île C, renchérit Karim. Nous avons déjà abordé la fabrication de savons, huiles de massages, nous avons observé un massage de bébé, vu comment nous récoltions le coton pour en faire des habits et autres habillements en tissus. Nos amis ont également visité l'île B, celle des chevaux, des dauphins et des soigneurs des animaux. Il nous reste tant à découvrir ! Mais le temps risque de manquer. Que suggères-tu que nous leur fassions visiter maintenant, Arya ? demanda-t-il.

— Notre peuple, digne de son appellation de peuple de l'eau, vit grâce aux échanges continuels que nous réalisons par bateaux. Il est temps maintenant de leur montrer comment ceux-ci sont fabriqués, entretenus et surveillés. Ils sont notre lien entre les îles et notre seul et unique moyen de locomotion. Ils sont réalisés en bois et, si vous le voulez bien, nous allons nous rendre dans les deux îles qui manient le bois à la perfection, en le chérissant, le sculptant, le travaillant, le polissant, et en lui vouant un véritable culte. Rendons-nous donc sur les îles jumelles H et I.

D'une même voix, ils articulèrent :

— **Voyage dans les îles H et I !**

13

Un peuple de voyageurs, d'explorateurs, et de sages

Lors de ce court instant d'évasion, j'étais avec les autres, ce qui me rassura un peu, même si j'aimais bien arriver avant eux et découvrir un univers, seule. Alan était déjà sur place, immobile, interdit, muet, un peu perdu mais heureux de nous retrouver. Je me sentais moins seule.

— Ah ! Enfin un autre qui est en avance ! dis-je en m'approchant de lui.

Il marqua un temps d'arrêt avant de répondre. Il semblait troublé et ému.

— C'est extraordinaire, inimaginable, phénoménal, ce qu'ils font avec le bois ! Je suis effaré et impressionné ! J'ai vu des sculptures splendides représentant des personnes, tellement finement réalisées qu'on s'y tromperait presque ! C'est un peu comme le principe de nos tableaux sur Terre, les réalistes surtout, mais en sculpture. Bien sûr, il existe des sculptures géniales sur Terre, mais là...

Alan était comme ça. Cette excentricité était sûrement le trait de son caractère que j'aimais le plus. Il nous embarquait dans son univers, dans sa vision de la vie, et ce qui me plaisait encore davantage chez lui, c'est qu'il n'était jamais à court d'émerveillement. Il reprit son souffle et continua, toujours aussi exubérant :

— J'ai vu des représentations de personnes de toutes tailles, de tous âges, taillées dans le bois, avec même la précision des rides, des expressions de visage, des sourires, des regards. Je reste sans voix devant de telles créations. Qui sont ces gens représentés ? Des personnalités, des gens particulièrement appréciés par la communauté, ceux qui ont marqué votre histoire ?

— Non, pas du tout, Alan ! répondit Arya, visiblement amusée devant l'emballement de notre ami. Il n'y a pas de hiérarchie entre les gens, ici. Nous n'avons pas de grands événements marquants, en dehors du cyclone, qui pourrait expliquer une telle différence de traitement entre une personne ou une autre. Les voyageurs sont parfois représentés, découvrant une nouvelle île, car nous estimons que ces découvertes sont primordiales. Mais le même respect existe envers tous, appliquant ainsi notre commandement sur les liens qui nous unissent. Là, pour te répondre, ce sont des membres de la famille de ces sculpteurs et sculpteuses, car le façonnage précis du bois est plutôt une affaire de femmes, ou bien ce sont des modèles qui ont bien voulu poser quelques heures, voire quelques journées, pour permettre à ces artistes de capter les regards, mimiques et expressions du visage et du corps. Nous souhaitons des œuvres vivantes et évocatrices. Tu n'as pas pu toutes les voir. Il serait en effet impossible de les observer dans leur intégralité en si peu de temps. Nous en avons dans chaque île et même, je dirais, dans pratiquement chaque habitation. Certaines sont offertes à la communauté et trônent au centre des villages, mais d'autres sont plus petites et viennent décorer nos maisons. J'ai, par exemple, une sculpture de mes deux filles lorsqu'elles étaient petites.

Le regard d'Arya s'illumina, elle devint intarissable :

— Cela dit, les plus abouties, ou du moins les plus travaillées, sont celles qui sont en mouvement, dans un instant de vie, du quotidien le plus répétitif aux scènes plus originales. C'est grâce à ces traces de notre passé que nous savons, par exemple, que nos ancêtres jouaient déjà avec l'eau lors du lavage de leur linge, en tapant avec leurs avant-bras ou leurs mains de manière à rythmer leurs chants. C'est aussi grâce à ces héritages du passé que nous savons que les habits n'ont pas toujours été comme ceux que nous portons actuellement. Certaines personnes étaient, par exemple, habillées avec des matières végétales, comme de grandes feuilles tressées et reliées, ou bien avec un ensemble de lianes couvrant le corps. Un autre élément qui sert de base à nos sculptures est le sable. Là, par contre, c'est plus une affaire d'hommes. En effet, les petits garçons, dès leur plus jeune âge, aiment sculpter et réaliser des œuvres dans le sable tiède. Ils font carrément de petits villages, avec de petites maisons, des arbres, et des histoires à n'en plus finir. Les petites filles vont naturellement plutôt vers le bois, qu'elles aiment tailler, modifier, caresser, sculpter, travailler. Elles réalisent des genres de poupées avec des restes de tissus et de bambous, et aiment se créer des mondes avec leurs personnages. Nous leur laissons une grande liberté artistique créative, et nous n'avons pas l'impression de les influencer. Mais peut-être le faisons-nous inconsciemment ? Les enfants vivent ensemble tout le temps, notamment pour le sport, l'école bien sûr, les activités du quotidien, mais pour certains jeux, les filles aiment être entre elles, et les garçons entre eux. Cela perdure d'ailleurs à l'âge adulte. Nous sommes persuadés que c'est par le jeu, et les histoires qu'ils se racontent entre eux, qu'ils peuvent apprendre la vie, et parfois exprimer leurs émotions.

Finalement, le monde d'Arya ressemblait-il un peu au nôtre ? Les enfants, partout, obéissaient-ils finalement aux mêmes schémas ? Arya continua :

— Même si, bien sûr, les réalisations sont mixtes pour la plupart, il faut reconnaître que nous n'avons pas tous et toutes les mêmes sensibilités. Nous aimons dire que nous sommes tous complémentaires et que c'est de cette complémentarité de caractères, de corps, de passions, et d'occupations que dépend la richesse de notre monde. Les petits gars jouent dans le sable des heures entières. Les filles se lassent plus vite, d'autant que le sable est plus tenace sur leur peau, ce qu'elles détestent. Pour elles, le bois et le bambou, dans des clairières, sont leurs matériaux et leurs lieux de prédilection. Dans tous les cas, nous encourageons ces jeux de rôle. Pour admirer les sculptures de sable, il faudrait se rendre dans les îles V et Y, où certaines sont en grandeur réelle. J'ai en tête celle du premier cheval qui a communiqué avec les humains de Bahia, Yuma. Il est même l'emblème de l'île V. Hélas, leurs œuvres ne se transportent pas… Nous n'avons pas trouvé comment les faire durcir, mais j'ai l'intuition que nous allons bientôt découvrir un procédé pour cela, comme d'habitude, en tâtonnant et en osant. Ou alors, ce qui serait bien plus simple, nous allons en produire dans chaque île. C'est sûrement le plus commode à faire. J'espère que nous aurons le temps d'en voir quelques-unes.

Karim décida d'enchaîner :

— Enfin, le dernier des matériaux qui nous sert de base pour nos sculptures est la terre : l'argile, pour être plus précis. Pour ces dernières réalisations, il y a autant d'hommes que de femmes, mais aussi des enfants. Cela s'explique par le fait que nous aimons tous, presque unanimement, la terre et son contact sur nos mains, notre peau. Nous aimons lui donner vie. Nous faisons cuire les sculptures pour les rendre plus pérennes, mais les enfants et les jeunes, pour s'entraîner, les détruisent souvent après, pour recommencer encore et encore. Nous sommes des perfectionnistes. Je précise que nous n'avons pas tous cette faculté de créer avec nos mains, mais ceux qui s'y adonnent sont des passionnés et, parfois même, des exaltés ! Je me souviens de mon frère qui avait passé de longues heures pour me représenter dans une œuvre en argile. Qu'est-ce que j'avais pu rire intérieurement quand je le voyais s'énerver, lui qui était si calme d'ordinaire ! Le résultat m'avait laissé sans voix. Un vrai artiste qui continue, même à son âge, et l'enseigne aux plus jeunes. Un trésor de patience et d'humilité. Je garde sa sculpture précieusement.

— C'est formidable, un peuple qui n'oublie pas de créer, dit Clara. Je suis sincèrement émue et impressionnée. Vous êtes si accessibles, généreux et ingénieux. J'en arrive à me demander si nous ne nous trouvons pas dans un monde presque trop parfait.

— Il n'est pas parfait, tu sais, Clara, répondit Arya. Nous avons de très gros défauts, comme parfois une tendance à ne pas prévoir les attaques et savoir nous défendre. Nous avons conscience d'être isolés, d'être peut-être un peuple indépendant de toute autre civilisation. Je suis même sûre que bien qu'ils ne veuillent pas l'avouer ou le reconnaître, les autres savent qu'il existe d'autres mondes. Nous vivons, de ce fait, dans la peur d'attaques ou d'invasions venant du ciel, de la mer, ou d'ailleurs. Pour cela, nous ne sommes pas armés ni préparés.

— Votre arme reste votre spiritualité et surtout votre union, dis-je. J'ai rarement vu un monde qui vit dans une telle harmonie entre les différentes composantes, qu'elles soient minérales, végétales, animales ou humaines. C'en est presque, comment dire… flippant !

Le mot était sorti tout seul… Je m'en suis immédiatement voulu.

— Pardonnez-moi pour ce mot involontaire…

Comment avais-je pu émettre un jugement ? Je me mis à rougir.

— Ne t'en veux pas pour ton mot, Cécile, il est sorti de ton cerveau et non de ton âme, me répondit notre messagère. Car ton âme, elle, sait que tout cela est possible. Mais ta réalité de vie, ce à quoi tu assistes au quotidien, fait que cela te paraît impossible, surnaturel, voire presque enfantin et naïf. Toi, tu vois la violence, les guerres, les séparations, les conflits de pouvoir, les abus.

Elle insista sur chaque mot, appuyant ainsi la force de son propos.

— Je sais cela pour avoir visité la Terre assez souvent, même si je n'aime pas m'y rendre. Tu vois, vous tous, ici présents, êtes conditionnés par votre vie sur Terre. Nous le sommes tous, il ne faut pas se mentir. Nos vécus, mais aussi et surtout l'inconscient collectif interviennent bien plus fortement que nous ne le pensons dans nos actes et pensées. Maintenant, si vous le voulez bien, suivez-nous.

Ils nous menèrent sur un de leurs bateaux.

— Rendons-nous dans la cabine du gouvernail, nous chuchota Arya.

La cabine était en réalité une vraie pièce de vie avec tout le confort nécessaire pour passer quelques jours de navigation sans manquer de rien. Il y avait même plusieurs arrivées d'eau potable reliées à des bidons volumineux, ainsi que des filtres pour eau de mer. Tout ce qui était dans cette pièce était fabriqué en bois, du plancher aux murs, en passant par le gouvernail, les espaces de rangement et de stockage, le lit, et, plus surprenant encore, les peignes, dont les dents étaient finement coupées en lamelles régulières et solides. Nous nous trouvions au cœur de l'intimité des habitants de cette île, et, dans cette cabine, perdue au milieu d'un univers parallèle, je me trouvais merveilleusement sereine, apaisée, libre. Une impression de déjà-vu vint à ce moment-là. Elle frappa mon esprit :

— Je suis désolée, dis-je confusément. Je suis déjà venue ici, dans cette cabine. J'ai déjà vécu dans un bateau.

— Bien, Cécile, laisse venir la vision, m'encouragea Karim. Que vois-tu ?

— Je suis un homme d'une trentaine d'années, dans la fleur de l'âge. Je suis très heureux. Je suis partagé entre l'amour de ma famille que je chéris par-dessus tout et mon attrait pour l'océan qui m'appelle.

— C'est très intéressant ! Poursuis, s'il te plaît.

— Ma femme m'appelle Hakim. Je connais donc maintenant mon prénom. Hanaé est d'une beauté sauvage et irrésistible. Nous nous aimons passionnément. Je passerais ma vie à caresser sa peau, l'effleurer, m'emplir de son odeur, me lover contre son corps, en symbiose, comme si nous ne formions qu'un seul être. Ma mère me dit que c'est excessif, mais je n'en ai que faire. Nous sommes heureux ainsi. Nous avons deux enfants, une fille et un garçon de 7 ans et 3 ans. Je suis très fier de maîtriser l'art de la navigation. C'est mon père qui me l'a enseigné. Malheureusement, il est décédé il y a quelques années en mer et ma mère a tenté de me décourager de poursuivre mon chemin dans cette voie. Mais c'est plus fort que moi, je ne peux pas m'éloigner plus d'un jour de mon bateau, et ça, elle est très bien placée pour le comprendre, elle qui a tant accompagné mon père, maîtrisant aussi à la perfection cet art. Mais, pour elle, tout s'est arrêté lors du décès de mon père. C'était avec lui ou ce n'était pas.

J'étais un peu embarrassée d'entrer comme ça dans l'histoire de cette famille, comme une intruse qui regarderait derrière un rideau, impudiquement. Pourtant, quelque chose se produisit à cet instant. Je n'étais plus moi, mais Hakim, dans sa peau et sa vie.

— Ne t'arrête surtout pas ! m'intima Arya.

— Je me suis fait un nid douillet dans cette cabine dans le plus grand des secrets afin d'y accueillir ma femme et nos deux enfants. Aujourd'hui est un grand jour, car nous entreprenons un voyage un peu plus long que d'habitude. Il me semble avoir repéré ce qui ressemblerait à une terre ou un grand volcan. Je dirais qu'il faut au moins deux jours de bateau pour nous y rendre, et encore, si nous ne faisons pas de pause. J'aimerais découvrir cette nouveauté avec ma famille. Je suis heureux d'offrir ce petit havre de paix aux êtres les plus chers à mon cœur. Nous avons des réserves d'eau et de nourriture pour une dizaine de jours car, une fois sur place, nous resterons un peu afin de recueillir les informations nécessaires pour savoir si nous pouvons ou non aborder ce lieu. Peut-être une nouvelle île ? Je la perçois différente de celles que j'ai l'habitude d'arpenter. Plus menaçante, je dirais… mais aussi plus attrayante. J'ai tellement hâte d'y être !

La vision disparut et je réintégrai mon corps. Tous m'observaient en silence.

— Tu as entrepris un voyage dans une vie antérieure lointaine. Comment te sens-tu ? me demanda Karim.

— Je suis sonnée et comme à demi-vivante. Je ne sais plus où j'en suis, dis-je, les larmes aux yeux.

Les larmes, cette fois, coulaient sans retenue. Pourquoi étais-je revenue ? Je voulais en savoir plus sur lui, sa famille, sa quête, ses découvertes.

— C'est normal et habituel, dit Arya en se rapprochant de moi. Pour te laisser récupérer, nous allons t'entourer de paix et de lumière.

Ils se mirent autour de moi et s'installèrent en silence, en tailleur. Progressivement, je revins vers eux. Je n'étais plus Hakim, mais bien Cécile, Terrienne du XXIe siècle, parachutée dans un monde parallèle avec mes amis oniriques. Je me mis à sourire :

— Je suis bien chez vous, Arya. Votre monde déborde d'amour et de spiritualité. Les gens y sont tellement heureux… Comme à leur place.

— Mais ça n'a pas toujours été le cas et nous veillons scrupuleusement à garder cette paix. Notre passé nous prouve qu'une simple étincelle peut embraser la plus grande des forteresses d'amour. Notre rôle est donc de surveiller ces étincelles en éduquant les enfants à nos valeurs, en les aimant, en les guidant, en leur faisant confiance, en leur apprenant tout ce que nous savons, et en espérant qu'ils nous dépassent pour nous mener encore plus loin. Karim, veux-tu leur expliquer où nous nous trouvons, s'il te plaît ? demanda Arya.

— Nous sommes ici dans la cabine principale, nous dit Karim, où les navigateurs, hommes comme femmes, se relaient pour effectuer le trajet demandé. Nous avons des routes maritimes, testées depuis la naissance de notre monde par les habitants. Ainsi, nous empruntons des passages sécurisés. L'art de la navigation et le goût du voyage se transmettent beaucoup de parents à enfants, comme nous l'a confirmé ta vision, Cécile. Les H en particulier apprennent aux autres îliens cet art de se retrouver en pleine mer et de se diriger, afin que le trajet de l'île A à Y soit toujours assuré par un roulement conséquent. Deux départs par jour sont organisés dans une direction, puis dans l'autre. Ce qui est amusant, c'est qu'à chaque étape, des passagers soufflent dans de grandes conques pour annoncer leur arrivée, comme si les habitants ne voyaient pas et surtout n'entendaient pas le bateau, pourtant très gros, accoster, dit-il en riant. Mais c'est un jeu, et nous sommes de grands joueurs !

Au fur et à mesure de son récit, le bateau prit la mer. Nous étions désormais un peu loin des côtes, et nous pouvions observer Bahia avec un regard plus lointain. Nous étions admiratifs devant le côté sauvage des îles, qui, de l'extérieur, ne laissaient aucunement présager une présence humaine.

— Nous n'avons, hélas, pas le temps de vous montrer un chantier. Mais vous vous trouvez dans un de nos bateaux de transport à la fois de matières premières et de marchandises, d'une île à une autre, et dans d'autres embarcations, des personnes se rendant sur une autre île pour un temps déterminé. Le plus souvent, c'est pour aller aux marchés. Ces temps définis peuvent aussi être un stage pour les jeunes, ou une retraite spirituelle dans l'île N, ou plus simplement une visite à un membre de la famille ou à des amis qui n'habitent pas la même île que nous. Chaque île a ses navigateurs, qui jouent le rôle de conducteurs. Le trajet est toujours le même : le bateau part de l'île A, et s'arrête dans toutes les autres îles l'une après l'autre, jusqu'aux îles T, V et Y, enchevêtrées et séparées par un simple bras de mer, franchissable à la nage, si l'on veut. C'est dans ces îles-là que se déroulent les marchés, trois fois par semaine, les premiers, troisièmes et cinquièmes jours, amenant le surplus des productions de chaque île. Nous veillons à ce que personne ne manque de nourriture ou d'éléments vitaux. Après une courte escale, un autre conducteur prend la place du précédent, et il effectue le trajet dans le sens inverse. Plusieurs bateaux circulent tous les jours, sauf le quatrième jour de la semaine, qui est la journée de repos. Les plus courageux font des trajets à la nage, tant la distance entre deux îles est parfois minime, comme entre les trois dernières. Mais pour des trajets plus longs, le bateau reste indispensable. Chacun d'entre eux dispose de toilettes, de douches et, bien sûr, de meubles de stockage pour la nourriture, car les trajets peuvent durer parfois une journée entière, voire deux jours, avec une escale au milieu. Certains bateaux, ne transportant pas de passagers, servent à véhiculer les marchandises plus lourdes et encombrantes comme des rondins de bois, silos de riz, huiles, noix de coco, fruits volumineux en nombre. Il y en a un dans un sens, et un dans l'autre. Vous comprenez donc que nous sommes très attachés à nos bateaux, qui sont entretenus avec amour.

— Tant que nous sommes sur l'eau, dit Karim, nous pouvons répondre à une ou deux questions que vous vous poseriez sur notre monde. Je dirige le bateau vers les îles L et M, qui perfectionnent l'art de la poterie, du bois et un peu du métal pour fabriquer nos marmites. Nous pourrons y rencontrer ces gens, très actifs du matin au soir, mais n'oubliant pas de s'octroyer des moments de méditation et de communion avec la nature qu'ils remercient de leur fournir cette matière première qu'ils ont appris à dompter au fil des siècles.

Nirvelli fut la première à se manifester :

— Arya et Karim, depuis le début de notre voyage si enrichissant, j'ai l'impression que la violence, si omniprésente sur Terre, est bannie ici. Je discerne en vous des guides pour vos enfants. J'aimerais savoir comment vous les élevez.

— Bien, dit Arya. Je peux déjà te répondre en tant que mère, puisque j'ai deux filles de 10 ans et 5 ans, Ambre et Alizée. Lorsque les enfants naissent, comme je vous l'ai dit plus tôt, ils sont accueillis par l'ensemble de la communauté. Comme nous maîtrisons notre fertilité grâce à la plante sacrée, nous espaçons naturellement l'arrivée d'un second enfant. Rares sont celles qui ont plus de trois enfants. Ainsi, chaque enfant bénéficie de la présence de ses parents qui ont pour mission de s'occuper de lui ou d'elle, de manière inconditionnelle, avec beaucoup d'énergie. C'est primordial, surtout lors de leurs trois premières années, où ils apprennent à côtoyer le danger, les bases de notre vie, et sont souvent intrépides et vifs. Les parents peuvent évidemment travailler, mais leur mission première est d'éveiller leurs enfants. Ceux-ci sont stimulés, rassurés, transportés dans des écharpes et sont poussés à l'autonomie naturellement. Ils sont allaités pendant une durée d'un à deux ans, mais l'allaitement peut aller facilement jusqu'à trois ans. Lors de ces trois années, les petits enfants s'intègrent totalement à notre vie, expérimentant, touchant, trempant leurs petites mains un peu partout, goûtant la nourriture que nous broyons pour eux les premiers mois. Ils crapahutent sous la vigilance accrue de leurs parents mais également de personnes chargées de cela. Lorsqu'Ambre a eu 2 ans, elle a développé une passion pour le sable. Elle passait sa vie à son contact. Elle nous a fait de fortes frayeurs, car lorsque nous la quittions des yeux, elle s'échappait volontiers vers l'océan. Je dois dire qu'elle m'a tellement fatiguée par moments que son père lui a fabriqué un parc en bambou pour la maintenir quelque peu. Bizarrement, elle était rassurée par ce cadre. Cela lui a passé avec les mois, et à 3 ans, elle s'en est un peu détournée. Elle a alors préféré entrer en contact avec l'herbe sous ses pieds. Ma petite Alizée était un peu l'opposé de sa sœur : calme et posée, méditative, parlant très tôt et n'oubliant jamais de donner ses impressions sur le monde. Je pense qu'elle se dirigera vers l'île C à l'âge adulte, car elle aime la musique, le chant, les oiseaux, et elle partage avec eux cette envie de vivre dans des espaces verts au milieu des animaux. Ambre est plus active et se dirigera peut-être vers un métier plus physique. Ici, il y a de la place pour tout le monde, et nous avons besoin de cette diversité de caractères pour trouver notre équilibre. Vers l'âge de 3 ans, nos enfants commencent à aller à l'école. Mais pas une école comme vous pouvez voir sur Terre, non : l'école de la vie. Ils apprennent progressivement à lire et à écrire. Leur support premier est le sable mouillé, puis des feuilles de bananiers séchées, tressées et assemblées en petits livrets cernés de bois. Ils dessinent, créent, écoutent des histoires, expérimentent, apprennent et s'éveillent à notre vie de Bahiens. Pour autant, les enfants ne sont pas idolâtrés non plus, et ils sont repris par les adultes, s'ils font des bêtises, enfreignent les lois ou, pire, se montrent impertinents. Ils sont rassurés par notre fermeté.

— Merci pour ta réponse, répondit Nirvelli avec respect. J'aime ta transparence, et ta vérité. Je crois que tout sort de ton cœur, c'est inouï. Vous êtes si doux et prévenants !

Bào, silencieux jusque-là, demanda la parole :

— Arya et Karim, j'ai une question qui me taraude depuis tout à l'heure. Voilà, je me lance… Comment considérez-vous la mort ? Comment vivez-vous les périodes de deuil ? Vivez-vous plus longtemps que sur Terre ? Avez-vous parfois des accidents, comme le récit de la vie antérieure de Cécile avec le père de Hakim nous l'a prouvé ?

Karim porta son regard sur mon jersey, qui, étrangement, ne m'avait pas quitté.

— Ou comme il arrive sur Terre, n'est-ce pas ? Peux-tu me montrer ce que tu caches, s'il te plaît ? me demanda-t-il.

Je mis ma cicatrice à l'air libre. Adèle ne put réprimer un petit cri. Je ne l'aimais pas, cette cicatrice, je ne voyais qu'elle, prenant une grande partie du dessus de ma main gauche. Comment la rater ? Alors, je la dissimulais sous ces jerseys.

— Oh ! mais tu as eu une fracture ? On la voit encore à travers ta peau. Pourquoi ces points ?

— Oui, Karim. Il y a de cela quelques semaines, je suis tombée et j'ai tapé contre une chaise en fer forgé lors de ma chute. Comme la fracture était déplacée, j'ai dû avoir une pose de matériel à l'intérieur de ma main pour remettre l'os en place. Sinon, je risquais une déformation, avec des conséquences désastreuses pour la musicienne que je suis.

Il me regarda sérieusement, de ce regard qui appelle le silence et l'écoute. Il semblait embêté.

— Je viens de parler avec ta vie réelle, ton esprit, si tu préfères. Cécile, les femmes ne se reposent jamais chez toi ? Tu es blessée, tu dois continuer ta vie comme si cet accident n'était qu'un petit détail sans importance ? Le gros souci, c'est que tu as bougé pendant ton immobilisation, car tu n'as pas pu vraiment te reposer. Ainsi, ton os n'a pas eu le temps de cicatriser naturellement.

Je baissai les yeux. Bien sûr qu'il avait raison…

— Ici, tu aurais été immobilisée bien plus longtemps. Nous aurions calmé ta douleur avec des plantes cicatrisantes et des tisanes, qui auraient renforcé ton os pour lui permettre de se reconstituer le mieux possible. Ensuite, une fois la fracture réparée, nous aurions massé ta main tous les jours avec un mélange de plantes. Et crois-moi, au vu de ta blessure, ces massages auraient duré au moins un an ! Je vais être incisif, mais parfois, il le faut : ici, tu aurais été bien plus entourée. Et ne me regarde pas comme ça. Je vois bien, moi, que tu ne t'es pas assez reposée ! C'est bien votre problème sur Terre. Vous n'accordez pas assez de temps à votre convalescence ; d'ailleurs, vous ne vous accordez pas beaucoup de temps tout court. Ce n'est en rien un jugement, car je sais que tu n'as pas pu faire autrement. Mais ici, crois-moi, pendant au minimum un mois, voire plus, tu n'aurais pas bougé continuellement comme tu l'as fait et nous nous serions occupés de toi.

Je ne savais que répondre… Bào vint à ma rescousse pour finir ses questions :

— Comme tu dis, Karim, la réalité de vie de Cécile est bien différente de celle qui existe ici, hélas… Ne l'accable pas davantage. Viens vers moi, grande sœur, dit-il en s'approchant de moi. Tu es une femme forte et tu as la ressource pour t'en sortir sans séquelles. Il faudra juste faire enlever ce matériel dans ta main dans une petite année environ. Et après, tout cela ne sera plus qu'un mauvais souvenir.

— Merci, Bào, dis-je. Tu es un véritable ami. C'est vrai que nous sommes proches tous les huit. Alors, je pense que tes mots vont m'aider.

— Arya et Karim, si cela ne vous dérange pas, pourrions-nous revenir aux questions ? Souffrez-vous des maladies ? Et enfin, craignez-vous de mourir ?

— Eh ben dis donc… Cela fait beaucoup de questions ! rit Arya. Karim, voilà les Terriens, ils ont tellement de questions en tête… C'est ce que j'aime chez eux. Alors, nous pourrons répondre à certaines de tes questions, mais pas à toutes.

— Bien sûr, Arya, je viens juste de laisser parler ma curiosité. J'accepte vos réticences, et vous remercie par avance de vos réponses.

Karim sembla d'un coup inspiré :

— Qu'est-ce que la mort ? Lors de mon voyage sur Terre, juste avant de rencontrer l'horrible histoire de Khalija, j'ai été saisi, au point d'être bouleversé et même oppressé par ce qui anime les Terriens : la peur de la mort. Cette peur est comme une base, un fondement de tout ce qui vous anime, de vos religions à votre histoire, en passant par vos soucis d'ego aussi. Vous avez tellement peur de mourir que vous souhaitez, plus que tout, laisser une trace de votre passage, que ce soit dans l'Histoire, les réalisations artistiques, mais même plus globalement, dans vos quotidiens. Vous avez des enfants, vous les aimez et les chérissez, enfin, pour la plupart, mais les raisons qui font que vous avez des enfants ne sont pas les mêmes qu'ici. Vous le faites pour laisser une part de vous à travers un autre être. Je ne fais que relater ce que j'ai ressenti sans colère, ni mépris, ni même hauteur et encore moins jugement. La vie sur Terre étant dure et jonchée d'épreuves, cela peut se comprendre et même s'expliquer. Mais ici, c'est différent. Je ne sais pas si je vais me montrer explicite, mais chez nous, c'est l'inverse qui se produit. Nous n'avons pas peur de la mort, puisqu'elle fait partie de la vie et que nous savons qu'il ne s'agit là que d'un passage. Le passage de notre âme vers une nouvelle incarnation, ou une ascension de celle-ci. Nous ne sommes que de passage sur Bahia, lors de notre vie incarnée. Nous accueillons nos enfants comme de nouvelles âmes qui seront appelées à nous rejoindre. Je vais vous livrer notre quatrième et dernier commandement bahien : « La vie tu remercieras, la mort tu accepteras. La vie tu honoreras, et la mort n'encombrera pas ton quotidien ou ton esprit. Lorsque tu seras éprouvé par le deuil, n'oublie pas de remercier l'être pleuré et regretté pour sa vie, et surtout, dès que tu le pourras, laisse-le partir. Aide-le si nécessaire. Son heure était venue. »

Je n'avais jamais rien entendu de tel avec cette profondeur.

— Cela vous paraît dément, n'est-ce pas ? Comment un parent peut-il accepter la mort de son enfant, par exemple ? C'est presque impossible, pensez-vous… Nous le pensons aussi. Cela fait vingt ans que nous n'avons pas eu à vivre une telle tragédie. Par contre, il est dans l'ordre des choses de voir partir ses parents avant nous, lorsqu'ils sont âgés. Nos anciens s'éteignent lorsque leur heure est venue et que leur voyage bahien incarné prend fin. Nous entourons énormément nos proches, nous les chérissons, nous les aidons à franchir le passage.

Une larme pointa au coin de mes yeux. J'étais saisie par ses propos. Et si nous étions formatés à l'envers ? Et si nous célébrions la vie plutôt que de craindre la mort ? La vie serait-elle différente ?

— Cécile, tu sembles remuée. Mais tu as compris ça, toi. Tes amis aussi. Seulement, ce sont des choses qui ne se disent pas dans ton monde. Nous, nous le disons et, même, nous le vivons. Quant aux maladies, elles expriment toujours quelque chose que nous avons du mal à dire, à digérer, à porter. Nos plantes nous aident, mais ne font pas tout non plus. Les soigneurs du corps des îles R et S communiquent continuellement avec nous, les K, et aussi avec les P qui soignent les âmes, les esprits blessés et les personnes en état de tristesse ou de choc. Cela dit, nos fonctions sont distinctes : les soigneurs du corps se focalisent sur le fonctionnement de ce dernier et gèrent les accidents de la vie, comme les conséquences des chutes, les opérations, les sutures, les consultations pour les bébés, les enfants et même toute personne si elle se trouve anormalement fatiguée ou faible. Ils sont sans arrêt en train de se perfectionner et passent leur vie à apprendre. Cécile aurait donc eu affaire à eux pour sa fracture. Les N et les P aident les habitants qui vivent une passe difficile, car ils ont des capacités d'écoute hors du commun. Enfin, les J et K communiquent avec les plantes pour savoir celles qui peuvent soigner. Comme la plus grande partie de nos plantes médicinales se trouve dans l'île N, ils y vont très régulièrement pour les prélever. Tous ces acteurs de nos vies misent sur la prévention. Nous pensons qu'il vaut mieux traiter le terrain de la personne que la soigner une fois la maladie déclarée, ce qui est toujours plus difficile et même parfois périlleux ou, malheureusement, trop tardif. Nous veillons scrupuleusement à notre alimentation. Nous vivons dehors la plupart du temps, les pieds connectés au sol pour nous emplir de son énergie. Sur Terre, les gens portent des chaussures. Ici, nous n'en avons pas besoin.

Il porta son regard sur nos pieds en parlant. Puis il nous regarda entièrement. C'est vrai que nous étions tous chaussés et parfois de manière originale. Des chaussures d'Alan, qui montaient jusqu'à ses mollets, à celles d'Alioune, sommaires et sans artifices, en passant par les tongs de Bào, les chaussures de marche de Clara, les chaussures en toile de Nirvelli, et les plus classiques, noires et couvrantes de Simon, Adèle et moi, il ne put réprimer un petit sourire, à la fois amusé et curieux. Nous étions aussi vêtus de manières très différentes, preuve que nos habits étaient adaptés à nos climats et latitudes. Nous étions vraiment des étrangers dans ce monde. D'un même geste, nos chaussures furent enlevées et nos habits, pour la plupart, posés au sol. Cette envie de se mettre plus à l'aise s'imposa à nous comme une évidence. Arya porta un regard amusé sur nous et déclara :

— Une idée me vient en vous voyant vous alléger de vos habits encombrants et de vos chaussures. Vous allez vous habiller à la mode bahienne. Ainsi, vous saurez comment nous vivons dans nos tenues.

Elle n'avait pas fini sa phrase que son idée fut mise à exécution. Nous nous regardions, mi-amusés, mi-impressionnés. Nirvelli était resplendissante dans sa tunique blanche, soulignant superbement ses courbes maternelles. Simon était beau comme un jeune homme bahien, juste plus clair. Je lui adressai d'ailleurs un petit mot :

— Simon, ici, avec ta peau légèrement bronzée, tes yeux verts et ton corps musclé de jeune homme sportif, je suis sûre que tu aurais un grand succès. Que tu es beau !

Il partit d'un rire assez sonore et me rendit la pareille :

— Cécile, tu es radieuse avec ces habits ! Le blanc te va bien, et te rend plus rayonnante. Et te voir pieds nus, connectée à ce sol, j'ai l'impression de te découvrir encore autrement.

Adèle, tu es tellement lumineuse ! Bào, cette couleur met en valeur ton visage fin, et Alioune, le blanc flashe sur toi. Ça te va vraiment bien ! Clara, je te retrouve un peu comme lors de notre dernier voyage, toujours aussi classe, quoi que tu portes comme habit. Quant à toi, Alan, il ne te reste plus qu'à t'habiller à la mode bahienne. J'ai, en effet, le souvenir d'un certain kilt écossais, affublé d'une énorme cornemuse. Tu craignais de déclencher un son involontairement et n'osais plus bouger. Et toi, Nirvelli, avec ton costume de chasseur amérindien qui avait provoqué ta colère…

— Et Cécile et Adèle, en costumes de cour du roi Louis XIV ! s'exclama Alan. Et Alioune en boubou de femme africaine ! Et Clara, avec sa robe blanche immaculée qui descendait jusqu'à ses chevilles et ondulait avec ses mouvements, on aurait dit un ange !

Je repensai avec émotion à ces moments partagés. Arya et Karim paraissaient étonnés de nous voir si proches.

Clara prit la parole :

— C'est normal, Arya. Nous avons déjà vécu une expérience tous les huit, lorsque je les ai appelés il y a de cela plusieurs mois, pour faire passer un message de Mère, Gaïa. Ils s'étaient retrouvés dans la peau d'un ou une de leurs ancêtres et plusieurs de ces costumes avaient suscité des réactions animées.

J'évoluais librement dans mes mouvements, ce qui a toujours été vital pour moi. Ce coton était à la fois léger et résistant. Je compris, en le touchant, les heures de travail qui avaient sûrement été nécessaires pour confectionner une telle tunique. J'eus envie de remercier les personnes qui avaient mis ce talent en œuvre en faisant très attention à ne pas l'abîmer.

— Ils sont tellement vivants, ces Terriens ! dit Arya en s'adressant à Karim. Ils seraient nos amis, ici. Ils vont même franchement me manquer après. Cela arrive lors des visites de personnes d'autres dimensions. Mais Karim, je vais, si tu le veux bien, parler de nos habitudes de vie, à savoir nos maisons et nos méthodes de stockage.

Il approuva d'un mouvement de tête, ne nous lâchant pas du regard. Nous lui plaisions, apparemment.

— Nos habitations sont rudimentaires, continua-t-elle, mais offrent tout de même un minimum de confort, comme des toilettes sèches ou des petites douches reliées à nos cours d'eau et réchauffées par un système utilisant l'énergie solaire, même si nous restons très attachés à nos bains sous les cascades. Mais il y a un âge où les jeunes préfèrent être seuls pour se laver, alors nous avons mis au point ces douches d'intérieur. Nous pouvons stocker un peu de nourriture, comme le riz, certains fruits, les herbes pour préparer nos boissons, nos œufs, afin de ne pas avoir à chercher continuellement notre nourriture à l'extérieur. Nous les conservons dans le sel. Nous ne souffrons ni de la faim, ni de la soif, ni du froid. Depuis que nous gérons notre population grâce à des recensements annuels, nous avons pratiquement anéanti la plupart des maladies qui rongeaient nos ancêtres. Nous y avons vu un clin d'œil de Bahia.

Une pensée m'envahit. Que deviendraient ces gens sur Terre à mon époque ? Bien sûr que je me doutais de leur sort… Leurs richesses seraient pillées, saccagées, ils seraient soit exterminés, soit asservis. Ils seraient promis à une fin inéluctable, la fin de leur civilisation qui serait humiliée publiquement, ridiculisée et tournée en dérision d'un monde « trop beau pour être vrai ». Ils penseraient peut-être que c'était là leur destin et n'opposeraient sans doute aucune résistance, priant juste pour revenir dans leur monde…

« *Cécile, tu t'égares ! Nous parlerons de cela plus tard.* »

— Oui, Gaïa, je n'ai pu m'empêcher de penser à eux. Je les trouve parfois juste un peu naïfs, même si je suis admirative et tellement apaisée, ici. Quel sort leur serait réservé sur ton sol, Gaïa ? Je promets d'arrêter d'y penser. Désolée pour ce petit égarement.

« *Ce n'est pas le but de ce voyage de comparer et ramener leur vie à la vôtre. Vous n'êtes pas là pour ça. Accepte de ne pas maîtriser, de ne pas tout comprendre. Je reviens vers vous à la fin de ces différentes visites, avant votre retour dans votre réalité. Promis.* »

Nous voguions toujours sur l'océan. Tout était si calme et pur… Au loin, les dauphins sautaient joyeusement. Je repensai à Milo et son groupe qui nous avaient menés vers la grotte. Quel noble animal ! Je comprenais l'attrait des îliens B pour ce mammifère si proche de nous. Au vu de la position du soleil, nous devions nous trouver en fin de journée. Soudain, sans crier gare, une averse nous tomba dessus. Arya nous désigna la cabine pour nous y abriter.

— Ici, nous avons de la pluie tous les jours, le soir, principalement. C'est cette pluie, alternée avec le soleil, qui permet à nos forêts et à nos plantes de se développer, et à nos lacs de se remplir, avec leurs cascades parfois impressionnantes.

Une fois installés dans la cabine, Alioune prit la parole.

— Cette pluie douce et chaude effleure notre peau avec délice. Je voulais savoir si l'eau dans laquelle vous vous baignez est tiède également ?

Arya répondit :

— Je ne sais pas ce que vous appelez tiède, mais nous entrons dans l'eau sans le moindre mouvement d'hésitation. Est-ce dû à notre habitude dès le plus jeune âge ou à une adaptation de notre corps, je ne saurais le dire. Nos bébés, dès l'âge d'un an, se baignent volontiers aussi. Avant cela, nous faisons tout de même un peu chauffer leur bain pour qu'ils n'aient pas froid.

Simon, captivé, se manifesta à son tour :

— Le corps humain s'adapte en effet à son environnement de naissance et de vie. Mais je crois quand même que l'eau doit être tiède. Je comprends que vous passiez votre temps dans cet élément !

— En effet, répondit Karim. Peu de Bahiens montrent une résistance, mais les rituels varient selon les îles. Les habitants des îles B et C sont ceux qui se baignent le plus, alors que ceux des îles D et P passent moins de temps dans l'eau, et davantage dans les terres pour leurs cultures plus spécifiques. Mais globalement, si je devais faire une moyenne, nous y passons entre deux et cinq heures par jour.

— Je rajoute des cas qui dérogent à cette habitude, nous confia Arya. Il s'agit des suites de couches où les mamans ne font que se doucher sans se baigner jusqu'à l'arrêt des saignements, des périodes de convalescence, en cas de plaies, surtout celles avec des points de suture, en cas de fatigue, pour éviter un coup de mou qui pourrait être fatal, ou, le plus important, après avoir consommé trop de plantes hallucinogènes. Car, oui, il nous arrive d'en consommer pour des raisons particulières, comme une opération douloureuse ou certaines invocations aux esprits. Nos anciens se baignent moins longtemps et sont accompagnés d'une personne plus jeune.

L'épicurienne que j'étais ne put s'empêcher de poser la question qui sortait du cadre des dernières confidences d'Arya :

— Je suis désolée de changer de sujet, mais je voudrais savoir. En dehors des bananes et de la noix de coco dont vous avez déjà parlé, et des fleurs déjà mentionnées pour la confection de vos huiles, quels sont les fruits et légumes que vous consommez ? Que vous offre Bahia pour vous régaler ?

— Je vais répondre à ta question rapidement, dit Karim, car j'aperçois les abords de l'île L et sa sœur jumelle la M, où nous pourrons aborder le travail de la terre, et plus précisément de l'argile. Alors, selon les îles, la végétation n'est pas tout à fait la même, bien qu'il n'existe que de très petites variations. De l'île A, très riche en palmiers, noix de coco, bananes et ananas, aux îles V et Y, riches en vanille, acajou, poivrier, dattes et autres baies, faisant de ces îles nos principales sources en épices et arômes, en passant par les forêts denses de l'île N, presque sauvage, ou encore la L, principale pourvoyeuse de bananes plantain si appréciées, nous avons une richesse d'aliments et de plantes médicinales qui garantissent une bonne santé à tous les habitants. Le secret de notre harmonie réside dans le partage et la circulation des ressources naturelles. Ainsi, nous nous nourrissons, tant spirituellement que physiquement, de ces échanges qui ont lieu dans les îles T, V et Y, appelées les îles des marchés. J'espère que nous aurons le temps de voir un marché, même si j'en doute, vu que le temps presse un peu, et que votre journée et donc votre visite va bientôt prendre fin. Nous tenons à vous montrer les îles L et M, car le travail de ses habitants est capital pour nous. Vous allez bientôt voir pourquoi, puisque nous nous approchons.

Le soleil commençait à entamer sa descente. J'étais enchantée d'assister à un nouveau coucher de soleil sur l'océan. Comme avant notre arrivée dans la grotte avec Clara quelques mois plus tôt. Notre bateau accosta aux abords de l'île L. La pluie avait cessé, et nous pouvions donc la voir clairement. Au premier abord, elle était inquiétante, avec un côté farouche qui m'attira autant qu'il me déstabilisa. Je ne savais pas ce qui amenait cette appréhension, mais je ne me sentais pas très à l'aise. Cependant, toutes ces craintes s'évanouirent lorsque nos pieds foulèrent le sable blanc et chaud de ce petit paradis, bordé de deux lagons immenses d'un bleu azur translucide. Arya nous montra un abri de fortune où nous prîmes place, en cercle tous les dix.

— J'aimerais vous parler de l'île N, si vous le voulez bien, dit-elle. C'est dommage de ne pouvoir aller la visiter, mais Bahia est catégorique sur le sujet. Elle ne tolère aucune visite autre que nous. Nous respectons son choix. Seule Nirvelli, et je devrais dire sa petite fille, sont arrivées sur cette île-là, puisqu'il s'agissait de leur île d'accueil. Les îliens N, peu nombreux, passent leur vie à récolter nos plantes médicinales et à les faire sécher afin de les stocker dans des contenants en terre cuite. Elles sont ensuite échangées dans les marchés. C'est surtout sur cette île que nous trouvons le mélange de plantes nécessaires pour gérer nos cycles féminins et décider d'avoir ou pas des enfants. Je sais que vous devez vous poser des questions, alors je vais vous dire ce que je sais sur elles. Nous leur donnons un nom codé, car seules les averties connaissent leur vrai nom. Le code est changé tous les cinq ans environ. Le mélange est appelé « Herbes de Bahia ». Dès la puberté et jusqu'à la ménopause, nous prenons quotidiennement ces tisanes, dont la recette est enseignée de mère en fille, ou du moins entre membres féminins d'une même famille ou du même village. D'ailleurs, pour continuer, je vais demander à tous les hommes ici présents de s'éloigner.

Surpris par cette révélation, Alan se mit à rougir. Simon respecta humblement et se leva discrètement. Quant à Karim, Alioune et Bào, ils firent mine de s'éloigner sur la pointe des pieds. Nous n'étions pas dupes sur la possibilité que leurs oreilles ne soient pas encore à l'affût, voire davantage. Arya sourit en les regardant et confia au groupe :

— Les hommes ont toujours cherché à savoir ce que nous mettons dans nos tisanes de Bahia. Hélas, par le passé, des jaloux se sont emparés des recettes et les ont sabotées pendant la nuit. Cela a duré quelques mois. Des grossesses non désirées ont suivi. À la suite de cette trahison, les femmes ont décidé de faire la grève du sexe. Cette guerre entre eux a duré de nombreuses semaines, jusqu'à ce que les hommes promettent de ne plus jamais s'emparer du secret des femmes. Les femmes en furent blessées à vie, et depuis, cette initiation est purement féminine. Bien sûr que vous cinq ne trahiriez pas notre secret, mais c'est la règle, alors ouste ! dit-elle en riant.

Karim, pour garder une contenance, invita les autres à aller se baigner un peu :

— De toute façon, il n'y a pas plus têtu qu'une femme ! s'exclama Alan, vaincu.

Ils partirent d'un rire communicatif, mais, bons joueurs, ils s'éloignèrent cette fois pour de bon. Simon se jeta dans la cascade comme un enfant. Il n'était pas si vieux que ça, après tout, et son dynamisme entraîna rapidement les autres. Alan saisit une liane et se jeta près de son jeune ami dans un plongeon pas vraiment discret. Il n'en fallut pas plus pour que nos cinq amis se succèdent pour sauter à la liane, riant de bon cœur.

— Les hommes restent de vrais enfants toute leur vie ! dit Clara en riant à pleines dents. Ils passent d'un instant à l'autre d'une attitude de sage à une attitude bien plus légère. C'est pour ça que nous les aimons tant ! Je pense que nous sommes même différentes avec nos fils par rapport à nos filles.

— C'est sûr, dit Adèle.

— Alors, maintenant que nous sommes seules, susurra Arya en s'approchant de nous, je vais vous délivrer le secret. Pas la composition, qui, sur Terre, ne vous servirait pas à grand-chose, mais notre rituel. Chaque soir, nous préparons notre mixture, dont la composition doit être respectée à la lettre. Elle doit être bue pure, froide et à jeun, le matin au réveil. L'une des plantes sert à tuer la semence masculine, la seconde sert à modifier notre lieu d'accueil du bébé, et enfin la troisième est indispensable pour unifier les effets des deux premières.

Une question me brûla les lèvres. J'osai la poser :

— N'y a-t-il pas des intolérances ou des effets secondaires ?

— Non, Cécile. Bahia a prévu ce complexe de plantes naturelles pour nous les femmes. Aucune d'entre nous ne déroge à la règle. Nous apprenons les proportions exactes de feuilles à mettre. Même si nous n'aimons pas vraiment son goût amer, nous la buvons souvent ensemble et nous amusons de voir nos têtes un peu dégoûtées. Heureusement, on s'y habitue avec le temps. Nous sommes, en quelque sorte, maîtresses de notre corps et de notre pouvoir de donner la vie ou non. Certaines femmes ne veulent pas d'enfant. D'autres sont en couple avec une autre femme, et n'en ont pas non plus. Ici, nous n'avons pas d'injonction à la maternité pour la simple raison qu'elle doit être vécue en conscience et en alignement avec son âme. Aucune femme ne sera jugée si elle n'a pas d'enfant, de même qu'aucune n'est jugée si elle en a. Ce n'est pas un examen de passage pour savoir si nous faisons les choses bien, très loin de là. C'est au contraire le résultat d'un long cheminement intérieur.

Nirvelli se manifesta :

— Arya, sur Terre, nous avons aussi des moyens de contraception. Je suis même persuadée que des civilisations avant la nôtre utilisaient des plantes, pour se prémunir d'une grossesse indésirée, comme pour faire partir un embryon non désiré également. Mais les hommes se sont emparés de ce pouvoir et nous ont voulues à leurs ordres, dépendantes de nos cycles. Nos ancêtres femmes ont dû se battre pour réparer cette injustice. Cela dit, et là je parle de mon cas particulier, ma petite fille qui bouge dans mon ventre n'était pas, en quelque sorte… prévue. Elle s'est installée dans mon ventre alors que je prenais un mode de contraception ; mais je suis la plus heureuse des femmes de l'accueillir dans notre vie dans trois mois. Je considère cette venue comme un cadeau du destin. Je n'aurais pas eu cette opportunité avec votre rituel. Et pourtant, cet imprévu a changé ma vie. Y a-t-il sur Bahia des bébés qui naissent ainsi ? En dehors des « mailles du filet » ?

— Je vais être honnête avec toi, ma sœur. C'est très rare. Extrêmement rare, même.

Clara, qui ne s'était pas encore exprimée, prit la parole :

— Les amies, je vais vous surprendre, bien que vous deviez être au courant. Ces plantes existent, ou du moins existaient sur Terre. Nos très lointaines ancêtres s'en servaient. Mais la sédentarisation des humains a fait que tout cela s'est perdu, occasionnant la perte de l'autonomie des femmes, et tous les abus auxquels nous avons assisté et qui laissent des traces dans nos vies encore aujourd'hui. Heureusement, au prix de luttes parfois ardues, nous avons repris le contrôle de notre corps naturellement.

Adèle regardait nos amis se détendre en nageant dans le lac. Elle nous invita à les rejoindre. L'eau était en effet tiède, douce, délicieusement parfumée grâce aux fleurs d'ylang-ylang et de citronnier qui le bordaient. Je voulus suspendre le temps. Perdue dans ce monde merveilleux, nageant dans ce lac tiède, au milieu de gens aussi éloignés de ma vie que l'était ce monde d'Arya, une nostalgie s'empara de moi. Pourtant, je fus tellement consciente et heureuse de vivre ces moments exceptionnels, à cet endroit dans lequel je me sentais si vivante, que la joie domina rapidement.

Hélas, le temps, lui, continuait sa progression, sans se préoccuper de nos sensations. Karim mit fin à notre moment de détente.

— Bon, les filles, vu que vous avez fini de révéler vos secrets féminins, je vais finir avec les îliens N. En échange de leurs compétences et de leurs apports de plantes rares, ils repartent avec du riz et, bien sûr, des fruits et légumes en quantité. Ils ont leurs mégas comme tout le monde et consomment leurs œufs, mangent des poissons et des fruits de mer ou de rivières, mais aussi des insectes, qui, chez eux, sont de taille impressionnante et uniques en leurs genres ! Ils les font griller. Ce sont les seuls à faire cela, et ils en font même pour les autres îliens en les amenant sur les marchés, car, une fois grillés, ils se conservent longtemps. Selon eux, les insectes sont un concentré d'énergie. Le problème, c'est que les autres îliens se montrent réfractaires. Sur mon île, la

K, nous en consommons occasionnellement. Ces habitants originaux communiquent avec les plantes et savent également écouter les personnes qui font une retraite spirituelle pour répondre à des questions existentielles. Nous les considérons comme des sages. Ce sont, pour la plupart, des anciens qui ont passé leur vie à apprendre à connaître le monde végétal. Des passionnés, intègres et tellement généreux. Nous les respectons.

Nirvelli, se souvenant de son arrivée sur l'île N, demanda la parole :

— Lorsque je suis arrivée, une scène étrange s'y déroulait : de jeunes gens effectuaient des gestes coordonnés, en suivant l'enseignement d'un homme assez âgé. Pourrais-tu m'en dire plus ?

— Je ne sais pas si je le peux, confia Arya, mais la réponse te sera donnée par Bahia ou Gaïa, car il y a une raison pour laquelle tu es arrivée à ce moment précis et c'est une raison qui t'appartient, avec ton vécu et ta réalité de vie. Ne sois pas pressée, tu le sauras bientôt, car notre voyage touche à sa fin. Pour revenir à ce que disait Karim, nous respectons nos anciens, mais nous en prenons également le plus grand soin. Ma grand-mère passe d'ailleurs sa retraite sur l'île N. Je n'ai pas bien compris sa décision, mais depuis la mort de mon grand-père, il y a deux ans, elle a éprouvé ce besoin d'éloignement et même, disons-le, d'isolement, comme si elle ne voulait pas nous encombrer avec son chagrin. Comme je lui rends régulièrement visite, je peux admirer cette île si spéciale. Je suis toujours fascinée d'arpenter cette végétation envahissante quand je vais la voir. Sur l'île N, les animaux sont libres et se déplacent en groupes importants, surtout les singes, et les forêts sont tellement denses qu'elles en sont parfois quasiment impénétrables. Nous laissons ces endroits aux autres êtres de la création. Ce sont des lieux sacrés. Je sais que chez vous, sur Terre, vous appelez cela une jungle. Nos îliens N vivent principalement sur la côte, tout près de l'océan, mais des aventuriers s'arment de haches et vont plus loin, loger dans des habitations construites dans les arbres ou sur pilotis pour éviter les morsures de serpent et d'araignées qui, pour certaines, ont la taille d'un saladier !

Un petit cri d'effroi fut notre réponse spontanée.

— Arya, je crois que finalement, ce n'est pas plus mal de ne pas aller la visiter, dit Adèle.

— Aurais-tu peur des araignées, ma jolie ? dit Alan pour la taquiner.

— Non, pas vraiment, mais de celles-là, sûrement oui !

— La vie sur l'île N est plus difficile, répondit Arya. C'est pourquoi nous y envoyons parfois nos jeunes, surtout les plus réfractaires, afin qu'ils apprennent une autre façon de vivre, encore plus connectée à la nature. Cela leur apprend l'humilité et le respect du vivant. Ambre vient parfois avec moi. Pour Alizée, c'est encore un peu tôt. Heureusement, grand-mère Agatha vient nous voir deux fois par mois et passe ainsi quelques jours de repos avec nous. L'île A est tout de même celle où elle a passé la plus grande partie de sa vie. Nous espérons qu'après sa phase de deuil, elle reviendra habiter chez nous.

Clara s'éloigna un peu de nous.

— Ce n'est rien, dit Arya en regardant notre amie avec tendresse. Elle a besoin de cette solitude. Clara est une messagère aussi. C'est assez déconcertant pour elle de se retrouver ici. Elle en a vu d'autres, des civilisations, des peuples, des manières de vivre. Ce n'est pas cela qui la perturbe. C'est autre chose. Elle a besoin de silence pour se recueillir.

Elle s'adressait sûrement à Gaïa, Mère, comme elle l'appelait. Elle était tellement belle, Clara ! J'avais toujours l'impression de parler avec un ange. Elle m'impressionnait par son charisme et sa prestance. Elle n'était pas pour autant différente de nous. Sa douceur et sa délicatesse transparaissaient dans tous ses gestes.

— Je suis heureux qu'elle soit avec nous cette fois, dit Bào, ému.

— Elle aussi, susurra Arya. Et quelque chose me dit que vous vous reverrez encore par la suite. Maintenant, visitons, si vous voulez bien, l'île L, celle des potiers.

14

Des artistes sculpteurs
Les secrets de l'argile

— C'est amusant, dit Karim, il m'arrive de m'y rendre à la nage. Je pars alors sur le petit matin et j'arrive en milieu de journée. J'ai régulièrement besoin de ces escapades maritimes pour faire le point avec moi-même. C'est en effet après l'effort physique et l'atteinte des limites de mon corps que je suis le plus à même de communiquer avec les esprits, mais surtout avec le mien. Ma femme s'inquiète alors, mais quand Alan disait qu'il n'y avait pas plus têtue qu'une femme, je suis obligé de le contredire : plus têtu encore, il y a moi !

Arya le taquina un peu :

— Tu n'as pas tort. Cette légende te suit, d'ailleurs. Nous sommes ici dans l'une des deux îles où les habitants excellent dans l'art de la poterie et des constructions de maisons. Cela est lié au fait qu'ici, les lacs sont bordés d'une terre particulièrement collante et même gluante, qui, après les pluies, est récoltée et travaillée pour réaliser nos plats, saladiers, bols, objets de décoration, et nos grands contenants pour stocker le riz.

— Peux-tu nous dire comment ils procèdent ? demanda Adèle.

— Mieux que ça, suivez-moi ! Nous allons le voir étape par étape, mais nous ne nous attarderons pas, car le temps est compté. Je commence à voir le soleil se coucher assez clairement maintenant et vous devrez absolument partir à la tombée de la nuit. J'espère que nous aurons le temps de voir un marché, sinon, j'enverrai les images à Gaïa pour qu'elle vous les retransmette. En attendant, si vous le pouvez, donnez-vous la main et restez bien discrets. Je ne voudrais pas que quelqu'un puisse vous voir.

Ensemble, nous pénétrâmes dans une terre marécageuse bourrée de moustiques.

— Vous ne risquez rien tant que vous restez bien dans votre bulle et groupés. Les habitants, ici, ont une protection.

En effet, les habitants étaient couverts de la tête aux pieds et portaient un chapeau à larges bords avec un voile devant.

— Je vous rassure, cet endroit n'est fréquenté qu'après les pluies pour récolter la terre, particulièrement riche et facile à façonner.

Quelques femmes récoltaient en effet la terre, à mains nues, et des hommes, munis des mêmes paniers que ceux de l'île de récolte du coton, faisaient des allers-retours vers la plage pour transporter la délicate matière première. Nous avancions rapidement en direction d'un des hommes.

— Les L attendaient ce moment avec impatience, car la pluie a un peu manqué, ces derniers temps. C'est un peu une fête chez eux !

En effet, un air joyeux flottait au-dessus de leurs têtes.

— Lilou et sa famille sont les maîtres du pilonnage de la terre. Ensuite, la famille de Léandro s'occupera de la malaxer avec leurs mains pendant un long moment. Cette opération est assez délicate, car de leur action dépendront la qualité et surtout le côté durable des bols et saladiers qu'ils fabriquent aujourd'hui pour de nouveaux îliens Y. Il s'agit d'une commande assez importante. Lili prendra le relais de Léandro pour former une grosse boule.

Arya n'avait pas fini sa phrase que notre regard se posa sur une jeune femme assise. Ses mains épousaient la forme de la terre déposée dans une grande assiette entre ses jambes, qui semblait remplir la fonction d'un tour rudimentaire. Elle devait sûrement s'en servir pour l'actionner avec ses jambes. Elle entonna une incantation pour s'adresser à la terre glaise qu'elle prenait dans ses mains avant de la porter à ses narines. Ce chant était tout simplement divin. Il me semblait même entendre la terre lui répondre.

— C'est beau, la communication avec la terre, n'est-ce pas ? nous dit Arya, émue elle aussi. Mareva est née avec une voix remarquable et singulière.

— Sa voix grave et suave me transperce l'âme, dis-je, interdite.

— C'est normal, c'est la voix de son âme que tu entends, elle parle donc à la tienne. La terre la perçoit aussi. Elle est prête à se laisser façonner.

Mareva parla à la terre, à voix haute, cette fois.

— Mettons-nous au travail, toi et moi. Seule, je n'y arriverai pas. Aujourd'hui, grâce à toi, je vais fabriquer un ensemble de bols pour des habitants de l'île Y. Je compte sur ta coopération.

Mareva commença par donner une forme à la terre à l'aide de son poing. Celle-ci se modela. Nous regardions les mouvements de cette femme avec un silence respectueux. C'est alors que le miracle se produisit. Elle façonna des boudins de terre qui lui permettaient de monter sa poterie en largeur puisqu'il s'agissait de bols. Elle fit tourner l'assiette entre ses jambes avec vitesse et précision. Mes intuitions étaient donc les bonnes. Elle se saisit ensuite d'un chiffon mouillé pour lisser la poterie à l'intérieur comme à l'extérieur. Puis elle forma des petits boudins de terre qu'elle plaça tout autour pour la décorer.

— C'est là que tout son art va se manifester, dit Karim, concentré. Je me sens chanceux, moi aussi, d'assister à cela.

À l'aide d'un morceau de bambou effilé, elle dessina un motif sur la poterie. Du moins, c'est ce que je pensais. En réalité, elle écrivit un message, parsemé de symboles fascinants.

— Arya, peux-tu nous lire le message inscrit sur le premier bol ?

— Bien sûr, oui. « Ce bol a été fabriqué pour toi, Yaëlle. Qu'il t'apporte bonheur et abondance. » Les symboles sont sa marque de fabrique.

— C'est généreux et sympathique de sa part, dit Adèle. Mareva adresse un mot à chacun des îliens qui lui passent une commande ?

— Bien sûr ! Nous le faisons tous. Nous écrivons sur la terre, le sable, le bois, le bambou, les feuilles tressées, et nous adressons nos messages ainsi. Mareva va envoyer ce message dans la terre avant de la laisser sécher au soleil. Cette opération de séchage naturel va durer trois jours. Une fois sèche, la terre deviendra plus aisée à manipuler. Elle peaufinera alors ses décorations et son message. Elle pétrira ensuite entre ses mains un boudin de terre glaise pour le déposer sur le fond de la poterie et faire ainsi son socle, ce qui est crucial pour assurer sa stabilité. Après cela, il faudra encore laisser sécher un jour ou deux. L'étape suivante et finale sera d'enlever de la matière à l'intérieur de sa poterie afin de la rendre plus fine. Puis, à l'aide d'un noyau de mangue, elle la lissera avec minutie.

— Et ce ne sera pas fini ! enchaîna Karim. Après cela, les enfants lui apporteront du petit bois, si elle n'a pas déjà une réserve, pour préparer le foyer avec les poteries tout autour. Avec une pelle en bois, elle disposera un peu de braise dans ses poteries pour accélérer la cuisson, qui va durer entre deux et trois heures. La surveillance du feu tout le long de la cuisson doit être constante et soutenue. Mareva est une experte en poteries assez petites, comme ces bols. D'autres sont plutôt doués dans les poteries plus grandes comme nos silos de stockage de riz. D'autres encore fabriquent nos briques de construction qui partent par bateau dans toutes les îles pour assurer la construction de nos fours et des murs d'habitations. Même si cela est réalisé dans toutes les îles, cette terre-là est la meilleure pour ces briques. Leur travail est quotidien, en dehors du quatrième jour de la semaine, celui du repos, comme partout sur Bahia. C'est en effet la journée des danses, chants, fêtes, siestes sur les hamacs, nages, jeux. Les jeunes en profitent la plupart du temps pour rester au lit le matin. Pour nous, les plus âgés, nous avons plus de mal avec le rythme. Nous nous accordons également la semaine des Olympiades pour tous les îliens. Le huitième mois de l'année, les enfants sont en vacances, ainsi que le premier.

Arya prit un air inquiet :

— Les amis ! Le temps est compté. Bahia vient de me dire de nous dépêcher. Gaïa va venir chercher ses enfants pour les ramener sur Terre, chez Clara, puis chez eux, dans l'espace-temps qui est le leur. Nous aurons le temps de visiter un marché, mais nous en manquerons pour voir l'île M et la construction de nos huttes. Nous les survolerons ! Cela tombe bien, nous sommes le cinquième jour de la semaine, donc c'est un jour de marché !

Je me réjouissais déjà de voir les étals et ambiances des fameux marchés. Allions-nous voir plus précisément les Bahiens dans ce moment de convivialité et de partage ? Comment se passaient leurs échanges ? Arya coupa court à mes pensées :

— Notre bulle va aller vite, ne soyez pas surpris.

Heureusement qu'elle avait prévenu, car la bulle s'envola à une vitesse impressionnante. Elle survola l'île M, que nous pouvions tout de même admirer. Son immensité me surprit.

— L'île M est, avec l'île A, la plus grande des îles de notre monde. Sa végétation généreuse et son climat varié, de la plage à la montagne, en font une des îles les plus peuplées, juste après l'île A. Les M sont des gens très généreux, mais ils ont une vilaine tendance à se replier sur eux-mêmes, et à moins se déplacer dans les autres îles pour apprendre un métier ou pour y vivre. Cela pose des soucis. Ils ne sont pas véritablement appréciés parce qu'ils ne s'adaptent pas toujours très bien et cherchent à imposer leur manière de vivre… C'est perçu comme de l'arrogance. C'est un cercle vicieux, car, du coup, ils n'osent plus aller vers les autres et cela renforce l'impression qu'ils donnent. Une véritable remise en question est nécessaire de part et d'autre. Bahia ne souhaite pas de divisions, et notre monde ne fonctionne que grâce à la coopération de tous et toutes. Je pense faire un discours lors des prochaines Olympiades en appelant, en amont, les personnes qui communiquent avec les esprits, les J et K. Les M ont une philosophie un peu différente. Ils sont plus centrés sur la montagne, à laquelle ils vouent un véritable culte, alors que pour les autres, le culte va plutôt vers l'océan. Les ruisseaux, lacs et rivières y sont particulièrement préservés. Les habitants s'y baignent plus volontiers que dans l'océan. Ils mangent même plus facilement les poissons et crustacés des lacs que ceux de l'océan. Ils vivent davantage dans les terres, et moins sur les côtes. Je connais beaucoup de M qui sont dotés d'une intelligence rare. Ma meilleure amie, Mila, déplore ce repli et cherche à dynamiser les échanges avec des stages du bois qu'elle anime, notamment avec les enfants. Les enfants M sont poussés lors de leurs études à déchiffrer les anciens textes, avec un esprit qui arrive et qui ne me plaît pas du tout : la compétition. En vous racontant tout cela, je perçois bien que le déséquilibre n'est pas loin. Il faudra agir d'urgence avec un nouveau texte à méditer, certainement.

— C'est vrai, Arya, ce que tu dis, dit Karim. Je me surprends parfois à me pincer le bras quand je me dis : « Ah non, pas encore un M ! Il va vouloir nous parler de ses montagnes sacrées et de l'esprit des montagnes qui régit leur vie. Il ou elle voudra me prouver qu'il sait mieux lire, compter ou raconter que les autres. » Je me rends compte aussi que nous avons fait preuve de trop d'indulgence sur ce dernier point, qu'il faut rapprocher du deuxième point de notre quatrième commandement : « Des croyances tu auras, mais jamais tu ne chercheras à les imposer. Des pensées tu auras, mais jamais tu ne chercheras à nuire volontairement à qui que ce soit. Des mots tu auras parfois dans la bouche, mais tu réfléchiras avant de les prononcer. S'ils sortent tout de même, demander pardon sera la moindre des choses. Des boules noires tu auras parfois, mais tu ne les garderas pas en toi afin de ne pas contaminer les autres. »

Un silence suivit les aveux de Karim et Arya. Alioune posa la question que nous avions tous en tête :

— Qu'appelez-vous la boule noire ?

— C'est ce que vous appelez chez vous la mauvaise humeur. C'est le fait de se lever avec une aura sombre et parfois nuisible. Si une personne a la boule noire, nous tentons de l'aider au mieux, et si cette personne refuse une aide extérieure, ou, pire, se montre violente, elle est envoyée en isolation forcée dans l'île de son choix, par décision des juges et avocats, en concertation avec les soigneurs de l'âme, les P. Cela vous paraît peut-être dur, mais ces personnes sont ainsi coupées des autres avec interdiction de communiquer pendant un temps défini par eux ou par les juges et avocats. Cela peut aller de quinze jours à trois mois. Pendant ce temps, leur seule compagnie, une à deux heures par jour, parfois même moins, est celle d'un sage qui l'écoute, le réconforte, le secoue parfois, lui réapprend à s'écouter et se considérer. C'est lui ou elle qui donne des nouvelles à ses proches. Cette solitude est parfois nécessaire pour faire le point sur nous-mêmes. Il y a aussi des personnes qui demandent cette retraite d'elles-mêmes. C'est un droit fondamental.

« Peut-être que si ce droit était respecté sur Terre, il n'y aurait pas tous ces conflits et surtout cette violence », pensai-je.

Je ne savais pas qu'Arya lisait dans les pensées également.

— Je ne sais pas, Cécile, répondit-elle, mais c'est possible, en effet. Nous ne sommes ni meilleurs ni moins bons que les autres peuples. Nous avons juste l'humilité de nous remettre en question, comme je pense que nous aurons à le faire avec les îliens M. Nous ne sommes pas non plus des donneurs de leçons. Nous sommes juste unis par une histoire commune que nous avons appris à intégrer afin de ne pas reproduire nos erreurs passées. Mais nous en commettons encore, et tous les jours. La preuve avec le repli des M que nous allons chercher à comprendre afin de rompre ce schéma qui est en train de s'incruster. Nous laissons donc du travail aux générations futures.

Karim prit la parole :

— Votre visite m'aura permis de me réconcilier avec mon passé, mon traumatisme et mes pensées qui étaient arrêtées sur les Terriens. Je pense évoluer grâce à vous.

— La vie est une histoire de mouvement et d'évolution, dit Arya. Notre bulle va se poser sur l'île T. Puis nous visiterons rapidement les deux autres qui y sont rattachées, la V et la Y. Vous allez pouvoir assister à un marché !

Dès sa phrase finie, notre bulle se posa, en effet, en plein milieu d'un marché florissant. Mon souffle se coupa devant l'immensité des étals.

15

La joie de vivre des Bahiens

La sculpture de sable de Yuma, le premier cheval à avoir communiqué avec les Bahiens après la longue traversée de son groupe, s'imposa devant nous. Tous les détails de son corps, de ses muscles à ses articulations, en passant par la noblesse de son port altier, ses naseaux, sa croupe, sa crinière et sa queue : rien n'avait été laissé au hasard. Comme elle était située à quelques centaines de mètres de l'océan, elle restait intacte.

— Yuma ! cria presque Alan. Te voilà, mon beau !

— Ne la touchez pas, surtout ! nous intima Karim, inquiet.

— Mais quelle idée, répondit Bào, un peu vexé. La toucher serait un sacrilège. Je préfère m'incliner devant sa beauté.

Joignant le geste à la parole, il se recueillit devant cette magistrale sculpture. Nous le fîmes également. L'esprit de Yuma me traversa.

— Cette terre d'accueil fut notre salut. En est-il de même pour vous ? nous demanda-t-il.

Comprendre les animaux, nous étions habitués. Communiquer avec la terre, nous avions assisté à cela avec Mareva. Mais percevoir l'esprit d'un animal à travers sa représentation en sable me fascina.

— Nous sommes ici en visiteurs privilégiés, lui répondit Clara. Ton esprit a réussi à s'incarner dans ta représentation en sable ? demanda-t-elle, surprise.

— Mon esprit demeure partout sur Bahia. Mais le meilleur des endroits est celui de ma représentation symbolique. Le peuple cheval a trouvé son salut ici. Nous sommes infiniment reconnaissants de l'accueil qui nous a été réservé et de la générosité des Bahiens. Notre attachement à eux est inconditionnel.

Karim et Arya n'entendirent pas notre conversation. Ils nous informèrent que cette sculpture monumentale était entretenue avec beaucoup de passion. Certaines personnes avaient pour mission de l'observer chaque jour, pour repérer le moindre affaissement dû aux vents ou le plus petit effritement lié au temps qui passe.

— Ces artistes prennent leur mission très à cœur. Cette œuvre ne peut être approchée que par eux. Les enfants n'ont pas le droit de s'en approcher pour jouer, les adolescents non plus.

Ils nous menèrent vers le marché, un peu plus loin.

Nous étions intimidés devant tant de richesses naturelles exposées sur les étals, s'étendant à perte de vue. Des mangues, des ananas, des noix de coco, des papayes, des herbes médicinales, des herbes aromatiques, de la vanille, du jasmin, des épices, des savons, des huiles de massage, des poteries fines, de petites sculptures, des barrettes brodées, des colliers de coquillages, des habits, des draps et tapis brodés. Mon regard se porta sur une table spéciale. Arya mit vite fin à mes interrogations :

— Cet endroit est réservé aux dispensaires, situés dans les îles R ou S.

Des bandes étaient exposées, d'un blanc immaculé. Arya nous expliqua qu'il s'agissait de bandes ayant servi plusieurs fois. Elles étaient bien évidemment lavées minutieusement et stérilisées dans de l'eau bouillante pendant une demi-journée après chaque utilisation. Lorsqu'il fallait les changer, les bandes ainsi lavées avec du savon et des plantes désinfectantes, puis stérilisées, servaient de tissus pour fabriquer des doudous ou poupées pour les enfants. Des couturières assuraient ce travail. Dans un petit étal, je vis même les fameux insectes grillés qui n'attiraient pas grand monde. Cela m'amusa. La nouveauté mettait toujours un peu de temps à entrer dans les mœurs. Je ne voyais pourtant pas la différence entre des crustacés et des insectes terrestres. Dans les deux cas, il y avait six pattes et un système nerveux sûrement équivalent, si ce n'est que les premiers étaient marins et les seconds terrestres. Mais ils avaient bien le droit d'avoir leurs réticences aussi et de laisser ce privilège aux îliens N, et les quelques curieux qui y goûtaient.

Les odeurs qui s'échappaient étaient délicieuses. Jamais je n'avais vu une telle exposition ni humé un tel mélange de fragrances délicates ou musquées qui cohabitaient harmonieusement. Nous étions au milieu d'eux, dans leur vie trépidante et agitée des marchés. Je les observai de près. Je me sentais si petite à côté d'eux, mais surtout si différente… Comment faisaient-ils pour être si parfaits ? Pas un seul un peu gros ou trop mince, pas un seul plus petit ou grand, pas un seul n'avait un défaut de visage ou de corps. Tous étaient vêtus de manière à peu près identique, avec leurs tuniques plus ou moins longues, mais dont le modèle était universel ici. Cela participait au magnétisme et à l'élégance de ce peuple.

Où étions-nous ? En quel siècle ? Dans un endroit sur Terre oublié de tous, au milieu d'un océan ? J'avais le sentiment que nous nous trouvions quand même sur Terre, mais dans un lieu non mentionné sur une carte, même la plus détaillée, comme si ce monde était protégé. Une femme enceinte s'approcha de moi, si rayonnante que son bonheur réchauffa mon cœur. Elle n'avait apparemment aucune peur et vivait ce moment en toute sérénité. Ce bébé était attendu et déjà aimé.

Je n'avais pas vu Arya s'approcher de moi :

— Je te suis, ma douce. Tu es un peu rêveuse et fougueuse et tu serais bien capable de te perdre, comme la fois où tu avais suivi un chien lors d'une fête foraine. Tu avais seulement quatre ans.

— Comment sais-tu cela, Arya ? Je m'en souviens comme si c'était hier !

— C'est simple : c'est inscrit dans ton histoire et je vois tout cela. Comme je vois le reste aussi. Tu gardes des séquelles de cette peur que tu as eue. C'est de là que te vient la peur de la foule. Tu as peur de ne pas pouvoir courir ou t'échapper lorsqu'il y a trop de monde. C'est lié à un traumatisme d'enfance. Heureusement, tes parents t'ont retrouvée très vite.

Revenant sur notre moment dans le marché, elle regarda la femme enceinte.

— Ilena attend un petit garçon. Je ne sais d'où me vient ce don, mais je capte les énergies qui émanent des femmes enceintes, et là, ça rayonne masculin. Il est attendu pour dans trois mois. Il s'agit du premier enfant de ce couple. Ses parents, contre toute attente, ont choisi l'île C pour y vivre. Ce n'est pas une île de choix courant pour les jeunes parents. Mais ils ont eu un véritable coup de cœur pour la tranquillité et le côté paisible de cet endroit. Paolo étudie les oiseaux auxquels il voue une véritable passion. Il entretient leurs endroits de ponte et veille à leur bien-être. Ilena fabrique des oreillers avec les femmes de l'île, et ramasse les très nombreux fruits qui poussent abondamment, comme les fruits de la passion, les citrons et les oranges. Les C les ont accueillis avec une joie immense et ce bébé aura donc un prénom qui commencera par la lettre C.

— Comme mon deuxième garçon, dis-je.

— Et comme Clara et toi, répondit-elle avec malice.

Son compagnon veillait sur elle et la protégeait d'éventuelles bousculades involontaires. Il portait de grands contenants de mangues et de noix de coco. J'entendis leur conversation :

— Ilena, je crois que j'ai fait une réserve conséquente pour combler ta folie pour les mangues et ananas ! J'ai apporté des citrons et des oranges en échange. Ce bébé te donne des envies vraiment bizarres, dis-moi !

— Ce n'est pas ma faute, il est déjà gourmand et sait ce qu'il veut, répondit-elle en souriant.

— Tant que ce ne sont pas des envies d'algues séchées, ça me va !

— Ah non, ça va pour ça, mais maintenant que tu le dis…

— Je savais bien que j'aurais dû me taire ! murmura-t-il.

Adèle et Nirvelli nous rejoignirent, vite suivis des autres.

— Bon, ce n'est pas si différent que cela, finalement, ici, dis-je. Les femmes enceintes ont des envies, parfois originales et uniques, voire quelquefois bizarres. J'ai eu cela aussi pour mes trois enfants. Comme des noix pour ma fille. C'est la seule chose qui passait. Je cassais quatre noix pour mon goûter, alors que d'habitude, je n'en mange qu'occasionnellement. Pour les garçons, c'étaient des cornichons que je dévorais en pleine nuit !

Arya se mit à rire en entendant le mot « cornichon ». Effectivement, il ne devait pas y en avoir dans son monde.

— Les envies correspondent à un moment du développement du bébé. Nous disons même que c'est lui qui appelle les aliments. La nature sait ce qu'elle fait, répondit-elle. C'est assez répandu de voir de futures mamans demander des bananes plantain bien cuites au four avec du riz. Nous pensons qu'il y a des éléments propices à une bonne santé de la maman, comme à celle du bébé. Les noix et les… je ne sais plus comment tu as appelé ton aliment là, apportaient certainement des minéraux qui ont aidé tes enfants à se développer.

Nous étions immergés dans leur peuple, au milieu de ce marché grandiose. Ils avaient tous la même couleur de peau. Elle était lisse, bronzée et ressemblait à du miel. Je pensai immédiatement à une chanson de Laurent Voulzy et Alain Souchon et me mis à la fredonner :

« *Tape sur nos systèmes*
L'envie que tout le monde s'aime
Le soleil donne

Ce vieux désir super
Qu'on serait tous un peu frères
Le soleil donne

Le soleil donne
De l'or intelligent
Le soleil donne
La même couleur aux gens
La même couleur aux gens
Gentiment »

— Elle est belle, ta chanson, dit Simon.

— Ce n'est pas la mienne, mais celle de deux artistes français de mon époque, bien reculée par rapport à la tienne. Je t'avoue que voir ces gens si simples et sereins, avec des traits si harmonieux, m'a rappelé cette chanson.

Nous marchions, groupés, au milieu de cette foule qui parlait assez fort, s'échangeant les nouvelles du petit dernier qui commençait à marcher ou de la fille d'unetelle qui entrait dans l'adolescence avec les joies de la féminité. Des gens qui se racontaient leur vie, mais aussi réfléchissaient ensemble à la récolte de l'année, aux aléas climatiques des derniers mois, rendant la récolte de coton difficile.

Un homme âgé tenait un stand de noix de coco. Avec son petit-fils, ils coupaient, à la hache, la bourre qui les entourait pour la distribuer dans les étals. Une foule se précipita pour les voir à l'œuvre.

— Tim, tu te fais vieux pour ce travail ! dit un jeune qui les observait. Laisse-moi prendre le relais. Avec Tom, nous irons plus vite.

— Plus vite peut-être, les jeunes, mais avec plus de précipitation aussi. La noix de coco n'aime pas la violence. Il faut lui parler avant, la regarder, l'admirer dans sa robe et la caresser comme on caresserait une femme.

Les deux jeunes se mirent à rougir.

— Voilà, les jeunes, vous ne connaissez pas encore bien la vie. Je ne vous en veux pas, j'ai été comme vous à votre âge. C'est juste que les muscles, c'est bien, mais quand on les allie au cœur, c'est encore mieux. Voilà pourquoi un ancien ou une ancienne et un jeune ou une jeune forment souvent un duo bien plus productif au final. Mais si tu veux aider, Yaël, prépare donc ces amandes pour en faire de la pâte. Le travail ne manque pas. Je vois déjà Yasmina qui s'approche. Je sais qu'elle et sa famille raffolent de la pâte d'amande, et elle nous porte des citrons en échange. Alors, n'hésite pas.

Le jeune homme, un peu vexé, s'éloigna.

— Il n'a pas apprécié ma remarque, mais il va falloir qu'il travaille son orgueil, celui-là, ça ne lui fera pas de mal, dit Tim à voix basse.

— Il y a été un peu fort, non ? s'exclama Alan, un peu choqué.

— Disons que cela fait quelques semaines que Yaël embête Tim, faisant des réflexions sur son âge, dénigrant avec une pointe de moquerie et de sarcasme la vieillesse et ce qui va avec. Tim attendait juste le moment pour placer ce qu'il avait sur le cœur depuis quelque temps.

— Je vois. Chez nous, nous dirions juste que Yaël est un petit con qui va se frotter à la vie et déchanter !

Tout le monde éclata de rire, même Karim, qui expliqua la signification de ce mot à Arya.

— Vous avez bien raison, tous, dit-elle. Je suis amie avec sa mère, Yasmine, et son père, Valère. Ils sont bien d'accord avec nous et se réjouissent à l'idée du stage de trois mois qu'il va réaliser sur l'île N. Il a beau faire le fier avec ses muscles, il n'en mène pas large, car il sait que du haut de ses 20 ans, il devra rabaisser un peu sa fierté pour vivre une vie plus difficile. Les jeunes îliens des marchés partent sur les périodes de trois mois, contrairement aux autres qui partent plutôt un ou deux mois. Pourquoi cette différence de durée ?

Car ils ont toujours vu, sur les étals de leurs parents, les richesses de chaque île, et ne réalisent pas toujours la force de travail nécessaire pour réaliser les corbeilles, paniers, contenants en terre cuite, habits, huiles de massages, savons, charbon et autres denrées précieuses fournies par les autres. D'où la volonté des parents de leur inculquer ces valeurs, surtout entre 20 et 25 ans. Par contre, les T, V et Y excellent dans les préparations culinaires, et ont des sortes d'abris pour manger tous ensemble des plats qu'ils ont eux-mêmes préparés. Ce sont nos cuisiniers. Yaël et ses amis auront bien le temps d'apprendre tout cela avant de se poser quelque part, dit-elle en souriant.

Sur ces derniers mots, une jeune fille se dirigea vers le stand de mangues pour les compter et tenir une sorte de carnet. Simon, visiblement sensible au charme de cette naïade, posa la question :

— Que fait-elle avec son crayon taillé et son carnet ?

— Elle compte et communique les commandes à ceux qui tiennent les stands sur l'île T, celle où nous sommes actuellement. Les îles T, V et Y sont regroupées tant géographiquement que dans leur fonctionnement. Les T sont ceux qui exposent, car la superficie de leur île le permet, les V sont ceux qui cuisinent et apprennent cet art aux jeunes, et les Y, comme Yuna que tu dévores du regard, Simon, sont ceux qui centralisent les commandes, en tenant compte des productions de l'année. Ils régulent les productions de chaque famille et aident ainsi à ne pas épuiser nos réserves naturelles. Nous travaillons toujours en collaboration. Les Y surveillent les productions et c'est à eux que nous nous adressons pour les commandes spéciales comme des habits, des paniers, des contenants en terre cuite ou des sculptures. Pour le reste, la nourriture ne manque pas, mais nous n'abusons pas. Ils sont très amis avec les R et S. Ils ont un esprit festif et ne se privent pas de le faire vivre. Ils sont un peu éloignés de nous, les A, mais nous les voyons régulièrement lors des marchés, et surtout lors des Olympiades. Je n'ai finalement pas le temps de vous montrer une scène de nos Olympiades, mais nous pouvons rapidement vous parler des épreuves.

— Je veux bien en parler, si ça ne te dérange pas, intervint Karim. Les séances sportives se déroulent entre deux îles. La première épreuve est une traversée en plusieurs types de nages, séparées dans leur parcours par des bateaux. Un ou une nageuse prend alors le relais. Par exemple, le crawl pour le premier, puis la nage papillon pour le second, puis la brasse coulée pour le ou la troisième, car les femmes sont plus fortes dans cette nage, puis la dauphinoise pour le dernier ou la dernière, car, là aussi, les femmes sont meilleures. C'est notre nage sacrée, où seules les jambes travaillent. Nous devons nager comme des dauphins, les bras collés le long du corps. C'est la plus difficile et les femmes se montrent plus endurantes et persévérantes. Sur l'île voisine, un relais est assuré par des coureurs ou coureuses, qui évoluent le long d'un parcours établi à l'avance et étudié par les participants. L'équipe gagnante a droit à un stage gratuit dans l'île de son choix. Ils sont désignés comme maîtres-nageurs pour une année, partout où ils se rendent. Ils surveillent la baignade des gens, car personne n'est à l'abri d'un courant marin ou d'une imprudence, notamment chez les enfants, qui bénéficient d'une surveillance accrue, ou chez les personnes âgées, du fait du ralentissement de leurs réflexes et la fonte naturelle de leurs muscles. En parlant des anciens, ces mêmes héros et héroïnes assistent également les personnes âgées pour effectuer leurs courses ou aller chercher leur nourriture. En échange, ils sont nourris et hébergés. Les épreuves durent quatre jours, puis les deux jours suivants, c'est la détente, les danses, et la fête.

Un coup de vent vint interrompre son dernier mot. Je frissonnai soudainement. Arya devint nerveuse.

— Bahia nous rappelle à l'ordre ! Le soleil se couche bien, cette fois, et la nuit arrive. Gaïa va vous accompagner dans votre île d'accueil avant votre départ. Pour ma part, je dois vous dire adieu. Votre visite fut un très agréable moment. Je vous trouve tous les huit spéciaux, tellement respectueux et proches de notre monde. Même si votre réalité, vos cadres de vie sont différents, vous avez une âme riche de toutes les dimensions de Gaïa, et la nôtre est, je pense, celle qui vibre le plus en vous. C'est normal : c'est parce que vous serez amenés à nous y rejoindre. C'est pour cela que vous êtes venus nous voir. Il s'agissait d'un avant-goût de vos vies futures. Karim, prends ma main. Nous devons nous éloigner et les laisser en compagnie de Gaïa et aussi de Bahia, qui va les prendre en charge, désormais.

Karim laissa transparaître son émotion :

— Je vous reverrai, j'en suis sûr ! Vous avez changé la vision que j'avais des Terriens, et je vous remercie vraiment pour ça. Ce n'est pas pour autant que j'irai de nouveau voyager chez vous, mais au moins, j'ai l'assurance de savoir Gaïa habitée par des gens proches de nous. Je vous aime tendrement.

Karim s'approcha de nous et nous prit l'un après l'autre dans ses bras. Son corps était chaud et enveloppant. Soudain, je n'étais plus avec eux, mais seule dans les bras d'un homme qui aurait pu être un vieux père ou un ange gardien. Il s'adressa à moi :

— Petite Cécile, ne perds pas espoir et reviens ici quand tu veux. Nous t'accueillerons toujours. Ce sera ton île intérieure, ton jardin secret, le lieu où tu pourras poser tes questions sans être coupée ou jugée. Le lieu où tu pourras pleurer si nécessaire, ou juste poser un fardeau. Le lieu où tu pourras exprimer tes souffrances et faire de ta différence une force. Mais aussi et surtout le lieu où tu pourras assister à la beauté, à la plénitude, à la paix et à l'amour. C'est le monde dans lequel tu vis qui est malade. Il lui faut des messagers comme toi pour l'aider à garder espoir et dépasser le chaos. Ton monde traverse une période déstabilisante, mais vous devez en passer par là, comme nous sommes passés par là juste avant et après le Cyclone Coléria. Gaïa trouvera un moyen de vous réveiller pour aller vers plus d'union avec elle. Vous y arriverez. Allez, vole, Petite fleur, et prends en cadeau notre amour. Tes amis sont aussi des lumières. Partez en paix, mes amis.

Nous étions prêts à partir. Arya s'approcha de Nirvelli pour l'envelopper délicatement. Touchée par ce geste, Nirvelli lui confia :

— Ma fille s'appellera Arya. C'est elle qui me l'a demandé. Ainsi, nous emportons avec nous un petit bout de toi et de ton monde.

Arya ne put cacher son émotion :

— C'est la première fois que je vis une émotion pareille ! Mon prénom va donc traverser les dimensions, et mon esprit résidera alors en vous. Ta petite sera comme toi : une fille de la nature. Elle me demande que tu respectes son besoin d'espace, de marcher pieds nus lorsque l'occasion se présentera, car elle puisera son énergie dans le sol. Il faudra lui faire confiance et la guider vers une vie connectée à la Terre et la nature, plus précisément la vie forestière pour elle. Vous n'aurez aucun mal, car elle vous a choisis pour mener à bien sa mission de vie. Prends soin de ta petite perle, et revenez toutes les deux dès que vous en éprouverez le besoin ou l'envie.

Alan prit Nirvelli dans ses bras protecteurs :

— Bébé Arya, peut-être que nous pourrons te voir aussi à l'avenir ? Ce monde, il est un peu en nous tous, je crois. Nos choix de vie le confirment.

Le silence se fit.

16

La musique au cœur

— *Clara et Cécile, je vous emmène sur votre île d'accueil.*

Cette voix qui s'adressait à nous ressemblait à celle de Gaïa, mais en plus légère et aérienne.

— Qui êtes-vous ? demanda Clara, avec une pointe d'angoisse dans la voix.

— *Je suis Bahia, la déesse de cet endroit, fille de Gaïa. Je vois que votre visite chez moi s'est bien passée. À mon signal, je vous demanderais de vous asseoir en boule, la tête dans les genoux, et de vous laisser porter par le vent. Je vous emmène au fond de vous-mêmes, sur l'île C donc, mais pas exactement dans le même lieu, car vous devrez être seules pour partir de chez moi. Prenez quelques instants si vous le désirez, puis prenez-vous par la main et faites-moi signe lorsque vous serez prêtes.*

En prenant la main gracile de Clara, nos esprits se mêlèrent.

— Es-tu prête à partir ? me demanda-t-elle.

— Je le suis, oui, Clara. Je crois même que cette dernière étape sera importante pour nous tous.

Sur ces derniers mots, je me positionnai comme Bahia nous l'avait suggéré. Clara fit de même et je me retrouvai seule, face à moi-même. Je fis un signe de tête avant de me recroqueviller. Tout notre voyage défila sous mes yeux. Je ne parvins pas à me délasser complètement. J'étais un peu hagarde, perdue, nostalgique et sonnée. La voix de Bahia parvint à mon esprit.

— *Nous allons partir. Après cela, Gaïa, ma mère, prendra le relais, et vous conduira chez Clara, puis chez vous, dans votre réalité de vie. Fermez les yeux, maintenant, et faites le vide dans votre esprit. Ce n'est pas évident, je le sais, mais plongez à l'intérieur de vous-mêmes et ne pensez plus à rien d'autre.*

Je tentai d'obéir à Bahia, et au bout de quelques instants, le calme se fit enfin dans mon esprit, ma tête, mes pensées et même, plus surprenant encore, dans mon âme. Je ne pensais plus à rien. Je flottais à présent, les yeux fermés, en boule, et me laissais guider, avec confiance et abandon.

— *Voilà, Cécile, tu peux te redresser et ouvrir les yeux. Tu es arrivée sur ton point d'arrivée et de départ. Tu pourras revenir ici si tu le souhaites, car tu es maintenant connectée à nous. Notre monde s'est inscrit dans ton cœur.*

Lorsque mes yeux s'ouvrirent, le spectacle offert devant moi me cloua sur place. Une cinquantaine de Bahiens, hommes, femmes et enfants étaient debout dans l'eau de mer, qui leur arrivait jusqu'aux mollets pour les plus grands, et au ventre pour les enfants. Une maman portait son bébé en écharpe. Un papa portait un enfant un peu plus grand sur ses épaules. Le moment était irréel. Bahia me propulsa au milieu d'eux.

— *Voici mon cadeau de départ, Cécile. Tu as sûrement déjà entendu cet air. Ils vont commencer.*

J'ouvris les yeux plus intensément et je vis, sur le côté, des musiciens avec des flûtes de Pan de différentes tailles et quelques percussions. J'étais prête à m'emplir les oreilles de ce concert en plein air.

Une femme se mit devant le groupe ainsi constitué et annonça, d'un signe et d'une respiration, le début de l'air. Moi qui m'attendais à assister à un air traditionnel bahien, je fus ravie de reconnaître instantanément les premières notes d'un aria de Jean-Sébastien Bach, extrait de sa deuxième *Suite pour orchestre en Ré majeur.*

— *Reconnais-tu cette œuvre, Cécile ?* me demanda Bahia.

— Oh oui ! C'est merveilleux ! Il s'agit d'un aria de la *Suite pour orchestre numéro 2 en Ré majeur* de Jean-Sébastien Bach ! Mais comment se fait-il que la musique de ce compositeur de génie ait pu traverser les dimensions pour arriver ici ?

Sur ces mots, il y eut un arrêt sur image. Bahia s'adressa à moi, de manière douce mais déterminée :

— *Ah ! Ces Terriens… J'aime profondément ma mère Gaïa, mais elle porte sur elle des humains qui pensent qu'ils sont au centre de tout. Au centre du cercle et non une partie du cercle de la Vie. Ce n'est pas un jugement de ma part, mais juste une constatation souvent faite. Les humains d'ici ont eu ce défaut, mais heureusement, j'ai réussi à leur rendre leur humilité et leur respect du vivant, au prix d'un effort violent de ma part. Vous pensez donc que la musique de Jean-Sébastien Bach, et celle de bien d'autres, ont traversé les dimensions pour arriver ici ? Je suis désolée de te contredire, mais dans ce cas précis, c'est d'ici qu'il a puisé son inspiration. Pourquoi vouloir tout chercher dans votre lieu de vie ? Nous incarnons ici le féminin sacré de Gaïa, qui inspire les artistes, mais aussi les scientifiques et plus généralement toutes les personnes lorsqu'elles sont réceptives. Que les personnes soient homme ou femme n'a strictement aucune importance, car le féminin sacré se loge en chacun de nous. C'est cette énergie-là qui les pousse à entrer en phase de création. D'autres énergies, venant d'autres dimensions, viennent également aider. Celles qui magnifient le masculin sacré. Elles les incitent à oser affronter le regard des autres, à sortir de leur zone de confort, à partager, à diffuser leurs découvertes ou leurs œuvres. Cela n'a pas toujours été reçu lors de leur vivant, mais certaines œuvres ou découvertes ont changé le cours de l'Humanité. Jean-Sébastien Bach et tant d'autres ont été inspirés par notre monde. Pour parler de lui précisément, il puisait son inspiration lors de ses prières, qui nous parvenaient. D'autres, comme toi et ton équipe, sont arrivés ici par l'intermédiaire d'un rêve lucide. D'autres encore visitent notre monde par le biais d'une méditation guidée. Arya et d'autres êtres éclairés prennent alors le relais ici, comme elle l'a fait pour vous. Nous faisons tous partie du cycle de l'univers, du moins de notre Univers, car il en existe une multitude. C'est lui qui vibre de toutes les influences. Maintenant, je vais te laisser profiter du spectacle. Les C se réunissent pour fêter un événement. Là, en l'occurrence, il s'agit de la naissance du petit Célian. Tu as vu ses parents au marché. Il va bien et sa maman aussi. Ils chantent pour lui et agrémentent leurs chants de flûtes de Pan et percussions. Cela donne du relief à la musique. Tu pourras revenir ici autant de fois que tu le désireras. Au revoir, douce Cécile. Je te souhaite un bon retour. Prends soin de toi et de ceux que tu aimes. Paix et amour.*

Je ne sus que répondre à ces phrases emplies de sagesse et de vérité. Je décidai de ne pas m'y attarder de suite pour profiter pleinement du chant des Bahiens, sur une œuvre de Jean-Sébastien Bach. Un être de lumière inspiré. Les flûtistes reprirent la première partie de cet aria que j'avais déjà joué tant de fois. Mon oreille fit le travail spontané de trouver les notes, la tonalité, et de les chanter intérieurement. Puis je les mis, elles aussi, au repos. Il n'était pas question d'analyser l'œuvre, mais de la laisser entrer dans mon âme.

Après l'introduction instrumentale, les voix se mirent à résonner de manière particulière avec la vibration de l'eau. Tout était juste, musical, harmonieux. Pas une seule voix ne se démarquait des autres. L'union dominait jusque dans l'art, dans la musique, dans la chorale. Je sus à ce moment précis que je ne pourrais plus jamais écouter cette œuvre de la même manière qu'avant. Leurs voix se mêlèrent, me laissant percevoir des harmoniques insoupçonnés. Ce moment délicieux se prolongea un peu, puis les voix disparurent progressivement. Je n'étais plus chez eux, mais ailleurs, les yeux fermés.

17

Le retour

« *Mes enfants, vous voilà de retour chez Clara. Je vais rester avec vous, mais par l'intermédiaire de Clara. C'est moins fatigant pour moi de ne prendre qu'un seul relais. Si vous avez des questions sur le monde d'Arya, c'est le moment.* »

Le souffle de Gaïa passa entre nous huit. Nous étions assis en cercle, encore un peu assommés par notre retour, et un peu fatigués par tout ce que nous avions intégré depuis le début de notre voyage. Personne n'avait envie de parler de suite. Nous désirions le silence.

— Mère dit qu'elle comprend notre silence et qu'elle l'entend. Vos questions vont arriver. Elle me demande que vous preniez votre temps, dit Clara, jouant à nouveau son rôle de messagère.

Au bout de quelques instants, Bào se manifesta :

— Maintenant que nous sommes revenus, j'ose poser la question qui me brûle les lèvres et que je n'ai pas posée à Arya et Karim, par respect de notre promesse. Mais là, je le peux. Mère, d'où sont venus les chevaux ? Je veux dire, des mammifères de cette taille ne sont pas habituellement et naturellement présents sur des îles tropicales ou équatoriales. Et là, ils sont arrivés un jour, presque comme par enchantement. Peut-être les Bahiens ont-ils pris cela comme un clin d'œil de Bahia, ou un signe du destin, scellant par cette arrivée une amitié et un culte envers ce majestueux animal. Je le comprends, vu ce qu'ils venaient de traverser. Mais d'où sont-ils venus ? Leurs bateaux ? D'où venaient-ils et où allaient-ils ?

Clara répondit :

— Mère s'attendait à cette question. Elle nous a tous entendus nous la poser lors du récit de leur légende. Mais êtes-vous prêts à entendre la réponse ?

D'un mouvement de tête, notre approbation fut visible.

— Alors, ces chevaux venaient... du continent... Ou pour être plus précise... de chez Gaïa, planète-mère. Elle a envoyé ces animaux abîmés par la vie sur ce petit paradis terrestre. Leur avenir n'était pourtant pas si idyllique, car ils devaient finir leur vie dans des haras d'un autre pays pour ceux qui étaient nés sous une bonne étoile, ou plus cruellement dans une assiette pour les plus âgés, abîmés ou faibles. La même vie que celle qu'ils avaient toujours connue, couramment malmenés par les humains, et parfois sous-alimentés. Dans ce bateau, Gaïa s'est adressée à eux et a confié leur destin à Bahia, qui n'a pas hésité longtemps à les accueillir. Mère n'avait pas anticipé l'aide des dauphins, mais elle n'en fut pas étonnée le moins du monde. Les dauphins et les chevaux partagent la même sensibilité, et un sixième sens très aiguisé. Ce sont des animaux très intuitifs et nobles. Mère savait qu'ils auraient un accueil favorable chez sa fille.

Alan, interdit, prit la parole à son tour :

— Mais les bateaux, eux, étaient conduits par des Terriens ? Que leur est-il arrivé ?

— En réalité, ils ne se dirigeaient pas vers Bahia, pour la simple et bonne raison qu'ils n'étaient pas au courant de l'existence de cet endroit perdu au milieu de l'océan Pacifique, très très éloigné de tout continent ou pays. Bahia est en effet isolée au milieu de l'océan, et n'est pas accessible aux humains terriens, sauf, comme pour nous, lorsqu'elle nous y invite. Cela se passe alors par l'intermédiaire d'un rêve, chamanisme ou personnes initiées. Pour revenir aux chevaux et aux bateliers, leur bateau a été, malheureusement, renversé par un volcan sous-marin, et elle n'a pu en sauver aucun... Le bateau a littéralement volé en éclats, emportant dans son explosion l'intégralité de l'équipage. Un drame. Ce volcan sous-marin a été « réveillé » par la colère de Bahia et ses souffles dévastateurs lors du Cyclone Coléria. Sa fureur a été très loin... Elle avait sûrement accumulé trop de souffrances. Mère ne lui en veut pas. Les chevaux ont sauté à temps, ayant perçu le volcan et les secousses en avance. Résistants et endurants de nature, ils ont entrepris cette longue traversée, d'autant qu'ils savent très bien nager. Ils n'étaient pas si loin que ça de l'île A et B, mais il leur a fallu une bonne journée de nage exténuante. Les plus éprouvés ont même perdu espoir et des poulains ont souffert. Mais même les plus jeunes ont survécu, et ce, grâce aux dauphins qui les avaient repérés. Ils ont aidé les bébés en soulageant leurs mères et ont, de ce fait, accéléré leur nage. Ils furent leurs guides. Vous connaissez la suite. La destination des hommes occupant ce géant des mers était loin d'être terminée. Lorsque les restes du bateau furent retrouvés, le verdict est tombé pour leurs proches. Aucun survivant. Personne n'a cherché à savoir où étaient partis les chevaux. Ils pensèrent que leur survie avait été impossible au milieu de l'océan.

Adèle, pensive, prit le temps pour poser sa question :

— Mère, en quelle année avons-nous été transportés ? Dans le passé ? Le présent ? Le futur ?

Clara répondit :

— Elle attendait aussi cette question. Donc notre visite a eu lieu, pour notre espace-temps, en 2470 ! Très loin donc de votre époque, surtout de celle de Cécile.

Je pris la parole, saisie sur le vif :

— Mais alors, si je calcule bien, le Cyclone Coléria a eu lieu environ... à ma période !

— Oui, Cécile, répondit Clara. C'est cela. Car, tout en étant isolé de tout, ce monde a subi les influences terriennes par le biais de l'inconscient collectif. Par la suite, Bahia a préféré couper ce lien. Cette expédition nous a tous menés vers un monde qui a survécu aux virus, épidémies, incendies, inondations, à la folie des Hommes, à la destruction plus qu'inquiétante de la nature et des espèces animales et végétales. Nous avons visité le monde de demain.

Nirvelli, émue, leva la main à son tour :

— Mais les plantes contraceptives… Nous les avons sur Terre aussi ?

— Bien sûr ! répondit Clara, manifestement habitée par Gaïa. Elles sont même à nouveau utilisées.

Simon posa lui aussi sa question :

— J'ai été émerveillé par leur beauté. Pourquoi sont-ils tous si… beaux et intelligents ? N'y a-t-il pas eu une sorte d'eugénisme lors de l'admission des nouvelles âmes dans cette nouvelle dimension ? Cela m'a presque dérangé par moments. Je ne sais pas si, sur Terre, d'autres peuples leur ressemblent. Ils sont comme un mélange de toutes les cultures terriennes. Des Amérindiens avec leurs légendes et leur vision de la vie, aux Asiatiques avec, notamment, leur relation avec la terre et les cultures, en passant par les druides celtes ou les chamanes, sans oublier les griots d'Afrique pour leur côté orateur, et certainement les influences aborigènes. Ces dernières sont indéniables. J'ai l'intuition que les Bahiens incarnent tout cela dans leur façon de vivre.

— Ta déstabilisation est naturelle, Simon, répondit Clara. Mais, comme Arya nous l'a expliqué, Gaïa a donné vie à ce monde, et elle lui a donné l'apparence qui, pour elle, honore le mieux le féminin sacré. La grâce, la délicatesse, mais en même temps une très grande force morale, une capacité à se remettre en question, à avancer envers et contre tout, ainsi qu'une foi inébranlable en la vie. Tout cela existe dans chaque culture humaine, quelle qu'elle soit, et elle a justement pris ces aspects pour les réunir dans un seul peuple. Leur corps, quant à lui, a suivi ce souhait tout en étant adapté aux conditions de vie de leur climat.

Alioune finit par lever la main à son tour.

— Mère, je voulais vous demander quelle était cette île qu'ils avaient repérée ?

— Il s'agit d'une île isolée, qu'ils vont prochainement explorer et habiter. Mais Mère précise que ce sera la dernière. L'atoll s'arrête en effet après cette nouvelle île. Sais-tu comment ils vont l'appeler ? demanda Clara, connectée avec Gaïa.

— Je ne sais pas… La logique me ferait dire Z, si nous suivons les lettres de l'alphabet. Mais peut-être en choisiront-ils une autre ?

— Bien joué, Alioune ! Ce sera l'île Z : montagneuse, plus sèche que les autres, et plus mystérieuse aussi. Ils devront l'amadouer et même l'apprivoiser avant de l'habiter, car elle ne se laissera pas faire facilement. Elle leur fera même peur au début, et n'attirera qu'une poignée de Bahiens intrépides.

Clara but une gorgée de thé encore chaud :

— La séance va prendre fin. Si vous avez un mot à adresser, c'est maintenant.

— Un seul mot, dit Simon. Merci. Merci du fond du cœur pour ce périple incroyable. Merci de nous avoir fait confiance et de nous avoir permis cette introspection à l'intérieur de nous-mêmes, et cette découverte d'un monde si passionnant. Je ressors de là avec nostalgie. Je sais qu'ils vont me manquer, même si nous n'avons qu'effleuré leur civilisation par notre visite éclair. Cette invitation nous emplit de gratitude et de bénédiction.

— Mère entend vos remerciements et elle dit que ce monde, c'est aussi le vôtre. Elle dit également qu'elle vous y amènera, mais elle ne précise pas quand ni comment. Vous ne devez pas attendre cela en vous endormant. Il faut que votre âme soit prête, et, comme vous le savez, elle ne l'est pas toujours. Mais elle promet de nous y conduire individuellement. Elle ne souhaite pas en révéler davantage.

Clara reprit de la consistance, signe que la communication avec Gaïa était finie. Elle nous observa avec un mélange de curiosité et d'amitié. Elle s'exprima à son tour :

— Pour ma part, cet appel m'aura permis de relativiser certaines choses et de chercher les peuples sur Terre qui incarnent cet espoir d'évolution et de renouveau. Je suis heureuse d'avoir vécu cela avec vous aujourd'hui. Parfois, la solitude, c'est lourd.

Son regard se fit malicieux :

— Au fait, les amis, j'allais oublier ma promesse du début. Le vin chaud est encore à température convenable pour vous. Vous pouvez bien sûr y goûter, en dehors de toi, Nirvelli, bien sûr !

— Ah ! Eh bien, c'est dommage ! répondit une petite voix du ventre de Nirvelli.

Tout le monde éclata de rire. Simon, riant encore, s'adressa à cette petite aventurière pas encore née :

— Dis, princesse, il faudra encore attendre. À vue de nez, je dirais… une quinzaine d'années !

— Ou peut-être même avant, dit Alan, en souriant.

— Pour cela, il faudra qu'elle voie avec son père, et ce n'est pas gagné, finit par dire Nirvelli, les joues un peu rouges. Pour ma part, je me contenterai de ce thé de Noël, que tu le veuilles ou non, doudou !

— Bon, je capitule, répondit la petite voix.

En dehors de Nirvelli et sa petite intrépide, tout le monde goûta à ce breuvage délicieux. Un mélange de douceur, relevé grâce à des épices minutieusement dosées. Le mari de Clara avait réussi son pari de nous le faire aimer. Nous étions loin des saveurs tropicales, mais cette détente fut bienvenue.

Clara se leva avec une grâce infinie et s'approcha de nous :

— Maintenant, si vous le voulez bien, l'heure de nous quitter est arrivée. Je vais donc vous raccompagner chez vous, dans votre sommeil. Comme pour notre départ de la grotte, je vais vous demander de vous diriger au fond de mon couloir, et je viendrai vous chercher au bon moment pour vous. Je m'avance et, à mon signal, vous pourrez vous diriger au son de ma voix.

Le moment de nous quitter était arrivé. Nous ne savions pas si nous allions nous revoir ou non. Mais cette perspective se fit oublier. Nous étions là, tous les sept, et chacun de nous, avec son caractère et son tempérament, diffusa son énergie au groupe.

— C'est assez étrange, dit Alioune. Je dirais presque que nous formons à nous sept, ou plutôt huit maintenant, une seule et même personne, avec des aspects différents faisant, à nous tous, la richesse et la complexité d'un être humain. J'ai l'impression d'emporter avec moi un petit bout de chacun d'entre vous : la sagesse de Nirvelli, l'amour des animaux de Bào, le côté bon vivant et joyeux d'Alan, la douceur de Cécile, l'énergie de jeunesse de Simon, la profondeur de l'âme d'Adèle. J'emporte même la vivacité d'esprit de la petite Arya, à qui je souhaite la meilleure des vies possible. Vous êtes vraiment atypiques et originaux dans votre façon de voir la vie.

C'est ensemble que nous prîmes la direction du couloir de Clara.

Puis ce fut le trou noir.

Je me réveillai quelques instants plus tard chez moi, dans mon lit, en cette journée d'automne, avec encore un programme chargé et l'accumulation des petits et grands tracas de la vie quotidienne. Je regardai mon réveil. Il était 6 heures 30. Je disposais donc de quinze minutes pour méditer et repenser à ce rêve sensationnel.

Arya et Karim se redessinèrent dans mon esprit. Ils étaient assurément des êtres de lumière, instruits, mêlant profondeur de l'âme et simplicité d'une vie rythmée par la vie en communauté. Comme j'aurais aimé vivre auprès d'eux ! Dans une autre vie peut-être, ou bien y avais-je déjà été ? Cette île, dans mes rêves, je le sus à cet instant : il s'agissait de l'île C. Mon île intérieure.

Je repensai à cet aria de Bach et me levai, comme à mon habitude, avant la sonnerie de mon réveil. La journée s'annonçait finalement ensoleillée, et les arbres étaient parés de leurs couleurs d'automne si particulières, mêlant une lumière douce à la nostalgie de la chaleur de l'été. La végétation était prête à affronter les frimas de l'hiver. Je décidai de m'accorder une promenade lors de ma pause, en début d'après-midi. J'avais besoin de calme et de sérénité au milieu des arbres.

Je remerciai Gaïa, Clara et bien sûr tous les autres, qui étaient devenus proches et qui, je le savais, allaient beaucoup me manquer. Le quotidien se rappela à moi. Il était temps de nourrir mes chats, de réveiller mon ado et ma petite fille encore bien endormie. Le réveil, chez nous, c'était toujours un moment délicat. Désormais, l'heure n'était plus aux questionnements, mais à l'action. Le café coulait dans la cafetière, embaumant la maison de son fumet stimulant et délicieux. Il était temps d'enclencher le mode actif de ma réalité de vie. Je savais néanmoins que j'allais vivre deux ou trois journées un peu sonnée, avec un besoin de solitude. C'était ainsi après chaque rêve lucide.

Merci, Gaïa, pour ta confiance et ton amour.

18

Un an plus tard…

Aucune préparation ne fut nécessaire, cette fois. Je sus immédiatement que je me trouvais dans mon île de Bahia. Je respirais à pleins poumons son parfum, et observais le moindre détail. Une année était passée depuis notre voyage avec l'équipe de Clara, comme j'aimais l'appeler. Mais là, j'étais seule et plongée dans un corps qui n'était pas le mien.

J'étais assise dans l'eau avec mon short de type boxer et ma tunique blanche, négligemment fermée sur le devant. Cette femme, dont j'observais le reflet dans l'eau du lac dans lequel elle était assise, était purement splendide. Son corps était infiniment gracieux et léger, et les traits de son visage représentaient pour moi la plus pure des harmonies. Je la regardais et mon regard ne put se détacher d'elle. Cette jeune femme m'était familière.

— Suis-je bien sur Bahia ? me demandai-je intérieurement.

— *Je t'avais dit que je vous y amènerais de nouveau. Alors, comme je tiens toujours mes promesses, je te fais voyager sur Bahia, mais dans une vie antérieure. Je ne pouvais pas te laisser dans l'ignorance plus longtemps. Tu as déjà visité celle du marin Hakim, qui avait construit un bateau-maison pour sa famille, lors de la visite avec tes amis. Tu sais donc pourquoi tu aimes tant l'océan. Mais là, c'est encore une autre vie. Tu étais une femme, cette fois. Et celle-ci te permettra de te reconnecter avec une nouvelle facette de ta personnalité. Tu vois : tu as vécu de nombreuses expériences ici !*

Gaïa s'était adressée à moi. J'étais subjuguée par ses mots.

— *Tu peux me poser des questions, si tu veux.*

— Quel était mon prénom ?

— Tu t'appelais Jasmine. Tu étais alors follement amoureuse de Yoann. Je dois t'avouer une chose : toi et les autres, ceux que tu appelles l'équipe de Clara, partagez un point commun : celui d'avoir déjà vécu d'autres vies sur ma fille Bahia. Les autres ont récemment visité leur ou leurs vies antérieures passées ici. Pour revenir à Jasmine, elle et Yoann ont décidé, après des années de fusion passionnelle, de former leur famille sur l'île… Je te laisse deviner ?

— L'île C ?

— Eh oui ! C'est cela. Maintenant, je te laisse. Même si tu es Jasmine dans ce rêve, n'oublie pas que tu es Cécile, et bien sûr de revenir après. Mais ça, tu sais le faire.

Je me retrouvai seule, dans une vie antérieure, et tout prit sens et s'illumina dans mon esprit. Non seulement je connaissais cet endroit, mais j'y avais déjà vécu ! J'étais alors cette femme sublime aux yeux en amande et si noirs. Ses cheveux étaient tressés de manière très recherchée. Elle avait dû passer du temps à se coiffer. Une mèche rebelle pointait dans son cou, lui donnant un côté sauvage très séduisant. Ses mains étaient longues et fines. Son visage ressemblait à s'y méprendre à celui de cette maman qui massait sa petite fille lors de notre dernier voyage.

— Avant de te dire au revoir, je voulais aussi te présenter quelqu'un : il va arriver dans tes bras. Cette fois, il est temps pour moi de partir. Tu emprunteras seule le chemin pour revenir chez toi.

Je n'étais pas dans mon corps mais dans celui de Jasmine, entrant immédiatement dans ses pensées, sa tête, ses désirs, ses peurs, ses espoirs, dans sa vie de jeune mère de 25 ans. Toutes mes sensations étaient même différentes. Je choisis d'entrer dans cette scène sans filtre. Jasmine se mit à penser. Son monologue intérieur était le mien.

Je me sens bien, tellement bien que j'ai envie de me baigner de la tête aux pieds et de posséder l'eau pour qu'elle me caresse la peau, et communiquer avec cet élément sans interférence. Ah, cet appel de l'eau... Il est irrépressible, et ce, depuis mon plus jeune âge. Mes parents se sont fait du souci pour la petite fille impétueuse que j'étais, qui, paradoxalement, n'aimait pas être éclaboussée et donc jouer avec les autres enfants. Moi, j'ai toujours voulu être seule pour nager et me baigner. Ils ne m'ont pas brimée et je dois dire que mon enfance fut dorée, tout comme celle de ma meilleure amie Jade, qui me suit depuis si longtemps. Une amitié d'enfant, encore tenace après toutes ces années. Nous avons vécu nos premières épreuves comme nos joies ensemble, telles deux sœurs inséparables. Nos parents se sont liés de la même manière. Elle est restée sur l'île J, alors que j'en suis partie il y a quatre ans. Mon départ fut une déchirure pour elle, mais cette île C m'a appelée, et mon Yoann a eu ce même attachement irrationnel. Peut-être l'avenir nous donnera-t-il une explication à cet attrait... C'est ici que nous voulions vivre. Cependant, jamais l'une d'entre nous ne rate le jour du marché, où notre envie de déambuler nous unit encore et toujours. Très souvent aussi, nous passons un après-midi ensemble, et j'en profite alors pour aller embrasser mes parents. Jade attend un bébé pour le mois prochain. Je prédis une petite fille, ce qu'ont confirmé les anciennes. Peut-être nos enfants s'entendront-ils aussi bien que nous deux ?

— Jasmine, tu es radieuse, ma chérie !

Cette voix, je ne pourrai jamais m'y faire tant elle est délicieuse et mélodieuse à mes oreilles. Il s'agit de celle de mon amoureux. Mon Dieu qu'il est beau ! Grand, élancé, musclé, mais surtout profondément indépendant. Il peut même paraître farouche pour un œil non averti. Pourtant, moi, Jasmine, j'ai réussi à apprivoiser cet homme sauvage. Il m'en a fallu de la patience et même de la persévérance pour conquérir son cœur ! J'aurais pu céder ailleurs, lors des nombreuses sollicitations que j'ai reçues. Mais rien à faire : c'est lui que je voulais. Son âme était faite pour vivre avec la mienne, je le sus dès notre premier coup d'œil lors de ce stage commun dans l'île A. Si je ne le connaissais pas par cœur, j'aurais pu, comme mes amies, penser que Yoann était un homme méfiant, ne se liant pas aux autres, et même un peu hautain. Mais en réalité, quand on avait connu l'espace de ses bras et sa profonde sensibilité, il était impossible de penser qu'il devait exister un homme plus humble et aimant que lui. Son amour était profond et sincère et nous ne pouvions concevoir une vie l'un sans l'autre.

Perdue dans mes pensées, je ne me suis pas aperçue tout de suite qu'il s'était installé juste derrière moi, m'enlaçant de ses bras forts. Je m'emplis de sa chaleur et de son désir. Nous étions vraiment faits l'un pour l'autre, j'en eus la certitude lors de notre première nuit d'amour. Dans le creux de mes bras, j'observe le fruit de notre amour.

Un magnifique petit garçon de quatre mois. Il me regarde intensément de ses yeux identiques aux miens, même s'il partage les traits de visage de son père pour tout le reste. Mon cœur déborde d'amour pour lui, et ce, depuis son premier cri, et même bien avant. Il se met à téter vigoureusement. J'allaite mon bébé dans cette eau douce et tiède, ce qui est presque vital pour nous deux, et rien au monde ne pourrait rompre le charme de ce moment précieux. Je caresse ses cheveux bruns déjà un peu rebelles, et ses petites joues bien rebondies. Mon petit garçon a de belles cuisses bien dodues et des petits pieds qui appellent des bisous, ce dont je ne me prive jamais. Son massage du matin l'a bien réveillé, il sent bon le monoï. Je me régale de son odeur que je reconnaîtrais entre mille. Là, à nouveau, il déborde d'énergie. Il est doté d'un dynamisme fort et d'une envie de croquer la vie à pleines dents, dents qui étaient pourtant bien loin de vouloir pointer. Je sais déjà qu'il faudra que nous nous montrions extrêmement prudents lors de ses futures explorations, ses premiers pas, ses premières baignades seul, avec ses copains et copines, ses premières bêtises, seul ou avec eux, ses premières découvertes de la vie. Tout reste à écrire avec lui. Je me doute aussi qu'il faudra que je lui fasse confiance et que je devrai faire un effort pour dissimuler mon inquiétude, parfois un peu trop prégnante, même lorsqu'il m'empêche ou m'empêchera à l'avenir de dormir. Ce doit être ça, être une mère. Un autre être prend une place démesurée dans notre cœur, et notre vie prend tout de suite une autre tournure. Je ne veux pas être un frein pour lui, mais un tuteur, comme ceux qu'on met parfois sur les arbustes pour qu'ils poussent droit. Je suis convaincue de vouloir lui apprendre, comme tous les habitants de Bahia, notre Déesse, à respecter le vivant, les plantes comme les animaux qui sont nos frères, et cela afin de ne plus jamais revenir aux heures sombres de notre histoire. Je me souviens de cette journée où j'avais entendu la légende. J'avais pleuré dans mon sommeil plusieurs nuits de suite avant d'avoir pu accepter notre passé.

— Tu crois qu'il ira pêcher avec toi ? dis-je en regardant Yoann.

— C'est possible, oui, mais je le verrais plus crapahuter sur terre, ce petit. Je le vois davantage te suivre dans la cueillette des fruits et des fleurs, et les plumes d'aras, avec Coco perché sur tes épaules pour vous accompagner. Ce satané perroquet me surprend à chaque fois à imiter ta voix ! Pourvu qu'il ne se mette pas à imiter les gazouillis de Célio !

Je ris à cette idée. Mon Coco est un jeune perroquet qui s'est fortement attaché à moi et me suit partout, ordinairement perché sur mon épaule, en effet.

— Peut-être aussi plus tard aura-t-il un petit frère ou une petite sœur ? Je ne suis pas sûre de moi, mais il me semble avoir vu que j'aurai deux enfants. Mais bon, rien ne presse, nous avons bien le temps d'y penser et je suis déjà pleinement comblée avec ce bébé.

Yoann, pris par le jeu de nos questions sur l'avenir de notre bébé, murmure :

— Peut-être sera-t-il musicien comme les habitants les plus créatifs de cette île que nous aimons tant tous les deux ?

— Je ne sais pas. Mais en tout cas, cette idée me plaît !

Sûrement que plein de choses attendent ce bébé. Mais là, il n'est encore qu'un tout petit, lové contre moi, et je savoure ce moment de partage entre nous. Nous aurons bien le temps de penser à tout cela. Mon petit Célio doit prendre des forces pour avancer dans la vie en étant en bonne santé, et en incarnant nos valeurs. Après sa tétée, il se met à fixer son père intensément, de ce regard qui veut dire : « Papa, je t'aime. Prends soin de moi. » Yoann, tendrement, le prend dans ses bras.

— Il est beau, n'est-ce pas ? me dit Yoann, touché par ce regard si profond de notre petit garçon.

— Il n'est pas seulement beau, dis-je. Il est plus que ça. Il est spécial. Je crois que cet enfant incarne à lui seul la joie de vivre. Je prédis pour notre petit Célio un parcours un peu difficile, car, tout en étant joyeux, il a au fond de lui cette angoisse qui vient de je ne sais où. Je le vois quand il dort. Il a des mouvements saccadés parfois et se met à pleurer. Il n'a pas faim, ni froid, ni chaud. Il est juste inquiet. Puis il se calme grâce à mes bercements…

— Et mes promenades, n'oublie pas ! me répond mon amoureux.

Le petit Célio, en réponse, se met à sourire et, alors que nous ne nous y attendions pas, il se met à éclater de rire. Le premier fou rire de notre fils. Je sais que je n'oublierai jamais cet instant.

— Oh ! Quel bonheur ! Ce petit rire cristallin, sorti de sa petite gorge est assurément le son le plus agréable que j'aie jamais entendu !

— Je sais pourquoi il rit ! s'exclame mon amoureux, partageant la bonne humeur de notre fils. Il a vu un singe sauter à la liane, un peu plus loin, et ça l'a surpris. Ce petit est très observateur, a une bonne vue et il est parti pour vivre intensément cette vie avec nous.

La magie fut rompue après cette dernière phrase prononcée par Yoann. La scène s'éclipsa.

Tout d'un coup, je n'étais plus sur Bahia dans le corps de Jasmine. Je me retrouvai dans le mien, ici, dans mon lit, lors de cette nuit d'hiver, dans la douceur de ma couette, si loin des cocotiers, palmiers, manguiers, orangers et du climat tropical. Bien loin du paradis. Je décidai de graver ce moment volé dans ma mémoire. J'espérais y trouver une résonance avec ma vie, plus tard. L'amour pour mes enfants, l'appel d'une nature plus sauvage, la musique, les oiseaux… Et si tout venait de là ?

Il y avait des fois où j'étais heureuse de retrouver ma vie présente, et des fois, comme celle-ci, où j'aurais aimé savourer davantage cette vie passée. Mais je m'estimai tout de même très heureuse d'avoir pu recoller un des morceaux de ce puzzle de mes vies antérieures qui ont fait ma vie actuelle.

Je tentai de me rendormir et une petite larme perla au coin de mes yeux. Ils étaient tellement attachants tous les trois… Je remerciai Gaïa encore une fois, puis retrouvai mon sommeil, une nouvelle fois sur cette île, qui prenait une dimension particulière. L'aria de Jean-Sébastien Bach, que je n'avais pas oublié, revint sonner dans mes oreilles avec les voix des habitants de ce peuple de l'eau, accompagnées des flûtes de Pan de différentes tailles, de la plus aiguë à la plus grave, ma préférée, avec un son sourd et boisé. Une merveille. C'est avec ce son boisé mêlé d'un ruissellement de cascade que j'eus l'assurance de pouvoir y retourner sans l'aide de Gaïa, car il s'agissait de mon havre de paix à moi, celui dans lequel je savais que je pourrais puiser du réconfort et du soutien dans les moments un peu agités de ma vie actuelle.

Remerciements

Je tiens à remercier du fond du cœur Alain Penoël, Arnaud Dangoisse et Max Assié, les trois personnes qui ont lu ce manuscrit et ont su y apporter des corrections, suggestions et appréciations qui m'ont beaucoup aidée.

Je remercie également les lecteurs et lectrices de *L'appel de Clara*, qui m'ont encouragée, par leur confiance, à raconter le rêve suivant avec ce nouvel opus.

Puissent l'amour, la douceur, la sérénité et l'harmonie s'emparer de vous.

Paix et Amour,

Cécile Ducomte

F. Files

Fantastique, Fantasy, Science-Fiction… Trois genres différents représentés par trois couleurs différentes, mais réunis en une seule et même collection : F-FILES de JDH Éditions. La collection qui vous fera voyager dans d'autres univers.

À découvrir dans la collection F-Files

Maladie X
Patricia Vidal-Schneider

Cortex Noir
Léo Falke

Les 84 marches
Yoann Laurent-Rouault

L'appel de Clara
Cécile Ducomte

Mannaz
Christophe Fourrier

Découvrez les autres collections de JDH Éditions

Magnitudes

Drôles de pages

Uppercut

Nouvelles pages

Versus

Les Collectifs de JDH Éditions

Case Blanche

Hippocrate & Co

My Feel Good

Romance Addict

Black Files

Les Atemporels

Quadrato

Baraka

Les Pros de l'Éco

Tierra Latina